牛棚杂忆

季羡林

季羨林 牛棚雜憶

三聯書店（香港）有限公司

責任編輯　姚永康

封面設計　陸智昌

書　　名　牛棚雜憶

著　　者　季羨林

出版發行　三聯書店 (香港) 有限公司

　　　　　香港荃灣德士古道220-248號16字樓

　　　　　JOINT PUBLISHING (H.K.) CO., LTD.

　　　　　16/F., 220-248 Texaco Road, Tsuen Wan, Hong Kong

印　　刷　陽光印刷製本廠

　　　　　香港柴灣安業街三號七樓

版　　次　1999年7月香港第一版第一次印刷

　　　　　2003年6月香港第一版第八次印刷

規　　格　大32開 (140×203mm) 288面

國際書號　ISBN 962·04·1674·0

本書原由中共中央黨校出版社出版，

本店經由原出版社授權，在除中國大陸以外地區出版發行。

祝　词

这一本小书是用血换来的，
是和泪写成的。
我能够活着把它写出来，
是我毕生的最大幸福，
是我留给后代的最佳礼品。
愿它带着我的祝福
走向人间吧。
它带去的不是仇恨和报复，
而是一面镜子，
从中可以照见是和恶，丑和美，
照见绝望和希望。
它带去的是对我们伟大祖国和
人民的一片赤诚。

目次

牛
棚
雜
憶

自序

季羨林

　　《牛棚雜憶》寫於一九九二年，為什麼時隔六年，到了現在一九九八年才拿出來出版。這有點違反了寫書的常規。讀者會懷疑，其中必有個說法。

　　讀者的懷疑是對的，其中確有一個說法，而這個說法並不神秘，它僅僅出於個人的“以小人之心度君子之腹”的一點私心而已。我本來已經被“革命”小將——其實並不一定都小——在身上踏上了一千隻腳，永世不得翻身了。可否極泰來，人間正道，浩劫一過，我不但翻身起來，而且飛黃騰達，“官”運亨通，頗讓一些痛打過我，折磨過我的小將們膽戰心驚。如果我真想報復的話，我會有一千種手段，得心應手，不費吹灰之力，就能夠進行報復的。

　　可是我並沒有這樣做，我對任何人都沒有打擊，報復，穿小鞋，耍大棒。難道我是一個了不起的寬容大度的正人君子嗎?否，否，決不是的。我有愛，有恨，會妒忌，想報復，我的寬容心腸不比任何人高。可是，一動報復之念，我立即想到，在當時那種情況下，那種氣氛中，每個人，不管他是哪一個山頭，哪一個派別，都像喝了迷魂湯一樣，異化爲非人。現在人們有時候罵人爲＂畜生＂，我覺得這是對畜生的污衊。畜生吃人，因爲牠餓。牠不會說謊，不會耍刁，決不會先講上一大篇必須吃人的道理，旁徵博引，洋洋灑灑，然後才張嘴吃人。而人則不然。我這裏所謂＂非人＂，決不是指畜生，只稱他爲＂非人＂而已。我自己在被打得＂一佛出世，二佛升天＂的時候還虔信＂文化大革命＂的正確性，我焉敢苛求於別人呢?打人者和被打者，同是被害者，只是所處的地位不同而已。就由於這些想法，我才沒有進行報復。

但是，這只是冠冕堂皇的一面，這還不是一切，還有我私心的一面。

瞭解＂十年浩劫＂的人們都知道，當年打派仗的時候，所有的學校、機關、工廠、企業，甚至某一些部隊，都分成了對立的兩派，每一派都是＂唯我獨左＂、＂唯我獨尊＂。現在看起來兩派都搞打、砸、搶，甚至殺人，放火，都是一丘之貉，誰也不比誰強。現在來討論或者辯論誰是誰非，實在毫無意義。可是在當時，有一種叫做＂派性＂的東西，摸不着，看不見，旣無根據，又無理由，卻是陰狠、毒辣，一點理性也沒有。誰要是中了它，就像是中了邪一樣，一個原來是親愛和睦好端端的家庭，如果不幸而分屬兩派，則夫婦離婚者有之，父子反目者有之，至少也是＂兄弟鬩于牆＂，天天在家裏吵架。我讀書七八十年，在古今中外的書中還從未發現過這種心理狀況，實在很值得社會學家和心理學家認眞探究。

我自己也並非例外。我的派性也並非不嚴重。但是，我自己認爲，我的派性來之不易，是拚着性命換來的。運動一開始，作為一系之主，我是沒有資格同"革命群眾"一起參加鬧革命的。"革命無罪，造反有理"，這呼聲響徹神州大地，與我卻無任何正面的關係，最初我是處在"革命"和"造反"的對象的地位上的。但是，解放前，我最厭惡政治，同國民黨沒有任何沾連。大罪名加不到我頭上來。被打成"走資派"和"資產階級反動學術權威"，是應有之義，不可避免的。這兩陣狂風一過，我又恢復了原形，成了自由民，可以混跡於革命群眾之中了。

如果我安分守己，老老實實的話，我本可以成為一個逍遙自在的逍遙派，痛痛快快地混上幾年的。然而，幸乎？不幸乎？天老爺賦予了我一個犟勁，我敢於仗義執言。如果我身上還有點什麼值得稱揚的東西的話，那就是這一點犟勁。不管我身上有多少毛病，有這點犟勁，就頗值得自慰了，我這一生也就算是沒有白生了。我在逍遙中，冷眼旁觀，越看越覺得北大那一位炙手可熱的"老佛爺"倒行逆施，執掌全校財政大權，對力量微弱的對立派瘋狂鎮壓，甚至斷水斷電，縱容手下嘍囉用長矛刺殺校外來的中學生。是可忍，孰不可忍！我並不真懂什麼這路線，那路線，然而牛勁一發，拍案而起，毅然決然參加了"老佛爺"對立面的那一派"革命組織"。"老佛爺"的心狠手毒是有名的。我幾乎把自己一條老命賠上。詳情書中都有敘述，我在這裏就不再囉嗦了。

不加入一派則已，一旦加入，則派性就如大毒蛇，把我纏得緊緊的，說話行事都失去了理性。十年浩劫一過，天日重明；但是，人們心中的派性仍然留下了或濃或淡的痕跡，稍不留意，就會顯露出來。同我一起工作的同事

——多半是十年浩劫中的對立面，批鬥過我，誣衊過我，審訊過我，踢打過我。他們中的許多人好像有點愧悔之意。我認為，這些人都是好同志，同我一樣，一時胡塗油蒙了心，幹出了一些不太合乎理性的勾當。世界上沒有不犯錯誤的人，這是大家都承認的一個真理。如果讓這些本來是好人的人知道了，我抽屜裏面藏着一部《牛棚雜憶》，他們一定會認為我是秋後算賬派，私立黑賬，準備日後打擊報復。我的書中雖然沒有寫出名字——我是有意這樣做的——，但是，當事人一看就知道是誰，對號入座，易如反掌。懷着這樣惴惴不安的心理，我們怎麼能同桌共事呢？為了避免這種尷尬局面，所以我才雖把書寫出卻秘而不宣。

那麼，你為什麼不乾脆不寫這樣一部書呢？這話問得對，問得正中要害。

實際上，我最初確實沒有寫這樣一部書的打算。否則，十年浩劫正式結束於一九七六年，我的書十六年以後到了一九九二年才寫，中間隔了這樣許多年，所為何來？這十六年是我反思、觀察、困惑、期待的期間。我痛恨自己在政治上形同一條蠢驢，對所謂"無產階級文化大革命"這一場殘暴、混亂、使我們偉大的中華民族蒙羞忍恥、把我們國家的經濟推向絕境、空前、絕後——這是我的希望——，至今還沒人能給一個全面合理的解釋的悲劇，有不少人早就認識了它的實質，我卻是在"四人幫"垮台以後腦筋才開了竅。我實在感到羞恥。

我的腦筋一旦開了竅，我就感到當事人處理這一場災難的方式有問題。粗一點比細一點好，此話未必毫無道理。但是，我認為，我們粗過了頭。我在上面已經說到，絕大多數的人都是受蒙蔽的。就算是受蒙蔽吧，也應該在這個千載難遇的機會中受到足夠的教訓，提高自己的水平，免得以後再重蹈覆轍。這樣的機會恐怕以後再難碰到了。何況在那些打砸搶分子中，確有一些禽獸不如的壞人。這些壞人比好人有本領，"文化大革命"中有一個常用的詞兒：變色龍，這一批壞人就正是變色龍。他們一看風頭不對，立即改變顏色。有的偽裝成正人君子，有的變爲某將軍、某領導的東床快婿，在這一張大傘下躲避了起來。有的鼓其如簧之舌，施展出縱橫捭闔的伎倆，暫時韜晦，窺探時機，有朝一日風雷動，他們又成了人上人。此等人野心大，點子多，深通厚黑之學，擅長拍馬之術。他們實際上是我們社會主義社會潛在的癌細胞，遲早必將擴張的。我們當時放過了這些人，實在是埋藏了後患。我甚至懷疑，今天我們的國家和社會，總起來看，是安定團結的，大有希望的。但是社會上道德水平有問題，許多地方的政府中風氣不正，有不少人素質不高，若仔細追蹤其根源，恐怕同十年浩劫的餘毒有關，同上面提到的這些人有關。

上面是我反思和觀察的結果，是我困惑不解的原因。可我又期待什麼呢？

我期待着有人會把自己親身受的災難寫了出來。一些元帥、許多老將軍，出生入死，戎馬半生，可以說是爲人民立了功。一些國家領導人，也是一生革命，是人民的"功臣"。絕大部分的高級知識分子，著名作家和演員，大都是勤奮工作，赤誠護黨。所有這一些好人，都被莫名其妙地潑了一身污水，羅織罪名，無限上綱，必欲置之死地而後快。真不知是何居心。中國古來有" 飛鳥盡，良弓藏；狡兔死，走狗烹 "的說法。但幹這種事情的是封建帝王，我們卻是堂堂正正的社會主義國家。所作所爲之殘暴無情，連封建帝王也會爲之自慚形穢的。而且涉及面之廣，前無古人。受害者心裏難道會沒有憤懑嗎?爲什麼不抒一抒呢?我日日盼，月月盼，年年盼；然而到頭來卻是失望，沒有人肯動筆寫一寫，或者口述讓別人寫。我心裏十分不解，萬分擔憂。這場空前的災難，若不留下點記述，則我們的子孫將不會從中吸取應有的教訓，將來氣候一旦適合，還會有人發瘋，幹出同樣殘暴的蠢事。這是多麼可怕的事情啊!今天的青年人，你若同他們談十年浩劫的災難，他們往往吃驚地又疑惑地瞪大了眼睛，樣子是不相信，天底下竟能有這樣匪夷所思的事情。他們大概認爲我在說謊，我在談海上蓬萊三山，" 山在虛無縹緲間 "。雖然有一段時間流行過一陣所謂" 傷痕 "文學。然而，根據我的看法，那不過是碰傷了一塊皮膚，只要用紅藥水一擦，就萬事大吉了。真正的傷痕還深深埋在許多人的心中，沒有表露出來。我期待着當事人有朝一日會表露出來。

此外，我還有一個十分不切實際的期待。上面的期待是對在浩劫中遭受痛苦折磨的人們而說的。折磨人甚至把人折磨至死的當時的" 造反派 "實際上是打砸搶分子的人，爲什麼不能夠把自己折磨人的心理狀態和折磨過程也站出來表露一下寫成一篇文章或一本書呢?這一類人現在已經四五十歲了，有的官據要津。即使別人不找他們算賬，他們自己如果還有點良心，有點理智的話，在燈紅酒綠之餘，清夜捫心自問，你能夠睡得安穩嗎?如果這一類人——據估算，人數是不老少的——也寫點什麼東西的話，拿來與被折磨者和被迫害者寫的東西對照一讀，對我們人民的教育意義，特別是我們後世子孫的教育意義，會是極大極大的。我並不要求他們檢討和懺悔，這些都不是本質的東西，我只期待他們秉筆直書。這樣做，他們可以說是為我們民族立了大功，只會得到褒揚，不會受到譴責，這一點我是敢肯定的。

就這樣，我懷着對兩方面的期待，盼星星，盼月亮，一盼盼了十二年。東方太陽出來了，然而我的期待卻落了空。

可是，時間已經到了一九九二年。許多當年被迫害的人已經如深秋的樹葉，漸趨凋零；因為這一批人年紀老的多、宇宙間生生死死的規律是無法抗禦的。而我自己也已垂垂老矣。古人說：" 俟河之清 "。在我的人壽幾何兩個期待中，其中一個我無能為力，而對另一個，也就是對被迫害者的那一個，我卻是大有可為的。我自己就是一個被害者嘛。我為什麼竟傻到守株待兔專期待別人行動而自己卻不肯動手呢?期待人不如期待自己，還是讓我自己來吧。這就是《牛棚雜憶》的產生經過。我寫文章從來不說謊說，我現在把事情的原委和盤托出，希望對讀者會有點幫助。但是，我雖然自己已經實現了一個期待，對別人的那兩個期待，我還並沒有放棄。在期待的心情下，我寫了這一篇序，期望我的期待能夠實現。

一九九八年三月九曰

緣　起

　　"牛棚"這個詞兒，大家一聽就知道是什麼意思。但是，它是否就是法定名稱，卻誰也說不清楚。我們現在一切講"法治"。講"法治"，必先正名。但是"牛棚"的名怎麼正呢?牛棚的創建本身就是同法"對着幹的"。現在想用法來正名，豈不是南轅而北轍嗎?

　　在北大，牛棚這個詞兒並不流行。我們這裏的"官方"叫做"勞改大院"，有時通俗化稱之為"黑幫大院"，含義完全是一樣的。但是後者更生動，更具體，因而在老百姓嘴裏就流行了起來。顧名思義，"黑幫"不是"白幫"。他們是專在暗中幹"壞事"的，是同"革命司令部"唱反調的。這一幫家伙被關押的地方就叫做"黑幫大院"。

　　"童子何知，躬逢勝餞!"我三生有幸，也住進了大院，——從語言學上來講，這裏的"住"字應該作被動式——而且一住就是八九個月。要說裏面很舒服，那不是事實。但是，像十年浩劫這樣的現象，在人類歷史上絕對是空前的——我但願它也絕後——，"人生不滿百"，我居然躬與其盛，這眞是千載難逢的機會，我不得不感謝蒼天，特別對我垂靑、加祐，以至於感激涕零了。不然的話，想找這樣的機會，眞比駱駝穿過針眼還要難。我不但趕上這個時機，而且能住進大院。試想，現在還會有人爲我建院，派人日夜守護，使我得到絕對的安全嗎？

我也算是一個研究佛敎的人。我旣研究佛敎的歷史，也搞點佛敎的義理。但是最使我感興趣的卻不是這些堂而皇之的佛敎理論，而是不登大雅之堂的一些迷信玩意兒，特別是對地獄的描繪。這在正經的佛典中可以找到，在老百姓的口頭傳說中更是說得活靈活現。這是中印兩國老百姓集中了他們從官兒們那裏受到的折磨與酷刑，經過提煉，"去粗取精，去僞存眞"然後形成的，是人類幻想不可多得的傑作。誰聽了地獄的故事不感到毛骨悚然、毛髮直豎呢？

我曾有志於研究比較地獄學久矣。積幾十載寒暑探討的經驗，深知西方地獄實在有點太簡單、太幼稚、太單調、太沒有水平。不信你去讀一讀但丁的《神曲》。那裏有對地獄的描繪。但丁的詩句如黃鐘大呂；但是詩句所描繪的地獄，卻實在不敢恭維，一點想像力都沒有，過於簡單，過於表面。讀了只能讓人覺得好笑。回觀印度的地獄則眞正是博大精深。再加上中國人的擴大與渲染，地獄簡直如七寶樓台，令人目眩神馳。讀過中國《玉曆至寶鈔》一類描寫地獄的書籍的人，看到裏面的刀山火海，油鍋大鋸，再配上一個牛頭，一個馬面，角色齊全，道具無缺，誰能不五體投地地欽佩呢？東方文明超過西方文明；東方人民的智慧超過西方人民的智慧，於斯可見。

我非常佩服老百姓的幻想力，非常欣賞他們對地獄的描繪。我原以爲這些幻想力和這些描繪已經是至矣盡矣，蔑以復加矣。然而，我在牛棚裏獃過以後，才恍然大悟，"革命小將"在東勝神州大地上，在光天化日之下建造起來的牛棚，以及對牛棚的管理措施，還有在牛棚裏製造的恐怖氣氛，同佛敎的地獄比較起來，遠遠超過印度的原版。西方的地獄更是瞠乎後矣，有如小巫見大巫了。

　　我懷疑，造牛棚的小將中有跟我學習佛敎的學生。我懷疑，他們不但學習了佛敎史和佛敎敎義，也學習了地獄學。而且理論聯繫實際，他們在建造北大的黑幫大院時，由遠及近，由裏及表，加以應用，一時成爲全國各大學學習的樣板。他們眞正是靑出於藍而勝於藍。僅此一點，就足以證明，我在北大四十年的敎學活動，沒有白費力量。我雖然自己被請入甕中，但衷心欣慰，不能自己了。

　　猶有進者，這一群革命小將還充分發揮了創新能力。在這個牛棚裏確實沒有刀山、油鍋、牛頭、馬面等等。可是，在沒有這樣的必需的道具下而能製造出遠遠超過佛敎地獄的恐怖氣氛，誰還能吝惜自己的讚賞呢?在舊地獄裏，牛頭馬面不過根據閻羅王的命令把罪犯用鋼叉叉入油鍋，叉上刀山而已。這最多只能折磨犯人的肉體，決沒有"觸及靈魂"的措施，決沒有"鬥私批修"、"狠鬥活思想"等等的辦法。我們北大的革命(?)小將，卻在他們的"老佛爺"的領導下在大院中開展了背語錄的活動。這是嶄新的創造，從來也沒有聽說牛頭馬面會讓犯人背誦什麼佛典，什麼"揭諦，揭諦，波羅揭諦"，背錯一個字，立即一記耳光。在每天晚上的訓話，也是舊地獄中決不會有的。每當夜幕降臨，犯人們列隊候訓。惡狠狠的訓斥聲，清脆的耳光聲，互相應答，融入夜空。院外小土山上，在薄暗中，人影晃動。我低頭斜眼一瞥，知道是"自由人"在欣賞院內這難得的景觀，宛如英國白金漢宮前面廣場上欣賞禦林軍換崗的盛況。此時我的心情實在不足為外人道也。

簡短截說，牛棚中有很多新的創造發明。裏面的生活既豐富多彩，又陰森刺骨。我們住在裏面的人，日日夜夜，分分秒秒，都讓神經緊張到最高限度，讓五官的本能發揮到最高限度，處處有荊棘坑坎，時時有橫禍飛來。這種生活，對我來說，是絕對空前的。對門外人來說，是無法想像的。當時在全國進入牛棚的人雖然沒有確切統計，但一定是成千累萬。可是同全國人口一比，仍然相形見絀，只不過是小數一端而已。換句話說，能進入牛棚並不容易，是一個非常難得的機會。人們不是常常號召作家在創作之前要深入生活嗎?但是有哪一個作家心甘情願地到黑幫大院裏來呢?成為黑幫一員，也並不容易，需要具備的條件還是非常苛刻的。

我是有幸進入牛棚的少數人之一，幾乎把老命搭上才取得了一些難得的經驗。我認為，這些經驗實在應該寫出來的。我自己雖非作家，卻也有一些舞筆弄墨的經驗。自己要寫，非不可能。但是，我實在不願意再回憶那一段生活，一回憶一直到今天我還是不寒而慄，不去回憶也罷。我有一個渺渺茫茫希望，希望有哪一位蹲過牛棚的作家，提起如椽大筆，把自己不堪回首的經歷，淋漓盡致地寫了出來，一定會開闊全國全世界讀者的眼界，為人民立一大功。

可是我盼星星，盼月亮，盼着東天出太陽，一直盼到今天，雖然讀到了個別人寫的文章或書，總還覺得很不過癮，我想要看到的東西始終沒有出現。蹲過牛棚，有這種經驗而又能提筆寫的人無慮百千。爲什麼竟都沉默不語呢？這樣下去，等這一批人一個個遵照自然規律離開這個世界的時候，那些極可寶貴的，轉瞬即逝的經驗，也將會隨之而消泯得無影無蹤。對人類全體來說，這是一個莫大的損失。對有這種經驗而沒有寫出來的人來說，這是犯了一個極大的錯誤。最可怕的是，我逐漸發現，十年浩劫過去還不到二十年，人們已經快要把它完全遺忘了。我同今天的青年，甚至某一些中年人談起這一場災難來，他們往往瞪大了眼睛，滿臉疑雲，表示出不理解的樣子。從他們的眼神中可以看出來，他們的腦袋裏裝滿了疑問號。他們懷疑，我是在講"天方夜譚"，我是故意誇大其辭。他們懷疑，我別有用心。他們不好意思當面駁斥我；但是他們的眼神卻流露出："天下哪裏可能有這樣的事情呢？"我感到非常悲哀、孤獨與恐懼。

我感到悲哀，是因爲我九死一生經歷了這一場巨變，到頭來竟然得不到一點瞭解，得不到一點同情。我並不要別人會全面理解，整體同情。事實上我對他們講的只不過是零零碎碎、片片段段。有一些細節我甚至對家人好友都沒有講過，至今還悶在我的心中。然而，我主觀認爲，就是那些片段就足以喚起別人的同情了。結果卻是適得其反。於是我悲哀。

我孤獨，是因爲我感到，自己已屆耄耋之年，在茫茫大地上，我一個人踽踽獨行，前不見古人，後不見來者。

年老的像三秋的樹葉，逐漸飄零。年輕的對我來說像日本人所說的"新人類"那樣互不理解。難道我就懷着這些秘密離開這個世界嗎?於是我孤獨。

我恐懼，是因為我怕這些千載難得的經驗一旦泯滅，以千萬人遭受難言的苦難為代價而換來的經驗教訓就難以發揮它的"社會效益"了。想再獲得這樣的教訓恐怕是難之又難了。於是我恐懼。

在悲哀、孤獨、恐懼之餘，我還有一個牢固的信念。如果把這一場災難的經過如實地寫了出來，它將成為我們這個偉大民族的一面鏡子。常在這一面鏡子裏照一照，會有無限的好處的。它會告訴我們，什麼事情應當幹，什麼事情又不應當幹，決沒有任何壞處。

就這樣，在反反復復考慮之後，我下定決心，自己來寫。我在這裏先鄭重聲明：我決不說半句謊言，決不添油加醋。我的經歷是什麼樣子，我就寫成什麼樣子。增之一分則太多，減之一分則太少。不管別人說什麼，我都坦然處之，"只等秋風過耳邊"。謊言取寵是一個品質問題，非我所能為，亦非我所願為。我對自己的記憶力還是有信心的。經過了所謂"文化大革命"煉獄的洗禮，"曾經滄海難為水"，我現在什麼都不怕。如果有人讀了我寫的東西感到不舒服，感到好像是揭了自己的瘡疤；如果有人想對號入座，那我在這裏先說上一聲：悉聽尊便。儘管我不一定能寫出什麼好文章，但是這文章是用血和淚換來的，我寫的不是小說。這一點想能得到讀者的諒解與同情。

以上算是緣起。

從社教運動談起

六十年代前半，在全國範圍內又掀起了一場驚心動魄的叫做"社會主義教育運動"的運動。北大又大大地折騰了一番。規律仍然是：這場運動你整我，下次運動我整你。混戰了一陣，然後平靜下來，又都奉命到農村去搞社會主義教育運動。

我於 1965 年秋天，開完了"國際飯店會議"以後，奉命到了京郊南口村，擔任這個村的社教隊的副隊長，分工管整黨工作。這是一個小小的山村。在鐵道修建以前，是口內外的交通要道。據當地的老百姓告訴我，當年這裏十分繁華，大街上店舖林立，每天晚上卧在大街上的駱駝多達幾百頭，酒館裏面劃拳行令之聲通宵達旦。鐵路一修，情況立變，現在已是今非昔比。全村到處可見斷壁頹垣，一片荒涼寂寞，當年盛況只殘留在老年人的記憶中了。

村裏社教運動進行的情況，我不想在這裏談。我只談與"文化大革命"有關的一些情況。這一場"史無前例的"所謂"革命"，來頭是很大很大的。這是盡人皆知的事實，用不着我再去細說。它實際上是在 1965 年冬天開始的，正是我在南口村的時候。這時候，姚文元寫了一篇文章：《評新編歷史劇〈海瑞罷官〉》，點起了"革命"的烽火。這一篇文章鼓其如簧之舌，歪曲事實，滿篇邪理。牠據說也是頗有來頭的。姚文元不過是拿着雞毛當令箭出台獻藝的小丑而已。我讀到這篇文章就是在南口村。我腦袋裏一向缺少政治細胞，雖然解放後幾乎天天學習政治，怎奈我天生愚鈍，時時刻刻講階級鬥爭，然而我卻偏偏忽略階級鬥爭。我從文章中一點也沒有體會出階級鬥爭的味道。我一點也沒有感覺出這就是"山雨欲來風滿樓"，這就是大風暴將要來臨的信號。我只把牠當做一篇平常的文章來看待。兼之我又有肚子裏藏不住話的缺點(優點?)。看完了以後，我就信口開河，大發議論，毫無顧忌。我到處揚言：我根本看不出《海瑞罷官》會同彭德懷有什麼瓜葛。我還說，"三家村"裏的三位村長我都認識，有的還可以說是朋友。我同吳晗三十年代初在清華是同學。一九四六年，我回到北平以後，還曾應他的邀請到清華向學生做過一次報告，在他家裏住過一宿。如此等等，說個沒完，我哪裏知道，說者無心，聽者有意。同我一起來南口村搞社教運動的有我的一位高足，出身貧農兼烈屬，平常對我畢恭畢敬，我內定他為我的"接班人"。就是這一個我的"心腹"，把我說的話都記在心中，等待秋後算賬，臉上依然是笑瞇瞇的。後來，到了"文化大革命"中，我自己跳出來反對北大那一位臭名遠揚的"老佛爺"，被關進牛棚。我的這一位高足看到時機已到，正好落井下石，圖得自己撈上一頂小小的烏紗帽，把此時記住的我說的話，竹筒倒豆子，再加上一點歪曲，傾盆倒到了我的頭上，把我"打"成了"三家村的小伙計"！我順便說一句，這一位有一百個理由能成為無產階級接班人的貧農兼烈屬的子弟，已經溜到歐洲一個小國當洋奴去了。時間是毫不留情的，它真使人在自己製造的鏡子裏照見自己的真相！

閒言少叙，書歸正傳。我仍然讀姚文元的文章。姚文元在這篇文章中使用的深文周納的邏輯，捕風捉影莫須有的推理，給以後在整個"文化大革命"中給人羅織罪名，樹立了一個極壞的樣板。這一套荒謬絕倫的東西是否就是姚文元個人的發明創造，我看未必。他可能也是從來頭很大的人那裏剽竊來的。無論如何，這一種歪風影響之惡劣，流毒之深遠，實在是罄竹難"數"。牠把青年一代的邏輯思維完全搞混亂了。流風所及，至今未息。

還有一件小事，我必須在這裏講一講。我們在南口村的社教工作隊，不是來自一個單位。除了北大以外，還有人來自中央廣播電台，來自警察總隊等單位。根據上面的規定，我們一律便衣，不對人講自己的單位。內部情況只有我們自己明白。我們這一夥來自四面八方的雜牌軍隊，儘管過去並不認識；但是萍水相逢，大家都能夠團結協作，感情異常融洽。公安總隊來了一位姓陳的同志，他是老公安，年紀還不大，但已有十年的黨齡。他有豐富的公安經驗，人也非常隨和。我們相處得非常好，幾乎是無話不談。但是，有一件小事卻引起了我的注意：他收到無論什麼信，看完之後，總是以火焚之。這同我的習慣正相反。我有一個好壞難明的習慣：我不但保留了所有的來信，而且連一張小小的收條等等微末不足道的東西，都精心保留起來。我這個習慣的心理基礎是什麼呢？我說不清楚，從來也沒有去研究過。看了陳的行徑，我自然大惑不解。特別是過舊曆年的時候，公安總隊給他寄來了一張鉛印的賀年卡片。這本是官樣文章，沒有什麼重要意義。但是陳連這樣一張賀年卡片也不放過，而且一定要用火燒掉，不是撕掉。我實在沉不住氣了，便開始了這樣的談話：

"你爲什麼要燒掉呢？"

"不留痕跡。"

"撕掉丟在茅坑裏不就行了嗎？"

"不行！仍然可能留下痕跡。"

"你過分小心了。"

"不是，幹我們這一行的深知其中的利害。一個人說不定什麼時候就會碰到點子上。一碰上，你就吃不了的兜着走。"

我大吃一驚，這眞是聞所未聞。我自己心裏估量：我也會碰到點子上的。我身上毛病不少，小辮子也有的是。有人來抓，並不困難。但是，我自信，我從不反黨，反社會主義；我也沒有加入任何反動組織，"反革命"這一頂帽子無論如何也是扣不到我頭上來的。心裏樂滋滋的，沒有再想下去。豈知陳的話眞是經驗之談，是從無數事實中提煉出來的眞理。過了沒有多久，我自己一跳出來反對北大那一位"老佛爺"，就被扣上了"反革命"的帽子。我曾胡謅了兩句詩："廿年一覺燕園夢，贏得反黨反社名。"*這是後話，這裏就先不談了。

---

*反社。這裏是指"反對社會主義"。——本書責任編輯註

一九六六年六月四日

　　南口村雖然是一個僻遠的山村，風景秀麗，居民和善。但是也決非世外桃源。我們來這裏是搞階級鬥爭的。雖然極左的那一套年年講、月月講、念念不忘階級鬥爭，我並不同意。但是，南口村，正如別的地方一樣，決不是沒有問題的，搞一點"階級鬥爭"看來也是必要的。我們哪裏想到，在我們在這裏搞階級鬥爭的同時，全國範圍內已經湧起了一場階級鬥爭的狂風暴雨。這一場風暴的中心是北京，而北京的中心是北京大學。

　　這一點我們最初是不知道的。我們僻處京郊，埋頭社教，對世事距離好像比較遠，對大自然好像是更爲接近。一九六六年的春天，同過去任何一個春天一樣，姍姍來遲。山村春來遲，是正常的現象。但是，桃花、杏花、梨花都終於陸續綻開了菁葵，一片粉紅雪白，相映成趣，春意盎然了。我們的活動，從表面上來看，一切照常，一切平靜。然而從報紙上來的消息，從外面傳進來的消息，知道一場大的運動正逼近我們。北京大學一向是政治運動的得風氣之先的地方。此時我們雖然不在學校，情形不十分清楚；但是那裏正像暴風驟雨前濃雲密布那樣，也正在醞釀着什麼，我們心裏是有底的。只不過是因爲身居郊外，暫時還能得到一點寧靜而已。

五月來臨，外面的風聲越來越緊。中央接二連三地發出一些文件，什麼"5.16通知"之類。事情本來已經十分清楚；但是，我上面已經說到，我腦袋裏最缺少政治細胞，缺少階級鬥爭那一根弦。我仍然我行我素，在南口村和煦的陽光中，在繁花如錦的環境裏，懵然成爲井中之蛙，從來沒有把這一場暴風雨同自己的命運聯繫起來。

此時城裏的燕園恐怕完全是另一番景象。從城裏回來的人中得知學校裏已經開了鍋。兩派(或者說不清多少派)之間爭辯不休，開始出現了打人的現象。據說中央派某某大員到北大去，連夜召開大會，想煞住這一股不講法制、胡作非爲的歪風。聽說，在短時間內起了一些作用。但是，過了沒有幾天，到了五月二十五日，那位"老佛爺"糾集了哲學系的幾個人，貼出了一張大字報："宋碩、陸平、彭珮雲要幹什麼？"立即引起了兩派人的辯論，有的人贊成，有的人反對。聽說在大飯廳附近，爭辯的人圍成了圈子，高聲嚷讓，通宵達旦。不知道有多少圈子，也說不清有多少人參加。如像是一塊巨石擊破了北大這塊水中天，這裏亂了套了。

這一張大字報的詳細內容，我們不清楚。但是，我們立刻就感覺到，這是校內社教運動的繼續，的發展。在我上面提到的所謂"國際飯店會議"上，反陸平的一派打了一個敗仗，捱了點整。按照我們最近多少年來的運動規律，這一次是被整者又崛起，準備整別人了。

到了六月一日，忽然聽到中央廣播電台播出了那一張大字報，還附上了什麼人的讚美之辭，說這是一張什麼"馬列主義大字報"。我沒有時間，也沒有水平去推敲研究：爲什麼一張大字報竟會是"馬列主義的"？一直到今天，我仍然沒能進化到能理解其中的奧義。反正馬列主義就是馬列主義，這好像釘子釘在案板上，鐵定無疑了。我們南口村的人當然也議論這一張大字報；可是並沒有形成了壁壘森嚴的兩派，只不過泛泛一談而已。此時校園內的消息不斷地陸陸續續地傳了過來，對我們的心情似乎沒有產生多大干擾，我們實在是不瞭解眞實情況，身處山中，好像聽到從遠處傳來的輕雷，不見雨點，與己無干，仍然"社教"不已，心中還頗有一點怡然自得的情趣。

北大東語系在南口村參加社教的師生有七八人之多，其中有總支書記，有系主任，那就是我。按照上面的規定，我們都是被整的對象，因爲我們都是"當權派"。所有的當權派，除了最高層的少數幾個天之驕子以外，幾乎都是走資本主義道路的(神秘莫測的中國語言把牠縮簡爲"走資派")。在南口村，東語系的走資派和一般教員和學生，相處得非常融洽。因此，我們這兩位走資派"難得糊塗"，宛如睡在甜甜蜜蜜的夢中，一點也沒有意識到，自己正走在懸崖邊上，下臨無地，只等有人從背後一推，立即能墮入深澗。而個別推我們的人此時正畢恭畢敬地圍繞在我們身邊，搖着秀美的小尾巴，活像一隻哈叭狗。

沒有想到——其實，如果我們政治嗅覺靈敏的話，是應該想到的——，六月四日，我們忽然接到學校裏不知什麼人的命令：立即返校，參加革命。我們帶的東西本來不多，一無書籍，二無細軟，幾床被褥，一個臉盆，順手一捲，立即成行，擠上了學校派去的大汽車。住了七八個月的南口村，現在要拜拜了。"客樹回看成故鄉"，要說一點留戀都沒有，那不是實情。心頭也確實漾起了一縷離情別緒。但是，此時有點兵荒馬亂的味道，顧不得細細咀嚼了。別人心裏想什麼，我不清楚。我們那一位總支書記，政治細胞比我多，階級鬥爭的經驗比我豐富。他沉默不語，也許有點什麼預感。但是此時誰也不知道自己的前途是什麼樣子。我雖然心裏也有點沒底兒，有點嘀咕，我也沒有時間考慮太多太多。以前從南口村請假回家時，心裏總是興高采烈的；但是這一次回家，卻好像是走向一個ter-ra incognita（未知的土地）了。

一個多小時以後，我們到了燕園。我原來下意識地期望，會有東語系的教員和學生來迎接我們，熱烈地握手，深情地寒暄，我們畢竟還是總支書記和系主任，還沒有什麼人罷我們的官嘛。然而，一進校門，我就大吃一驚：這哪裏還是我們前不久才離開的燕園呀！這簡直是一個大廟會。校內林蔭大道上，橫七豎八，停滿了大小汽車。自行車更是多如過江之鯽。房前樹下，角角落落，只要有點空隙，就要擠滿了自行車。真是洋洋大觀，宛如自行車的海洋。至於校內的人和外面來的人，更是不計其數。萬頭攢動，人聲鼎沸，以大飯廳為中心，人們成隊成團，擁擁擠擠，真好像是針插不進，水潑不入。我們的車一進校門，就寸步難行。我們只好下車步行，好像是幾點水珠匯入大海的波濤中，連一點水花都泛不起來了。什麼迎接，什麼握手，什麼寒暄，簡直都是想入非非，都到爪哇國去了。

據說從六月一日起，天天如此。到北大來朝拜第一張"馬列主義大字報"的人，像潮水般湧進燕園。在"馬列主義"信徒們眼中，北大是極其神聖，極其令人嚮往的聖地，超過了麥加，超過了耶路撒冷，超過了西天靈鷲峰雷音寺。一次朝拜，可以滌除身體上和靈魂中的一切污濁，一切罪孽。來的人每天有七八萬十幾萬甚至幾十萬。先是附近學校裏的人來，然後是遠一點的學校裏的人來，最後是外地許多大學裏的人，不遠千里，不遠萬里，風塵僕僕地趕了來。本地的市民當然是當仁不讓，也擠了進來湊熱鬧，夾在裏面起鬨。這比逛天橋要開心多了。除了人以外，牆上，地上，樹上，還佈滿了大小字報，內容是一邊倒，都是擁護"第一張馬列主義的大字報"的。人的海洋，大字報的海洋，五光十色，喧聲直上九天。

我在目瞪口呆之餘，也擠進了人群。雖然沒有迎接，沒有歡迎；但也沒有怒斥，沒有批鬥，沒有拳打，沒有腳踢。我以一個自由人的身份，混入人海中，暫且逍遙一番。一同回來的那一位總支書記，處境卻不美妙。一下車，他就被革命小將"接"走，或者"劫"走。接到不知到什麼地方去了。他是欽定的"走資派"，罪有應得。從此以後，在長達幾年的時間內，我就沒有再見到他。我在外文樓外的大牆上，看到了一大批給他貼的大字報，稱他為"牧羊書記"，極盡誣衊、造謠、無中生有、人身攻擊之能事。說他是"陸平的黑班底"，保皇派，走資本主義道路的驍將，急先鋒。陸平的日子當然更為難過。他是馬列主義大字報上點了名的人，是禍首罪魁，是欽犯。他的詳細情況，我不清楚。我只知道，他被"革命"群眾揪了出來，日夜不停地批鬥，每天能鬥上四十八小時。批鬥的場所一般就在他住的地方。他被簇擁着站在短牆頭上，下面群衆高呼口號，高聲謾罵。主持批鬥的人羅織罪名，信口開河。此時群情"激昂"，"義憤"塡膺。對陸平的批鬥一時成爲北大最吸引人的景觀。不管什麼人，只要到北大來，必然來參觀一番。而且每個人都有權把陸平從屋子裏揪出來批鬥，好像舊日戲園子裏點名角的戲一樣。

我自己怎樣呢?我雖然已經意識到，自己是泥菩薩過江，自身難保；但是還沒有人來"接"我，我還能住在家裏，我還有行動自由。有人給我貼了大字報，這是應有之義，毫不足怪。幸而大字報也還不多。有一天，我到東語系學生住的四十樓去看大字報。有一張是給我貼的，內容是批判我的一篇相當流行的散文:《春滿燕園》。在貼大字報的"小將"們心中，春天就象徵資本主義；歌頌春天，就是歌頌資本主義。我當時實在是大惑不解:爲什麼古今中外的人士無不歡迎的象徵生命昭蘇的明媚的春天會單單是資本主義的象徵呢?以後十幾年中，我仍然不解；一直到今天，這對我仍然是一團迷霧。我的木腦袋不開竅，看來今生無望了。我上面說到，姚文元的那一篇批判《海瑞罷官》的臭文，深文周納，說了許多歪理。後來批判"三家村"的《燕山夜話》等著作，在原來的基礎上又有了發展。看來這一套手法是有來頭的，至少是經過什麼人批准了的。後來流毒無窮，什麼"利用小說反黨"等等一系列的"理論"依次出籠，滔滔者天下皆是矣。我的政治水平，並不比別人高。我也是虔誠信神的人。但是，有一點我是清楚的:我文章裏的春天同資本主義毫不相干。我是真心實意地歌頌祖國的春天的。因此,我看了那一張大字報,心裏真是覺得憋氣,不由自主地哼了一聲。這一哼連半秒鐘都沒有用上,孰料這一哼竟像我在南口村談姚文元的文章一樣,被什麼隱藏在我身後的人錄了下來(當時還沒有錄音機,是用心眼錄下來的)。到了後來,我一跳出來反對他們那一位"老佛爺",就成了打向我的一顆重型炮彈。

反正我此時還是一個自由人,可以到處逍遙。這時的燕園比起六月四日來,其熱鬧程度又大大地增加了。那時候,許多邊遠的省份,受到了千山萬水的阻隔,沒有能趕到北京來,朝拜北大這一塊"聖地"。現在都趕來了。燕園在平常日子看上去還是比較遼闊的。但是,在這"八方風雨會燕園"的日子裏,卻顯得極其窄狹,極其渺小。山邊樹叢,角角落落,到處都擠滿了人。我這渺小的人,更像是大海中一滴水,太倉中一粒米了。

據我的觀察,這一階段,鬥爭的矛頭是指向所謂"走資派"的。什麼叫"走資派"呢?上至中央人政府,下至一個小小的科室,只要有一個頭頭,他必然就是"走資派"。於是走資派無所不在,滔滔者天下皆是矣。我政治覺悟奇低,我在當時一直到以後相當長的時間內,我總是虔心敬神,擁護"文化大革命"的。但是,每一個單位必有一個走資派,我卻無論如何也不能理解。每一個大小頭頭都成了走資派,我們工作中的成績是怎樣來的呢?反正我這個道理沒有地方可講,沒有人可講。既然上頭認為是這樣,"革命小將"也認為是這樣,那就只有這樣了。革命不是請客吃飯嘛,我還有什麼話可說呢?可憐我們虔誠地學習了十幾年唯物論和辯證法，到頭來成了泡影。唯物主義者應該講實事求是。當前的所作所為，是哪一門的實事求是呢？我迷惑不解。

革命小將也決不可輕視。他們有用之不竭的創造力。北大的走資派在脖子上被掛上了大木牌，上面寫着這個走資派的名字。這個天才的發明就出自北大小將們之手。就像巴黎領導世界時裝的新潮流一樣，當時的北大確實是領導着全國" 文化大革命 "的新潮流。脖子上掛木牌這一個新生事物一經出現，立即傳遍了全國。而且在某一些地方還有了新的發展。掛木牌的鋼絲愈來愈細，木牌的面積則愈來愈大，分量愈來愈重。地心吸力把鋼絲吸入" 犯人 "的肉中，以致鮮血直流。在這方面北大落後了，流血的場面我還沒有看到過。但是" 批鬥 "的場面我卻看了不少。如果是在屋中，則走資派站在講台上，低頭掛牌。" 革命 "群眾坐在椅子上。如果是在室外，則走資派站在椅子上，牆頭上，石頭上，反正是高一點的地方，以便示眾，當然是要低頭掛牌。我沒有見到過批鬥程序，但批鬥程序看來還是有的。首先總是先唸語錄，然後大喊一聲：" 把某某走資派押上來！"於是走資派就被兩個或多個戴紅袖章的青年學生把手臂扭到背後，按住腦袋，押上了審判台。此時群眾口號震天，還連呼" 什麼萬歲！"主要發言人走上前去發言進行批鬥。發言歷數被批鬥者的罪狀，幾乎是百分之百的造謠誣衊，最後一定要上綱上到驚人的高度：反黨，反社會主義，反偉大領袖。反正他說什麼都是真理，說什麼都是法律。革命群眾手中的帽子一大摞，願意給" 犯人 "戴什麼，就戴什麼，還要問" 犯人 "承認不承認，稍一遲疑，立即拳打腳踢，必至"犯人"鼻青臉腫而後已。這種批鬥起什麼作用呢?我說不清。是想震懾"犯人"嗎?我說不清。參加或參觀批鬥的人，有的認真嚴肅，滿臉正義。有的也嘻嘻哈哈。來自五湖四海的到北大來取經朝聖的人們，有的也乘機發洩一下迫害狂，結果皆大歡喜，人民大眾開心之日果然來到了。這種"先進"的經驗被取走，轉瞬之間，流溢全國。至於後來流行的"坐噴氣式"，當時還沒有見到。這是誰的發明創造呢?沒有人研究過，好像至今也還沒有人站出來申請專利。

在北大東語系，此時的批鬥對象，一個是我上面談到的總支書記。帽子是現成的:走資派。一個是和我同行的老教授。帽子也是現成的:反動學術權威，另外還加上了一頂:歷史反革命。給他們二人貼的大字報都很多，批鬥也激烈而且野蠻。對總支書記的批鬥我只見過一次，是在一個專門為貼大字報而搭起的蓆棚前面。蓆棚上貼的都是關於他的大字報，歷數"罪狀"，什麼"牧羊書記"之類的人身攻擊。他站在棚前，低頭彎腰。我不記得他脖子上掛着木牌，只在胸前糊上了一張白紙，上面寫着他的名字，上面用朱筆畫了一個叉。這是從司法部門學來的，也許是從舊小說中學來的。一個犯人被綁赴刑場砍頭時，背上就插着一個木牌，寫着犯人的名字，上面畫着紅叉。此時書記也享受了這種待遇。批鬥當然是激烈的，口號也是響亮的。批鬥儀式結束以後，給他背上貼上一張大字報，勒令"滾回家去!"大字報不許撕下來，否則就要罪上加罪。

對那位教授的首次批鬥是在外文樓上大會議室中。樓道裏，從一層起直到二層，都貼滿了大字報。還有不少幅漫畫，畫着這位教授手執鋼刀，朱齒獠牙，點點鮮血從刀口上流了下來，想藉此說明他殺人之多。一霎時，樓內血光閃閃，殺氣騰騰。這樣的氣氛對一個根本不准發言的老人進行所謂"批鬥"，其激烈程度概可想見了。結果是參加批鬥的青年學生群情激昂，真話與假話併舉，吐沫與罵聲齊飛，空氣中溢滿了火藥味。一隻字紙簍扣到了老教授頭上。不知道是哪一位小將把整瓶藍墨水潑到了他的身上，他的衣服變成了斑剝陸離的美國軍服。老先生就是在這樣的情況下被勒令"滾蛋"走回家中去的。

到了六月十八日，不知道是哪一位"天才"忽發奇想，要在這一天大規模地"鬥鬼"。地址選在學生宿舍二十九樓東側一個頗高的台階上。這一天我沒有敢去參觀。因為我還是有一點自知之明的。我這樣一座泥菩薩最好是少出頭露面，把尾巴夾緊一點。我坐在家中，聽到南邊人聲鼎沸，口號震天。後來聽人說，截至到那時被揪出來的"鬼"，要一一鬥上一遍，揚人民之雄風，振革命之天聲。每一個"鬼"被押上高台，喊上一陣口號，然後一腳把"鬼"踹下台去。"鬼"們被摔得暈頭轉向，從地上泥土中爬起來，一瘸一拐，逃回家去。連六七十歲的老教授和躺在床上的病人，只要被戴上"鬼"的帽子，也毫無例外地被拖去批鬥。他們無法走路，就用抬筐抬去，躺在"鬥鬼"台上，捱上一頓臭罵，臨了也是一腳踹下高台，再用抬筐抬回家去。聽說那一夜，整個燕園裏到處打人，到處罵人，稱別人為牛鬼蛇神的真正的牛鬼蛇神瘋狂肆虐，滅絕人性。

從此以後，每年到了六月十八日，必然要" 鬥鬼 "。我可萬萬沒有想到，兩年後的這一天。我也成了" 鬼 "，被大鬥而特鬥。躬與其盛，千載難遇。此是外話，這裏暫且不表了。

一九六六年六月四日

對號入座

　　暫時的逍遙，當然頗為愜意。但是我心裏並不踏實。我清楚地意識到，我的頭上也是應該戴上帽子的。我在東語系當了二十年的系主任，難道就能這樣蒙混過關嗎？

　　我苦思苦想：自己也應該對號入座。當時帽子滿天飛，號也很多。我覺得有兩頂帽子，兩個號對我是現成的：一個是走資派，一個是反動學術權威。這兩頂帽子對我都非常合適，不大不小，恰如其分。

　　什麼叫走資本主義道路的當權派呢？首先他應該是一個當權派；不是當權派就沒有資格戴這頂帽子。我是一系之主，一個比七品芝蔴官還要小好多倍的小不點官兒。但這也畢竟是一個官兒。我是當權派無疑了。我走沒有走資本主義道路呢？我說不清楚。既然全國幾乎所有的當權派都走了資本主義，我能不走嗎？因此，我認為這一頂帽子蠻合適。

　　什麼叫資產階級學術權威呢？不管我的學問怎樣，反正我是一級教授，中國科學院的學部委員，權威二字要推也是推不掉的。我是不是資產階級呢？資產階級的核心是個人主義。我學習了將近二十年的政治，這一點深信不疑。我有個人考慮，而且還不老少。這當然就是資產階級思想。我有這樣的思想，當然就是資產階級。資產階級就反動。再加上學術權威，我不是反動的資產階級學術權威又是什麼呢？幾個因素一拼湊，一個活脫脫的反動權威的形象就樹立了起來。不給我戴這頂帽子，我反而會覺得不公平，不舒服。我是心悅誠服，"天王聖明，臣罪當死。"

但是問題還不就這樣簡單。我最關心的是：這是什麼性質的矛盾？

從五十年代中期起，全國都在學習兩類不同性質的矛盾。我當然也不例外。我越學習越佩服，簡直是打心眼兒裏五體投地地佩服。在無數次的學習會上，我也大放厥辭，談自己的學習體會，眉飛色舞，吐沫飛揚。然而，到了"無產階級文化大革命"，我才發現，以前都是紙上談兵，沒有聯繫自己的實際。現在我必須聯繫自己的實際了。我想知道，這樣兩頂帽子究竟是什麼性質的矛盾？

大家都知道，在新社會，對廣大人民群眾來說，生活當然是好的。但是，不管出於什麼原因，如果被扣上敵我矛盾的帽子，日子卻會非常不舒服，簡直是如履薄冰，如坐針氈；夾起尾巴，還會隨時招來橫禍。人民大眾開心之日，就是反革命分子難受之時嘛。過去我對於這一點只有理性認識，從來也不十分關心。"文化大革命"一起，問題就要發生在自己身上了。我才知道，這是萬分重要的問題。我自己對號入座。甘願戴上那兩頂帽子。非我喜開帽子舖，勢不得不爾也。但是，這兩頂帽子是什麼性質的矛盾呢？這個問題對我來說萬分關鍵。到了此時，這已經不是一個純理論問題，而是一個現實問題，我努力想找一個定性的根據了。

所有的報刊雜誌都強調，要正確區分和處理這兩類矛盾。但是其間界限卻萬分微妙，簡直連一根頭髮絲的十萬分之一都不到。換句話說就是若無實有，卻又難以捉摸。在某一些情況下，世界上任何定性分析專家和任何定量分析專家都無能為力。我自己也是越弄越胡塗。兩類不同性質的矛盾的理論是一個哲學問題呢？還是一個法律問題？如果是一個哲學問題，它究竟有什麼實際意義？如果是一個法律問題，為什麼法律條文中又沒有表露出來？我對法律完全是門外漢。但是我在制訂法律的最高權力機構獃過五年，從來沒在法律條文中見到什麼兩類不同性質的矛盾這樣的詞兒。原因何在呢？我迷惑不解。

我不是對理論有了興趣。我對今天說白明天說紅的完全看風使舵的理論，只有厭惡之感，沒有同情之意。但是，現在對我來說，這卻不是一個理論問題。我在對號入座的過程中，憂心忡忡，完全是為了這一個非常現實的問題。我是身處敵我之間，心懸兩類之外，形跡自由，內心矛盾，過着有憂有慮的日子。

我們平常講到戴政治帽子，往往覺得這是非常簡單的事情。＂事不關己，高高掛起＂嘛。解放以後，政治運動形形色色，戴的帽子五花八門。給別人戴什麼帽子，都與己無關。我就這樣順利地度過了將近二十年，從來沒有切膚之感。我看被戴上帽子的人都是畢恭畢敬，＂天王聖明，臣罪當死＂。他們內心裏的感受，我從來沒想去瞭解過。我也從來沒有見過一個人主動爭取戴帽子的。可我現在左思右想，前瞻後顧，總覺得或者預感到，自己被戴上一頂帽子，心裏才踏實，好像是寒天大風要出門那樣。現在帽子滿天飛，可是不知道究竟掌握在誰的手中。難道正副上帝分工還有一個掌管帽子的上帝嗎？

在革命群衆眼中，我不知道自己的地位如何。反正還沒有人公開訓斥我，更不用說動手打我。我這個系主任還沒有明令免職，可是印把子卻不知道是從什麼時候起從我手中滑掉了。也有幾次小小的突然襲擊，讓我忙上一陣子，緊張一陣子。比如，有一天我到外文樓去，在佈告欄裏貼着一張告示：“勒令季羨林交出人民幣三千元！”我的姓名前面沒有任何字眼，旣無“走資派”，也沒有“反動學術權威”，“禿頭無字並肩王”。我覺得頗爲失望。但是，旣有成命，當然要誠惶誠恐地加以執行。於是立即取出三千元，送到學生宿舍指定的房間。我滿臉堆笑，把錢呈上。幾個學生臉上都有點怪物相，不動不笑，令我毛骨悚然。但是，完全出乎我的意料，他們拒絕接受，“你拿回去吧！”他們說。我當然敬謹遵命了。

又有一次，我正在家裏看書，忽然隨着極其激烈的敲門聲，闖進來了幾個靑年學生，聲稱是來“破四舊”的。什麼叫“四舊”呢？我說不淸楚。要考證也沒有時間。只好由這一群紅衞兵裁決。我的桌子上，牆上，牀上擺着或掛着許多小擺設，琳琅滿目。這些就成了他們破的主要對象。他們說什麼是四舊，我就拿掉或者砸掉。我敬謹遵命，心裏頭連半點反抗的意思都沒有。因爲經典性的說法是，他們代表了革命的大方向。在半小時以內，我“破”

了不少我心愛的東西。我回憶最清楚的是一個我從無錫帶回來的惠山泥人大阿福，是一個胖胖的滿面含笑的孩子，非常逗人歡喜。他們不知道怎樣靈機一動，發現我掛在牆上的領袖像上沒有灰塵，說我是剛掛上的，痛斥我敬神不虔誠。事實上，確實是我剛掛上的；但我敬謹對曰："正是由於我敬神虔誠，'時時勤拂拭'，所以才沒有灰塵。"革命小將的虔誠和細心，我不由得由衷地敬佩。但是，我在當時虔誠達到頂峰的時期，心裏就有一個叛逆的想法：要想破四舊*，地球上最舊的東西無疑是地球本身，被破的對象地球應當首當其衝。順理成章地講，爲什麼不先把地球破掉呢？從那以後，我陸陸續續地聽到了許多關於全國破四舊的消息。一位教授告訴我，他藏有一幅齊白石的畫，一幅王雪濤的畫，都被當做四舊破掉了。這只是戔戔小者。全國究竟破掉了多少國寶，恐怕永遠無法統計了。如果當時全國眞正完完全全貫徹破四舊的方針的話，我們祖國的寶貴文物豈不一掃而光了嗎？即使我們今天想發揚，還留下什麼東西値得發揚的呢？我眞是不寒而慄。

我還是回頭來談戴帽子的問題，這是我念念不忘、念念難忘的一件事。革命群眾或者上頭什麼人究竟要給我戴哪一頂帽子？這不是我能決定的一個問題。隨着革命的前進，我漸漸感覺到，他們大概給我戴資產階級反動學術權威這一頂帽子。我上面已經說過，我自己想戴的也正是這樣一頂帽子。雙方不謀而合，快何如之！按字面來講，這

---

*四舊。一個盛行於"文革"期間的名詞，乃"舊思想、舊文化、舊風俗、舊習慣"的簡稱。——本書責任編輯註

是敵我矛盾。但是，上頭又說，敵我矛盾也可以按人民內部矛盾來處理。我大概就屬於這個範疇吧。

革命群眾沒有把我忘掉，時不時地還找我開個批判會什麼的——要注意，是批判會，而不是批鬥會；一字之別，差以千里——主要批判我的智育第一，業務至上，他們管這個叫作“修正主義”，多麼奇妙的聯繫啊！據說我在《春滿燕園》中所宣揚的也是修正主義。連東語系也受到了我的牽連。據說東語系最突出的問題就是智育第一，業務至上。對於這一點，我心悅誠服地接受。如果這就是修正主義的話，我樂於接受修正主義這一頂頗為嚇人的帽子。解放後歷屆政治運動，只要我自己檢查或者代表東語系檢查能夠檢查這一點，檢查到自己智育第一，業務至上的修正主義思想，必然能順利過關。“文化大革命”也不例外。但我是一個“死不改悔”者。檢查完了，關一過，我仍然照舊搞我的修正主義。到了今天，回首前塵，我恍然若有所悟。如果我在過去四十年中沒有搞點這樣的修正主義的話，我今天恐怕是一事無成，那七八百萬字的著譯也決不會出現。我真要感謝自己那一種死不改悔的牛勁了。不管怎樣，給我戴上與業務掛帥有一些聯繫的資產階級反動學術權威的帽子而又當作人民內部矛盾來處理，我真是十分滿意。雖然我自己也清晰地意識到，自己的處境也並非就是完全美妙，自己還是像一隻空中的飛鳥，處處有網羅，人人可以用鳥槍打，用石頭砸；但是畢竟還有不打不砸的時候，我樂得先快活一陣子吧。

快活半年

　　大家都知道，泰山上有一個快活三里。意思是在艱苦的攀登中，忽然有長達三里的山路，平平整整，走上去異常容易，也就異常快活，讓爬山者疲憊的身體頓時輕鬆下來，因此名為"快活三里"。

　　"文化大革命"無疑是一場艱苦的攀登，其艱苦驚險的程度遠遠超過攀登泰山南天門。我也不可避免地成為這一場革命的攀登者。可是從一九六六年下半年至一九六七年上半年，大約有半年多的一段時間，我卻覺得，腳下的路雖然還不能說是完全平坦，可走上去比較輕鬆了。儘管全國和全校正為一場驚天動地巨大無比的風暴所席捲，我頭上卻暫時還是晴天。在經過了第一陣艱險的風暴以後，我得到了一個喘息的機會，心裏異常喜悅，我在走自己的快活三里了。

　　我從前只知道，有一些哲學家喜歡探討人在宇宙中的地位問題，與此有牽連的是人在社會中的地位問題。我可從來沒有關心過我自己在社會中的地位如何。解放以後，情況變了。政治運動一個接一個。在每次政治運動中，每一個人都有一個在運動中的地位問題。粗略地說，地位可以分為兩大類：整人者與被整者。細分起來，那就複雜得多了。而且這個地位也不是一成不變的。隨着運動的進展，隊伍不斷地分化，重新組合。整人者可以變為被整者，而被整者也可以變為整人者。有的在這次運動中整人或者被整，到了下一次運動，地位正倒轉過來。人們的地位千變萬化，簡直像諸葛武侯的八陣圖，令人眼花繚亂，迷惑不解。

在"文化大革命"中，我當然非常關心自己的地位。我在上面談到的帽子問題，實際上也就是地位問題。我的地位長期懸在空中，心裏老是嘀嘀咕咕，坐臥不寧。後來我逐漸發現，自己還沒有被劃歸敵我矛盾。有這一點，我就放心了。我仍然是"人民"，這對我來說是天大的事情。我於是打着人民的招牌，逍遙起來了。要知道，在當時，在敵我矛盾與人民內部矛盾之間，在人民與所謂"反革命分子"之間，橫着一條其寬無比其深無比的鴻溝。如果處在鴻溝這一邊，在人民的這一邊，許多事情都很好辦，即使辦錯一件事，說錯一句話，這都算是一時不小心所犯的錯誤，沒有什麼了不起。但是，如果被劃到對岸去，成為敵人，那就會有無限的麻煩，即使夾起尾巴，處處謹小慎微，決不敢亂說亂動；可是一時不慎，辦錯一件事，說錯一句話，比如把"資本主義"說成"社會主義"或者倒轉過來，那就必然被上綱到反革命的高度，成為現行反革命，遭到批鬥。

但是劃分敵我，劃分兩類不同性質的矛盾，這個權力掌握在誰手裏呢？我真有點說不清楚。我的腦筋簡單，百思不得其解。雖然我暫時處在鴻溝的這一岸；但是卻感覺到，自己像是在走鋼絲，一不小心，就能跌落下去，跌落到鴻溝的對岸。那就等於跌落到地獄裏，永世不得翻身了。

我原來是東語系的系主任。這時當然已經不再是了。是免職？是撤職？誰也搞不清楚，反正也用不着搞清楚。"革命無罪，造反有理"，這就是當時的行動方針。至於什麼叫"革命"，什麼又叫"造反"？也沒有人去追問。連堂堂的國家主席，也不用經過任何法律就能夠拉出來批鬥。我這個小小的系主任，不過等於一粒芝麻、綠豆，當然更不在話下了。但是，我雖然失掉了那一頂不值幾文錢的小小的烏紗帽，頭上卻還沒有被戴上其他的帽子，這就可以聊以自慰了。

這時候，學校裏已經派來了"支左"的軍宣隊。*每一個系都有幾個解放軍戰士和軍官。系裏的"造反派"也組成了一個領導班子。造反派是怎樣產生出來的呢？專就東語系而言，情況大概是這個樣子：一些自命為出身好的教員和學生，堅決貫徹"階級路線"，組成了造反派，在自己胳臂上纏上一塊紅布，這就算是革命者的標誌。所謂出身好，指的是貧下中農、革命烈屬、革命幹部、工人。這些人根子正，一身紅，領導革命，義不容辭。再一部分人就是在社教運動中反對過陸平的人。他們覺悟高，現在來領導革命，也是順理成章。我記得，戴紅臂章的人似乎只

---

*這裏係指進駐北京大學校園的支持左派"鬧革命"的解放軍宣傳工作隊。——本書責任編輯註

限於第一種人。臂章一戴，渾身紅透，臉上更是紅光滿面，走起路來，高視闊步，威風凜凜，不可一世。為什麼第二種人不能戴紅臂章，我不清楚。這是他們革命家內部的事，與我無干，我也就不再傷腦筋了。我奇怪的是，好像還沒有人像當年的阿Q那樣，別上徽章，冒充革命。由此也可見，這些革命家的覺悟有多麼高了。只有革命幹部的子弟有點玄乎。雖然他們比別人更自命不凡，臂章一定要紅綢子來做，別人只能戴紅布的；但是他們的地位卻不夠穩定。今天他們父母兄姐仍在當權，他們就能鶴立雞群，耀武揚威；明天這些人一倒台——當時倒台是非常容易的——，他們的子弟立刻就成為"黑幫的狗崽子"，灰溜溜地靠邊站了。

所謂反對陸平，是指一九六四年在社教運動中，北大一部分教職員工和學生，在極左思想的影響下，認為當時的黨委書記兼校長陸平同志有嚴重問題，執行了一條資本主義復辟的路線，是修正主義的路線。於是群起揭發，一時鬧得滿園風雨，烏煙瘴氣。我的水平奇低，也中了極左思想的毒，全心全意地參加到運動中來。越揭發越覺得可怕，認為北大已經完全爛掉了。我是以十分虔誠的心情來幹這些蠢事的，幻想這樣來保衛所謂的革命路線。我是幼稚的，但是誠實的，確實沒有存在着什麼個人考慮，個人打算。專就個人來講，我同陸平相處關係頗為融洽，他對我有恩而無怨。但是，我一時胡塗蒙了心，為了保衛社會主義的前途，我必須置個人恩怨於度外，起來反對他。這就是我當時的真實的思想。後來中央出面召開了國際飯店會議，為陸平平反，號召全校大團結，對反對過陸平的人，連一根毫毛也沒有碰。我經過反思，承認了自己的錯誤，作了自我批評。到了一九六五年的深秋，我就到了京郊南口村，參加農村的社教運動。

到了"文化大革命"，正如我在上面已經談過的那樣，我經過了首次衝擊，比較順利地度過了資產階級反動學術權威這個階段。後來軍宣隊進了校，東語系幹部隊伍重新組合。我曾經是反過陸平的人，按理說也應該歸入"革命幹部"隊伍內；但是，據說我向陸平投降了，階級立場不穩，必須排除在外。那幾個在國際飯店堅持立場，堅決不承認自己有任何錯誤的人，此時成了真正的英雄。有的當了東語系革命委員會的頭頭，有的甚至晉升到校革命委員會中，當了領導。我對此並無意見。但是，我仍然關心自己的地位。一位同我比較要好的革命小將偷偷告訴我。他看到軍宣隊的內部文件，我是被排在"臨界線"上的人。什麼叫"臨界線"呢？意思就是，我被排在敵我矛盾與人民內部矛盾中間那一條界線的人民這一邊。再往前走一步，就墮入敵我矛盾了。我心裏又驚又喜。驚的是自己的處境真是危險呀。喜的是，我現在就像是站在泰山上陰陽界那一條白線這一邊，向前走上一寸，就墮入萬丈懸崖下的黑龍潭中去了。

此時，全國革命大串聯已經開始。反正坐火車不花錢。於是全國各地的各類人物，都打着"革命"的旗子，到處旅遊。所有的車站上都是人山人海。只要有勁，再要上一點野蠻，就能從車窗子裏爬過人牆，爬進車廂，走到願意到的地方去。上面有人號召說，這就是革命，這就是點燃火炬。結果全國一團混亂，到處天翻地覆。有人說，這叫做"亂了敵人"。一派胡言亂語，駭人聽聞。是自己亂起來了。如果眞有敵人的話，他們只會彈冠相慶。我覺悟低，對於這一套都深信不疑。

北京大學本來就是"文化大革命"的發源地。到了此時，更成了革命聖地。每天通過大串聯到燕園來朝聖的，比"文化大革命"初起時，更多了不知多少倍。來的這一批人據說是什麼人的客人。不但來看，而且還要來住，來吃。北大人怎敢怠慢！各系都竭誠招待，分工負責一座住滿了"客人"的樓。我自己既然被恩准獃在臨界線的這一邊，爲了感恩圖報，表示自己的忠誠，更加振奮精神，晝夜值班。"客人"沒有棉被，我同系裏的其他人，從家裏抱去棉被。每天推着水車，爲"客人"打開水。我看到"客人"缺少臉盆，便自己掏腰包，一買就是二十個。看着嶄新的臉盆，自己心裏樂得開了花。

但是，正如俗話所說的，天下不如意事常八九。我快活得太早了，太過分了。革命小將，當然也有一些中將，好像並不領情。新被子，只要他們蓋上幾夜，總被弄得面目全非，棉花綻了出來，被面被撕破。回頭再看臉盆，更讓人氣短。用了才不過幾天，盆上已經是瘡痍滿目，慘不忍睹。最初我眞是出自內心地畢恭畢敬地招待這些"客人"，然而"客人"竟是這樣，我的頭上彷彿狠狠地給人打了一巴掌，心裏酸甜苦辣，簡直說不出是什麼味道了。

過了一段時間，大概到北京來的人實在太多了，有的地方甚至停產旅遊，再不抓，就會出現極大的危機了。上頭不知道是哪一個機構作出決定，勸說盲流到北京來的人回自己的原地區，原單位去，在那裏"抓革命，促生

牛棚雜憶

產 ”。北大的軍宣隊也接受了這一項任務。東語系當然也分工負一部分責，到校外外地人住得最多的地方去說服。我們在軍宣隊的帶領下，先到離學校最近的西頤賓館去勸說。那些嘗到甜頭的外地人哪裏會自動離開呢？於是勸說，辯論，有時候甚至有極其激烈的辯論。弄得我口乾舌燥，還要忍氣吞聲。終於取得了一些成果，外地人漸漸離開這裏，打道回府了。

從西頤賓館轉移到稍稍遠一點的國家氣象局。在這裏仍然勸說，辯論，展開激烈的辯論，一切同在西頤賓館差不多。但是，我在這裏卻大開了眼界。首先是這裏的大字報真有水平。大字報我已經看了成千累萬，看來看去，覺得都非常一般化，我的神經已經麻木，再也感不到什麼新鮮味了。這裏的大字報，大標語卻真是準確、鮮明、生動。那些一般化的大字報當然也有。可也有異軍突起、石破天驚的，比如“切碎某某某”、“油炸某某某”等等。“油炸”這個詞兒多麼生動有力！令人看了永世難忘。難道這也是同我在本書開頭時講的那樣從陰曹地府裏學來的嗎？最難忘的一件事情就是，我親眼目睹了一次批鬥走資派的會。一輛小轎車慢慢地開了過來。車門開處，一個西裝（或者是高級毛料制服）筆挺的走資派——大概是局長之類——從車上走了下來，小心翼翼地從車的後座上取出來一頂紙帽子，五顏六色，奇形怪狀，戴到了自己頭上。上面掛滿了累累垂垂的小玩意兒，其中特別惹人注目的是一個小王八，隨着主人的步伐，在空中搖擺着。他走進了會場，立即湧起了一陣口號聲，山呼海嘯，震天動地。接着是發言批判。所有的儀式都進行完畢了以後，走資派走出會場，走到車前，把頭上的桂冠摘下來——我注意到小王八還在擺動——，小心翼翼地放到後座上，大概是以備再用。他臉上始終是笑眯眯的。這真讓我大惑不解。這笑意是從哪裏來的呢？在"切碎"、"油炸"了一通之後，居然還能笑得出來！這點笑容真比蒙娜麗莎臉上著名的笑容，還更令人難解。我的見識又提高到了一個新的高度。

氣象局的任務完成了，我們又揮師遠征，到離開北大相當遠的一個機關，去幹同樣的工作。此時已是一九六六年的冬天，天氣冷起來了。我每天從學校騎車到現場去，長途跋涉，一個多小時才能到達。遇上雪天，天寒地滑，要走兩個小時。中午就在那裏吃飯。那裏根本沒有我們獸的房間。在院子裏搭了一個天棚，吃飯就在這裏。這個天棚連風都遮不住，遑論寒氣！飯菜本來就不夠熱，一盛到冰冷的碗裏，如果不用最快的速度狼吞虎咽地把飯菜扒拉到肚子裏，飯碗週圍就會結成冰碴。想當年蘇武在北海牧羊，吃的恐怕就是這樣帶冰碴的飯。這樣的生活苦不苦呢？說不苦，是違心之談。但是，我的精神還是很振奮的，很愉快的。在第一次革命浪潮中，我沒有被劃為走資派，而今依然浪跡革命之內，濫竽人民之中，這真是天大的幸福，我應該感到滿足了。

這樣過了一些日子，外地來京串聯的高潮漸漸過去，外地來京的"革命群眾"漸漸都離開了北京。我們勸說的任務可以說是勝利完成，於是班師回校。

回到學校以後，仍然有讓我憶念難忘，也頗值得高興的事情。首先是海淀區人民代表的選舉。在中國，人民代表大會是三級制，最下一級是區、縣的人民代表大會，是由選民直接選舉代表而組成的。再由區、縣人民代表大會選出省、市人民代表大會的代表。最後由省、市人民代表大會選出代表，組成最高一級的全國人民代表大會。區、縣代表名義上雖低，但是真正由選民選出的，最能體現真正的民主，競爭也最激烈。在"文化大革命"以前，我擔任過幾屆全國政協委員，一屆北京市人大代表。海淀區人大代表選舉也參加過幾次。當時我可真是萬萬沒有想到，能投上一票也並不容易！這一次選舉是在"文化大革命"初期風暴過後舉行的。很多以前有選舉權的"人民"，現在成了走資派，相應被擠出"人民"的範圍，丟掉了選票。我幸而還留在人民內部，從而保住了選舉權。當我在紅榜上看到自己的名字時，那三個字簡直是熠熠生光，彷彿凸了出來一樣。當年在帝王時代"金榜題名時"的快樂，恐怕也不會超過我現在的快樂，我現在才體會到，原來認為唾手可得的東西，也是來之不易啊！投票的那一天，我換上了新衣服，站在"人民"中，手裏的紅紅的選票像千斤一般重。我真是歡喜欲狂了。我知道，自己還沒有變成像印度的不可接觸者那樣。還沒有人害怕我踩了他的影子。幸福的滋味溢滿我的心中，供我仔細品嚐，有好多天之久。

還有一件事情也帶給我了極大的快樂，給我留下的回憶永世難忘。在一個麥收季節。東語系的"革命"師生奉派在軍宣隊率領下到南苑附近的一個村莊裏去協助麥收。記得那一年雨比較多。在那裏住了十多天，幾乎天天下雨。雨下不長，幾乎是轉眼就過。可也製造了不少麻煩。我們白天從麥田裏把綑好的麥子揹回村裏，攤在麥場上，等候曬乾，再把麥粒打出來。一陣雨一來，我們就着了慌，用油布把麥子蓋上。雨一過，太陽一出，再把油布掀掉。有時候一天忙活好幾陣子。特別是夜裏下雨，我們立即起身，跑到場裏蓋油布，忙得渾身大汗，再被雨水一澆，全身成了落湯雞，然而農民卻沒有一個出來的。那時他們正在通向天堂的人民公社裏吃大鍋飯，誰也不肯賣力。像我這樣準備隨時接受貧下中農再教育的“老九”，實在有點想不通。這樣一些人拿什麼來教育我們呢？再想到那些風行一時的把農民的覺悟程度拔到驚人高度的長篇小說，便覺得作者看風使舵，別有用心。從那時起，再也不讀這樣的小說了。

我混跡“人民”之中，積極性特別高。白天到麥田裏去揹綑好了的麥子，我是“韓信將兵，多多益善”，我揹的綑數決不低於年輕的小夥子。因此回校以後，受到系裏的當眾表揚，心裏美滋滋的。但是，在南苑的生活卻不能說是舒服的。白天勞動一天，身體十分疲憊。晚上睡在一間大倉庫裏。地上密密麻麻地佈滿了地鋪，一個人所佔的面積僅能容身。農村蚊子特多，別人都帶了蚊帳，外加驅蚊油。我是孑然一身，什麼都沒有帶。夜裏別人都放下帳子，蚊子不得其門而入。獨獨我這裏卻是完全開放的，於是所有的蚊子都擁擠到我這裏來，蚊聲如雷，下襲如雨。我就成了舊故事中的孝子，代父母捱咬。早晨起來，傷痕遍體，我毫無怨言。而且生活並不單調，也時有興味盎然的小插曲。比如有一天，正當我們在麥田裏揹麥綑時，忽然發現了一隻小野兔。於是大家都放下自己手中的活，紛紛追趕兔子。不管兔子跳得多快，我們人多勢眾，終於把小兔的一條腿砸斷，小兔束手被擒。另外，有的人喜歡吃蛇。一天捉住了一條，立即跑回村內，找了一個有火的地方，把蛇一燒，就地解決，吞下肚中。這樣一些再小不過的小事，難道不也能給平板的生活塗上一點彩色，帶來一點快樂嗎？

　　我就是這樣度過了快活半年。

自己跳出來

好景從來不長。

我快活到了一九六七年的夏秋之交。

此時北大的革命小將,加上一些中將和老將,早已分了派。這是完全符合事物發展規律的。《三國演義》上說得好:"夫天下大事,分久必合,合久必分"。現在是到了分的時候了。

在分裂之前的一個短時期之內,北大曾有過一個大一統的局面。此時群衆革命組織只有一個,這就是新北大公社。公社的頭子就是那位臭名昭著的所謂"第一張馬列主義大字報"的作者之一的"老佛爺"。此人據說是"三八式",也算是一個老幹部了,老革命了。但是,調到北大來以後,卻表現得並不怎麼樣。已經是一個老太婆了,卻打扮得妖裏妖氣。她先在經濟系擔任副系主任。後來又調到哲學系,擔任總支書記。她寅緣時會,在第一張馬列主義大字報上簽了一個名,得到了中央某一些人的大力支持,兼之又通風報信,這一個女人就飛黃騰達起來,一時成爲全國的中心人物,炙手可熱。但是,我同這個人有過來往，深知她是一點水平都沒有的，蠢而詐，冥頑而又自大。每次講話，多少總會出點漏子，鬧點笑話。在每次開會前，她的忠實信徒都爲她捏一把汗。可就是這樣一個人，一時竟成了燕園的霸主，集黨政大權於一身，爲所欲爲，驕橫恣縱。

有壓迫就有反抗，古今中外，概莫能外。對於這樣一個女人，有的學生逐漸感到不能忍受。於是在新北大公社之外，風起雲湧，出現了大大小小的革命組織。大都自稱爲某某戰鬥隊，命名幾乎全取自毛澤東的詩詞，什麼“縛蒼龍”戰鬥隊，什麼“九天攬月”戰鬥隊，又是什麼“躍上葱蘢”戰鬥隊，詩詞中可以用來起名的詞句，幾乎都用光了，弄到新組成的戰鬥隊沒法起名的地步。至於戰鬥隊的人數，則極爲參差不齊，大的幾十人、幾百人；小的十幾人，四五人；據說還有一個人組成的戰鬥隊。成立手續異常簡單，只要貼出一張大字報，寫上幾句：“東風吹，戰鼓擂，看看究竟誰戰勝誰”，再喊上幾句“萬歲”，就算是成立了。不用登記，不用批准，決沒有人來挑剔法律程序。當時究竟成立了多少戰鬥隊，誰也不清楚。即使起有考據癖的胡適之先生於九原，恐怕他也只能認輸了。

這時學校裏大字報的數目有增無減。原來有的牆壁和搭的蓆棚早已不敷應用。於是又有一大批蓆棚被搭了起來，專供貼大字報之用。大字報的內容，除了宣佈某某戰鬥隊成立之外，還有批判資產階級學術權威的大字報。有的大字報只有四五張，五六張；有的則擴大到九、十張，甚至百張，大有越來越長之勢。附近的居民有的靠撿揭下來的大字報賣錢爲生。據說有的學生則靠寫大字報練習書法。據我個人的觀察，大字報的書法水平確是越來越高，日新月異。這一個"文化大革命"的副產品，恐怕很多人會想不到吧。

用大字報來亮相的戰鬥隊，五花八門，五光十色。最初各佔山頭。後來又逐漸合併。從由少變多，變為由多變少。終於匯成了兩大流派：一個是正宗的、老牌的、掌權的新北大公社，一個是匯集眾流、反抗新北大公社的井岡山。可以說是一個在朝，一個在野，有如英國的保守黨和工黨。兩派當然要互相鬥爭，這鬥爭也多半利用大字報表現出來。英國的保守黨和工黨怎樣鬥爭，我不大清楚。據說他們是頗為講究"費厄撲賴"的。在中國，則不大管那一套洋玩意兒。只管目的，不擇手段；造謠誣衊，人身攻擊；平平常常，司空見慣。因此就產生了一種新的"物質"，叫做"派性"。這種新東西，一經產生，便表現出來了無比強大的力量。誰要是中了它的毒，則朋友割蓆，夫妻反目。一個和好美滿的家庭，會因此搞得分崩離析。我實在不能理解，為什麼對抗外敵時都沒有這麼大的勁頭，而在兩派之間會產生這樣巨大的對抗力量？有人貼出大字報："老子鐵了心，誓死保聶孫！"這是何等地驚人的決心！如果在建設四化中有這個勁頭，我們中國早就成了亞洲第一條大龍，後來的四小龍瞠乎後矣。

現在時過境遷，怎樣來評價這兩大派呢？在當時，在派性猖狂的時候，客觀評價根本上不可能的。現在我覺得可以了。兩派基本上都由年輕的教員和學生組成。由於種種原因，老頭參加的是不多的。兩派當然都有各自的政綱。但是，具體的內容我看誰也說不清楚。論路線，兩派執行的都是一條極左的路線，打、砸、搶、抄，大家都幹；不分彼此，難定高下。有時候，一個被誣衊成有問題的教員或幹部，兩派都抓去批鬥。批鬥的方式也一模一樣。兩派都有點患迫害狂的樣子，以打人為樂事。被打者頭破血流，打人者則嘻嘻哈哈。打人的武器頗具匠心。自行車鏈條，外面包上膠皮，打得再重，也不會把皮肉打破，不給人留下口實。那一位"老佛爺"經常打出江青的旗號，拉大旗，作虎皮，藉以嚇唬別人。對立面井岡山也不示弱，他們照樣打出江青的招牌。究竟誰是江青的最忠實的信徒，更是誰也說不清楚了。但是，兩派之間有一個極大的區別：新北大公社掌握北大的大權，作威作福，不可一世；而井岡山則始終處在被壓迫的地位。這很容易引起一般人的同情。

根據我個人的觀察，兩派的政綱既然是半斤八兩，鬥爭的焦點只能是爭奪領導權。"有了權，就有了一切"，這是兩派共同的信條。為了爭權，為了獨霸天下，就必須搞垮對方。兩派都努力拉攏教員和幹部，特別是那一些在群眾中有影響的教員和幹部，以壯大自己的聲勢。這時兩派都各自佔領了一些地盤。當權派的新北大公社佔有整個北大，"率土之濱，莫非王土"。井岡山只在學生宿舍區佔領了幾座樓。每一座樓房都逐漸成為一個堡壘，守衛森嚴。兩派逐漸自己製造一些土武器。掌權的新北大公社財大氣粗，把昂貴鋼管鋸斷，把一頭磨尖，變成長矛。這種原始的武器雖"土"，但對付手無寸鐵的井岡山，還是綽有餘裕。井岡山當然不肯示弱，也拼湊了一些武器。據說兩邊都有研究炸藥的人。在這劍拔弩張的情況下，兩派交過幾次手，械鬥過幾次。一名外邊來的中學生就無緣無故地慘死在新北大公社長矛之下。

這真正是你死我活的搏鬥，但中間也不缺少令人解頤的插曲。主鬥者都是青年學生，他們還沒有完全脫離孩子氣。他們的一些舉動跡近兒戲。比如有一次，兩派正在大飯廳裏召開大會進行辯論。唇槍舌劍，充滿了火藥氣味。兩派群眾高呼助威，氣氛十分緊張、嚴肅。正當辯論到緊急關頭，忽然從大飯廳支撐住屋頂的大木樑上，嘭地一聲，掉下來了一串破鞋。"破鞋"是什麼意思，我國人民，至少是北方人民，都明白的。那一位"老佛爺"就有這樣一個綽號。事實真偽，我們不去追究。然而正在這樣一個十分嚴重的關鍵時刻，兩派群眾都瞪紅了眼睛，恨不能噴出火焰焚毀對方。然而從天上降下來這樣一個插曲來，群眾先是驚愕，立刻轉為哈哈大笑。這一場激烈無比的辯論還能繼續下去嗎？同樣成串的破鞋，還出現在井岡山佔領的學生宿舍的窗子外面。其用意完全相同。這些小小的插曲難道不能令人解頤嗎？

我還在大飯廳參加了另一場兩派的大辯論。兩派的主要領導人坐在台上，群眾坐在台下。領導人的官銜也全都改變了，不叫什麼長，什麼主任，而叫(也許只有井岡山這樣叫)"勤務員"。真正讓人感到一股革命的氣氛，就好像法國大革命的那樣，領導人的頭銜也都平民化了。坐在台上的井岡山領導人中居然有一位老人。他是著名的流體力學專家，相對論專家，是一個富有正義感的人，在群眾中有相當高的威信，是黨中央明令要保護的少數幾個人中之一。他是怎樣參加群眾性的革命組織井岡山的，我不十分清楚。只是從別人嘴中斷斷續續地聽說，他不滿那位"老佛爺"的所作所為，逐漸流露出偏袒井岡山的情緒。於是新北大公社就組織群眾，向他圍攻；有的找上門去，有的打電話謾罵、恫嚇。弄得這一位老先生心煩意亂。原來他並沒有參加井岡山的意思。但是，到了此時，實逼處此，他於是橫下了一條心，乾脆下海。立即被井岡山群眾選為總勤務員之一。現在他也到大飯廳來，坐在台上，參加這一場大辯論，成為坐在主席台上年齡最大的人。這時大飯廳裏擠得水洩不通，兩派群眾都有。辯論的題目很多，無非是自以為是，而對方為非。這讓我立即想到美國總統選舉的兩派候選人在電視上面對面辯論的情況。辯論精彩時，台下的群眾鼓掌歡呼。一時大飯廳中劍拔弩張而又逸趣橫生，熱鬧非凡。

當時整個學校的情況就是這樣鬧嚷嚷，亂哄哄（全國的情況也是這樣）。那一句"亂了敵人"的名言，在這裏無論如何也對不上號。誰能知道誰是敵人呢？當時全北京，全國的群眾組織在分分合合了一陣以後，基本上形成了兩大派，在北京這叫做天派與地派。每一派都認為對方是敵人，唯我獨革，軍隊被派出來支"左"，也搞不清楚誰是"左"。結果有的地方連軍隊也分了派。這實際上是亂了自己。如果真有敵人的話，他們會站在旁邊，站在暗中，拍手稱快。

在這樣的情況下，我自己怎樣呢？

我濫竽人民之中，深知這實在是來之不易。所以我最初下定決心，不參加任何一派，做一個逍遙派是我唯一可選擇的道路，這也是一條陽關大道。在全校亂糟糟的情況

牛棚雜憶

下，走這樣一條路，可以不用操心，不用激動，簡直是亂世的桃花源。反正學校裏已經 " 停課鬧革命 " ，我不用教書，不用寫文章，有興趣就看一看大字報，聽一聽辯論會，逍遙自在，無憂無慮，簡直像一個活神仙。想到快意處，不禁一個人發出會心的微笑。

但是，人世間決沒有世外桃源，燕園自不能例外。燕園天天發生的事情時時刻刻地刺激着我，我是一個有知覺有感情的人，故作麻木狀對我來說是辦不到的。我必須作出反應。我在北大當了二十年的系主任，擔任過全校的工會主席，擔任過一些比較重要的社會職務，其中有全國政協委員、北京市人大代表等等。俗話說： " 樹大招風 " 。我這棵樹雖然還不算大，但也達到了招風的高度。我這個人還有一些特點，說好聽的就是，心還沒有全死，還有一點正義感。說不好聽的就是，我是天生的犟種，很不識相。在這樣主客觀的配合下，即使北大有一個避風港，我能鑽得進去嗎？我命定了必須站在暴風雨中。

不鑽避風港，我究竟應該怎樣做呢？我逐漸發現，那一位新北大公社的女頭領有點不對頭。她的所作所為違背了上面的革命路線。什麼叫革命路線？我也並不全懂。學習了十多年的政治理論，天天聽那一套東西。積之既久。我這冥頑的腦袋瓜似乎有點開了竅，知道幹一切工作都必須走群眾路線。我覺得，對待群眾的態度如何，是判斷一個領導人的重要的尺度，是判斷他執行不執行上面的革命路線的重要標準。而偏偏在這個問題上，我認為——只是我認為——那個女人背離了正確道路。新北大公社是在北大執掌大權的機構，那個女人是北大的女皇。此時已經成立了"革命委員會",這是完全遵照上面的指示的結果。"革命委員會好",這個"最高指示"一經發出,全國風靡。北大自不能落後,於是那個女人搖身一變成了北大"合法"政權的頭子,北京大學革命委員會主任。這真是錦上添花,豈不猗歟休哉!然而這更增加了這一位不學有術、智商實際上是低能的"老佛爺"的氣焰。她更加目空一切,在一些"小李子"抬的轎子上舒舒服服,發號施令,對於膽敢反對她的人則採取殘酷鎮壓的手段,停職停薪,給小鞋穿,是家常便飯。嚴重則任意宣佈"打倒",使對方立即成為敵人,可以格殺勿論。她也確實殺了幾個無辜的人,那一個校外來的慘死在新北大公社長矛下的中學生,我在上面已經談到。看了這一些情況,看了她對待群眾的態度,我心裏憤憤難平。我認為她違反了上面的革命路線。我有點坐不穩釣魚船了。

但是,我是深知這一位女首領的。她愚而多詐,心狠手辣。我不願意冒同她為敵的風險。我只好暫時韜晦,依違兩派之間,作出一個中立的態度。

在這期間,有幾個重大的事件值得一提。第一件是到印尼駐華大使館去遊行示威。大概是因為印尼方面燒了我們駐雅加達的大使館,為了報復,就去示威。這是一個深得人心的愛國行動。北大的兩大派哪一個也不想丟掉這個機會來顯示自己的力量,爭取更多的群眾。兩派都可以說是"傾巢"出動。在學校南門裏的林蔭大道上,排上了幾十輛租來的大汽車,供遊行示威者乘坐之用。兩派的群眾當然分乘自己的車。可我哪一派都不是,想乘車就成了問題。兩派認識我的幾個幹將看到有機可乘,都到我跟前來獻殷勤，拉我上他們的車，井岡山的一位東語系的女幹將，拉我特別積極。從內心裏來說，我是願意上他們的車的。但是，我還有顧慮，不願意或者不敢貿然從事。新北大公社派來拉我的人也很積極。最後，經過了一陣不大不小的思想鬥爭，我還是上了公社的車。一路上，人聲鼎沸，紅旗招展。到了印尼大使館，喊了一陣口號，又浩浩蕩蕩地回到燕園來，皆大歡喜。

另一件事情是到解放軍一位高級將領家中去"鬧革命"，或者是去"揪"他。他的家是在玉泉山的一個什麼地方。我並沒有聽清楚，為什麼單單到他家去"鬧"。反正當時任何一個戰鬥隊，可能在某某後台的支持下，都有權宣佈打倒什麼人，"揪"什麼人。我連他住的確切地方都不知道。這一次因為路近，沒有乘坐大車，絕大部分人是步行前往。我因為屬於"有車階級"，於是便騎車去了。由於兩派群眾混雜在一起，我沒有像到印尼使館去示威時那樣受窘。沒有人來拉我參加哪一派的遊行。我成了騎車單幹戶。在分不清是哪一派的車隊中隨大流騎向前去。過了青龍橋，我看還有人騎車向西山奔去，我也就盲從起來，跟着那些車騎向前去。一直到了萬安公墓，是玉泉山背後了。知道不對頭，忙回轉車頭，又來到了青龍橋，卻聽群眾中有人大聲嚷嚷，說是已經"鬧過革命"了。我只好隨人流回到燕園。到底我也不知道，那一位將軍究竟住在什麼地方，我連大門都沒有看到。我想，當時很多人鬧革命就是這樣鬧法。

還有一件事情比較重要，必須提一提。北大兩派為了接攏幹部，壯大聲勢，都組織了幹部學習班。有一些在前一階段被打成走資派的幹部，批鬥了一陣之後，不知是由於什麼原因，雖然靠邊站了，卻也不再批鬥，這些人有的也成了兩派爭取的對象。我也是被爭取的對象之一。有不少東語系的教員動員我參加學習班。井岡山的人動員我參加他們的班，新北大公社的人動員我參加自己的學習班。雖然我經過長期的觀察和考慮，決心慎重行事。我要是到井岡山學習班去" 亮相 "，其中隱含着極大的危險性。新北大公社畢竟是大權在握，人多勢眾，兵強馬壯，而且又有那樣一個心胸狹隘，派性十足的領袖。我得罪了他們，後患不堪設想。遲疑了很久，為了個人的安全，我還是參加了新北大公社的學習班。兩派學習班的宗旨，從表面上來看，看不出什麼差別，都擁護偉大領袖，都竭盡全力向領袖夫人表忠心。對後一位的吹捧，達到了驚人的程度。兩派各自貼了不知道多少大字報，把她捧得像聖母一樣。我水平低，對於這一點完全贊同。雖然我也曾通過小道消息聽了不少對她十分不利的話；但我依然不改初衷。

　　隨着時間的推移，由於我這個人不善於掩蔽自己的想法，有話必須說出來，心裏才痛快，我對於兩派的看法，大家一清二楚，這就給我招來了麻煩。兩派的信徒，特別是學生，採用了車輪戰術來拉我。新北大公社的學生找到我家，找到我的辦公室(我怎能還有什麼辦公室呢？但是，在我記憶中，確實是在辦公室中會見了她們。我現在一時還想不清楚，以後或許能回憶起來)來，明白無誤地告訴我說：" 你不能參加〇派(井岡山)！"這還是比較客氣的。不客氣的就直接了當地對我提出警告：" 當心你的腦袋！"有的也向我家打電話，勸說我，警告我；有甜言蜜語，也有大聲怒斥，花樣繁多，頻率很高。我發現，我現在的處境幾乎同我上面提到的那一位老教授完全一樣。我有點不耐煩了。我曾說過，我是天生的犟種，有點牛脾氣。你越來逼我，我就越不買賬。經過了激烈的思想鬥爭，我決心乾脆下海。其中的危險性我是知道的。我在日記中寫道："為了保衛毛主席的革命路線，雖粉身碎骨，在所不辭！"可見我當時心情之一斑。

我就這樣上了山（井岡山）。

反公社派的學生高興了，立即選我為井岡山九縱（東語系）的勤務員。這在當時還是非常少見的。

海下了，山上了。這個舉動有雙重性。好處是，它給我的內心帶來了寧靜，帶來了平衡，不必再為參加或不參加這樣的問題而大傷腦筋了。壞處是，它給我帶來了惡性發作的派性。派性我本來就有的。但過去必需加以隱蔽。現在既然一錘定音，再也用不着躲躲閃閃了。我於是同一些同派的青年學生貼大字報，發表演說，攻擊新北大公社，講的也不可能全是真話，謾罵成份也是不可避免的。

我心中也不是沒有僥幸心理。我自恃即使自己過去對共產黨不瞭解，但我從來沒有參加過國民黨或任何其他反動組織，我的歷史是清白的。新北大公社不一定敢"揪"我。

但這只是我的想法的一面。此時，新北大公社那位女頭領肯定已視我如眼中釘。她心狠手辣，我所深知。況且她此時正如日中天，成為中共中央候補委員，北京市革命委員會的副主任，趾高氣揚，炙手可熱。我季某竟敢在太歲頭上動土，她能善罷干休、饒過我嗎？而且此時形而上學猖獗，在對立面成員的言談中，文章中，抓住片言隻語，加以曲解，誣陷羅織，無限上綱，就可以把對方打成反革命或現行反革命。比如＂資本主義＂與＂社會主義＂在大腦中管語言的那一部分裏可能是放在一個卡片櫃裏面的，稍一不慎，就容易拿錯。一旦拿錯，讓對方抓住小辮兒，＂現行反革命＂的帽子必能戴上。那一位弱智的女頭領就常常出現這個問題，她的徒子徒孫經常爲此而爲她捏一把汗。這樣的形而上學再加上派性，就能殺人而且綽有餘裕。這一點我是清清楚楚的。

因此，我自己的僥幸心理並不可靠。我懷着這種僥幸心理，在走鋼絲，隨時都能夠跌下來，跌入深淵。這一點我也是清清楚楚的。在一九六七年的夏天到秋天，我都在走鋼絲。我心裏像揣着十五隻小鹿，七上八下，惴惴不安。此時，流言極多。一會兒說要揪我了；一會兒又說要抄我的家了。我聽也不是，不聽也不是。在我的日記裏，我幾乎每一週都要寫上一句：＂暴風雨在我頭上盤旋。＂這暴風雨說不定什麼時候就會壓了下來，把我壓垮、壓碎。這時候反公社的北大教員恐怕都有我這種感覺，而我最老。炎炎的長夏，慘淡的金秋，我就是在這種惴惴不安中度過的。

7

抄　家

　　隨着天氣的轉涼，風聲越來越緊。我頭上的風暴已經凝聚了起來：那一位女頭領要對我下手了。

　　此時，我是否還有僥幸心理呢？

　　還是有的。我自恃頭上沒有辮子，屁股上沒有尾巴，不怕你抓。

　　然而我錯了。

　　一九六七年十一月三十日深夜。我服了安眠藥正在沉睡，忽然聽到門外有汽車聲，接着是一陣異常激烈的打門聲。連忙披衣起來，門開處闖進來大漢六七條，都是東語系的學生，都是女頭領的鐵桿信徒，人人手持大木棒，威風凜凜，面如寒霜。我知道發生了什麼事，我早有思想準備，因此我並不吃驚。俗話說："英雄不吃眼前虧"。我決非英雄，眼前虧卻是不願意吃的。我毫無抵抗之意，他們的大棒可惜無用武之地了。這叫作"革命行動"，我天天聽到叫嚷"革命無罪，造反有理！"我知道這話是有來頭的。我只感到，這實在是一樁非常離奇古怪的事情。什麼"革命"，什麼"造反"，誰一聽都明白；但是卻沒有人真正懂得是什麼意思。什麼樣的壞事，什麼樣的罪惡行為，都能在"革命"、"造反"等堂而皇之的偉大的名詞掩護下，在光天化日之下公然去幹。我自己也是一個非常離奇古怪的人物，我要拚命維護什麼人的"革命路線"，現在革命革到自己頭上來了。然而我卻絲毫也不清醒，仍然要維護這一條革命路線。

我沒有來得及穿衣服，就被趕到廚房裏去。我那年近古稀的嬸母和我的老伴，也被趕到那裏，一家三人作了楚囚。此時正是深夜風寒，廚房裏吹着刺骨的過堂風，"全家都在風聲裏"，人人渾身打戰。兩位老婦人心裏想些什麼，我不得而知。我們被禁止說話，大棒的影子就在我們眼前晃。我此時腦筋還是清楚的。我並沒有想到什麼人道主義，因為人道主義早已批倒批臭，誰提人道主義，誰就是"修正主義分子"。一直到今天，我還是不明白，難道人就不許有一點人性，講一點人道嗎？中國八千年的哲學史上有性善、性惡之爭，迄今仍是衆說紛紜莫衷一是。我原來是相信性善說的，我相信，惻隱之心人皆有之的。從被抄家的一刻起，我改變了信仰，改宗性惡說。"人性本惡，其善者人為也。"從抄家的行動來看，你能說這些人的性還是善的嗎？你能說他們所具有的不是獸性嗎？今天社會風氣，稍有良知者都不能不為之擔憂。始作俑者究竟是誰呢？這種不良的社會風氣究竟是從什麼時候開始的呢？

這話扯得太遠了。有些想法決不是被抄家時有的，而是後來陸續出現的。我當時既不敢頑強抵抗，也不卑躬屈膝請求高抬貴手。同禽獸打交道是不能講人話談人情的。

我只是蜷縮在廚房裏冰冷的洋灰地上，冷眼旁觀，傾耳細聽。我很奇怪，殺雞焉用牛刀？對付三個手無寸鐵的老人，何必這樣驚師動衆！只派一個小夥子來，就綽綽有餘了。然而只是站廚房門口的就是兩個彪形大漢，其中一個是姓谷的朝鮮語科的學生。過去師生，今朝敵我。我知道，我們的性命就掌握在他們手中。當時打死人是可以不受法律制裁的。他們的木棒中，他們的長矛中，就出法律。

我的眼睛看不到外面的情況，但耳朵是能聽到的。這些小將究竟年紀還小，舊社會土匪綁票時，是把被綁的人眼睛上貼上膏藥，耳朵裏灌上灶油的。我這爲師的沒有把這一套東西教給自己的學生，是我的失職。由於失職，今天我得到了點好處：我還能聽到外面的情況。外面的情況並不美妙。只聽到我一大一小兩間屋子裏乒乓作響，聲震屋瓦。我此時彷彿得到了佛經上所說的天眼通，透過幾層牆壁，就能看到＂小將們＂正在挪動床桌，翻箱倒櫃。他們所向無前，順我者昌，逆我者亡。他們願意砸爛什麼，就砸爛什麼；他們願意踢碎什麼，就砸爛什麼；遇到鎖着的東西，他們把開啓的手段一律簡化，不用鑰匙，而用斧鑿。管你書箱衣箱，管你木櫃鐵櫃，喀嚓一聲，鐵斷木飛。我多年來省吃儉用，積累了一些小古董，小擺設，都灌注着我的心血；來之不易，又多有紀念意義。在他們眼中，卻視若草芥；手下無情，頃刻被毀。看來對抄家這一行，他們已經非常熟練，這是＂文化大革命＂中集中強化實踐的結果。他們手足麻利，＂橫掃千軍如捲席＂。然而我的心在流血。

樓上橫掃完畢，一位姓王的學泰語的學生找我來要樓下的鑰匙。原來他到我家來過，知道我書都藏在樓下。我搬過來以後，住在樓上。學校有關單位，怕書籍過多過重，可能把樓壓壞，勸我把書移到樓下車庫裏去。車庫原來準備放自行車的。如果全樓只有幾輛車的話，車庫是夠用的。但是自行車激劇增加，車庫反而失去作用，空在那裏。於是徵求全樓同意，我把樓上的書搬了進去。小將們深謀遠慮，涓滴不漏。他伸手向我要鑰匙，我知道他是內行，敬謹從命。車庫裏我心愛的書籍遭殃的情況，我既看不見，也聽不到。然而此時我既得了天眼通，又得了天耳通。庫裏一切破壞情況，朗朗如在眼前。我的心在流血。

這一批小將，東方語文學得不一定怎樣有成績，對中國歷史上那一套誣陷羅織卻是瞭解的。古代有所謂“瓜蔓抄”的作法，就是順藤摸瓜，把與被抄家者的三親六友有關的線索都摸清楚，然後再夷九族。他們逼我交出記載着朋友們地址的小本本，以便進行“瓜蔓抄”。我此時又多了一層擔心：我那些無辜的親戚朋友不幸同我有了關係，把足跡留在我的小本本上。他們哪裏知道，自己也都要跟着我倒霉了。我的心在流血。

我蜷曲在廚房裏，心裏面思潮翻滾，宛如大海波濤。我心裏是什麼滋味呢？“只是當時已惘然”，現在更說不清楚了，好像是打翻了醬缸，酸甜苦辣，一時俱陳。說我悲哀嗎？是的，但不全是。說我憤怒嗎？是的，但不全是。說我恐懼嗎？是的，也不全是。說我坦然嗎？是的，更不全是。總之，我是又清楚，又胡塗；又清醒，又迷離。此時我們全家三位老人的性命，掌握在別人手中。我們像是幾隻螞蟻，別人手指一動，我們立即變爲齏粉。我們呼天天不應，呼地地不答。我不知道，我們是置身於人的世界，還是鬼的世界，抑或是牲畜的世界。茫茫大地，竟無三個老人的容身之地了。"椎胸直欲依坤母"。我眞想像印度古典名劇《沙恭達羅》中的沙恭達羅那樣，在走投無路的情況下，生母天上仙女突然下凡，把女兒接回天宮去了。我知道，這只是神話中的故事，人世間是不會有的。那麼，我的出路在什麼地方呢？

暗夜在窗外流逝。大自然根本不管人間有喜劇，還是有悲劇，或是旣喜且悲的劇。對於這些，它是無動於衷的，我行我素，照常運行。"英雄"們在革過命以後，"興闌啼鳥盡"，他們的興已經"闌"了。我聽到門外忽然靜了下來，兩個手持大棒的彪形大漢。一轉瞬間消逝不見。樓外響起了一陣汽車開動的聲音：英雄們得勝回朝了。汽車聲音刺破夜空，越響越遠。此時正值朔日，天昏地暗。一片寧靜瀰漫天地之間，彷彿剛才什麼事情也沒有發生，只留下三個孤苦無告的老人，從棒影下解脫出來，獸對英雄們革過命的戰場。

屋子裏成了一堆垃圾。桌子、椅子，只要能打翻的東西，都打翻了。那一些小擺設、小古董，只要能打碎的，都打碎了。地面堆滿了書架子上掉下來的書和從抽屜裏丟出來的文件。我辛辛苦苦幾十年積累起來的科研資料，一半被擄走，一半散落在地上。睡覺的床被徹底翻過，被子裏非常結實的暖水袋，被什麼人踏破，水流滿了一牀。看着這樣被洗劫的情況，我們三個人誰都不說話——我們還有什麼話可說呢？人生到此，天道寧論！我們哪裏還能有一絲一毫的睡意呢？我們都變成了木雕泥塑，我們變成了失去語言，失去情感的人，我們都變成了植物人！

但是，我的潛意識還能活動，還在活動。我想到當時極為流行的一種說法：好人打好人是誤會；壞人打好人是鍛鍊；好人打壞人是應該；壞人打壞人是內訌。如果把芸芸眾生按照小孩子的邏輯分為好人與壞人兩大類的話，我自己屬於哪一類呢？不管我自己有多少缺點，也不管我幹過多少錯事，我堅決認為自己應該歸入好人一類。我除了考慮自己以外，也還考慮別人，我不是"寧教我負天下人，不能教天下人負我"的曹孟德。這就是天公地道的好人的標準。來到我家抄家打砸搶的小將們是什麼人呢？他們之中肯定有好人，一時受到蒙蔽幹了壞事，這是可以原諒的。但是，大部分人恐怕都是乘人之危，藉此發洩獸性的迫害狂，以達到不可告人的目的。如果說這樣的人不是壞人，世界上還有壞人嗎？他們在上面那種說法的掩護下，放心大膽地作起惡來。事情不是很明顯嗎？那幾句話，我曾五體投地地崇拜過。及今視之，那不過是不講是非，不分皂白，不講原則，不講正義的最低級的形而上學的詭辯。可惜受牠毒害的年輕人上十萬，上百萬，到了後來，他們已經是四五十歲的成年人了。在他們中，有的飛黃騰達；有的找到一個闊丈人，成了東牀快婿；有的發了大財，官居高品，他們中有的人對自己過去的所作所為沒有感到一點悔恨，豈非咄咄怪事！難道這些人都那麼健忘？難道這一些人連人類起碼的良知都泯滅淨盡了嗎？

好不容易才熬到了天明。"長夜漫漫何時旦？"這一夜是我畢生最長的一夜，也是最難忘的一夜，用任何語言也無法形容的一夜。天一明，我就騎上了自行車到井岡山總部去。我癡心妄想，要從"自己的組織"這裏來撈一根稻草。走在路上，北大所有的高音喇叭都放開了，一遍又一遍地高呼"打倒季羨林！"歷數我的"罪行"。我這個人大概還有一點影響，所以新北大公社才這樣興師動眾，大張旗鼓。一個渺小的季羨林騎在自行車上，天空瀰漫着"打倒季羨林"的聲音。我此時幾疑置身於神話世界，妖魅之國。這種滋味連今天回憶起來，都覺得又是可笑，又是可怕。從今天起，我已經變成了一隻飛鳥，人人可以得而誅之了。

到了井岡山總部，說明了情況。他們早已知道了。一方面派攝影師到我家進行現場拍攝；另一方面——多可怕呀！——他們已經決定調查我的歷史，必要時把我拋出來，甩掉這個包袱，免得受到連累，不利於同新北大公社的鬥爭。這是後來才知道的，當時我還是一片癡心。走出大門，我那輛倚在樹上的自行車已經被人——當然是新北大公社的——用鎖鎖死。沒有別的辦法，我只好步行回家。從此便同我那輛伴隨我將近二十年的車永遠"拜拜"了。

回到家中，那一位井岡山的攝影師，在一堆垃圾中左看右看，尋找什麼。我知道，在這裏有決定意義的不是美，而是政治。他主要尋找公社抄家時在對待偉大領袖方面有沒有留下可抓的小辮子，比如說領袖像，他們撕了或者污染了沒有？有領袖像的報紙，他們用腳踩了沒有？如此等等。如果有一條被他抓住，拍攝下來，這就是對領袖的大不敬，可以上綱上到駭人的高度，是對敵鬥爭的一顆重型炮彈。但是，要知道新北大公社的抄家專家也是有水平的，是訓練有素的，那樣的"錯誤"或者"罪行"他們是決不會犯的。攝影師找了半天，發現公社的抄家術真正是無懈可擊，嗒然離去。

我的處境，井岡山領導表面上表示同情。我當時有一個後來想起來令我感到後怕的想法：我想留在井岡山總部裏。我害怕，公社隨時都可能派人來，把我抓走，關在什麼秘密的地方。這是當時屢次出現過的事，並不新鮮。井岡山總部是比較安全的，那裏幾乎是一個武裝堡壘。可是我有點遲疑。我雖然還不知道他們準備同公社一樣派人到處去調查我的歷史。但是，在幾天前我在井岡山總部裏聽到派人調查我在上面提到的那一位身為井岡山總勤務員之一的老教授的歷史。他們認為，老知識分子，特別是留過洋的老知識分子的歷史複雜；不如自己先下手調查，然後採取措施，以免被動。既然他們能調查那位老教授的歷史。為什麼就不能調查我的歷史呢？我當時確曾感到寒心。現在我已經被公社"打倒"了。為了擺脫我這個包袱，他們會採取什麼措施呢？我的歷史，我最清楚。但是，那種兩派共有的可怕的形而上學和派性，確實是能殺人的。用那種形而上學的方式調查出來的東西能準確嗎？能公正嗎？與其將來陷入極端尷尬的境地，被"自己人"拋了出去。還不如索性橫下一條心，任敵人宰割吧。我毅然離開那裏，回到自己家中。現在的家就成了我的囚籠。我在上面談到，那年夏秋兩季我時時感到有風暴在我頭上凝聚，隨時可以劈了下來。現在我彷彿成了躺在砍頭架下的死囚，時時刻刻等待利刃從架上砍向我的脖頸。原來我認爲天地是又寬又大的。現在才覺得，天地是極小極小的，小得容不下我這一身單薄的軀體。從前讀一篇筆記文章。記載金聖嘆臨刑時說的話：" 殺頭，至痛也。我於無意得之，不亦快哉！" 我這個 " 反革命 " 帽子，也是於無意中得之，我卻無論如何也說不出：" 不亦快哉！" 我只能說：奈何！奈何！

不管怎樣，一夜之間，我身上發生了質變：由人民變成了 " 反革命分子 "。沒有任何手續，公社一聲 " 打倒！" 我就被打倒了。東語系的公社命令我：必須獃在家裏！只許規規矩矩，不許亂說亂動！要隨時聽候傳訊！但是，在最初幾天，我等呀，等呀；然而沒有人來。原因何在呢？十年浩劫過了以後，有人告訴我：當時公社視我如眼中釘，必欲拔之而後快。但是，他們也感到，" 罪證 " 尚嫌不足。於是便採用了先打倒，後取證的戰略，希望從抄家抄出的材料中取得 " 可靠的 " 證據，證明打倒是正確的。結果他們 " 勝利 " 了。他們用誣陷羅織的手段，深文周納，移花接木，加深了我的罪名。到了抄家後的第三天或第四天，來了，來了，兩個臂纏紅袖章的公社紅衛兵，雄赳赳，氣昂昂，闖進我家，把我押解到外文樓去受審。以前我走進外文樓是以主人的身份，今天則是階下囚了。可憐我在外文樓當了二十多年的系主任，晨晨昏昏，風風雨雨，嘔心瀝血，努力工作，今天竟落到這般地步。世事眞如白雲蒼狗了！

第一次審訊，還讓我坐下。我有點不識抬舉，態度非常 " 惡劣 "。我憋了一肚子氣，又自恃沒有辮子和尾巴，同審訊者硬頂。我心裏還在想：俗話說，捉虎容易放虎難，我看你們將來怎樣放我？我說話有時候聲音很大，極爲激烈。結果審訊不出什麼。如是一次，兩次，三次。最初審訊我的人——其中有幾個就是我的學生——有時候還微露窘相。可是他們的態度變得強硬了。可能是由於他們掌握的關於我的材料多起來了，他們心中有"底"了。

——我禁不住要在這裏提出一個問題：當年審訊我的朋友們！你們當時對這些"底"是怎樣想的呀？你們是不是眞相信，這一切全是眞的呢？

這話扯遠了，還是回來談他們的"底"。第一個底是一隻竹籃子，裏面裝着燒掉一半的一些信件。他們說這是我想焚信滅跡的鐵證。說我燒的全是一些極端重要的、含有重大機密的信件。事實是，我原來住四間房子，"文化大革命"起來後，我看形勢不對，趕忙退出兩大間，讓樓下住的我的一位老友上來住，樓下的房子被迫交給一個無巧不沾的自命"出身"很好的西語系公社的一位女職員。房子減了一多半，積存的信件太多，因此想燒掉一些，減輕空間的負擔。我在光天化日之下公然焚燒，心中並沒有鬼。然而被一個革命小將勸阻，把沒有燒完的裝在一隻竹籃中。今天竟成了我的"罪證"。我對審訊我的人說明眞相，結果對方說我態度極端惡劣。第二個"罪證"是一把菜刀，是抄家時從住在另一間小房間裏我嫡母枕頭下搜出來的。原來在"文化大革命"興起以後，社會治安極壞，傳說壞人闖入人家搶劫，進門先奔廚房搜尋菜刀，威脅主人。我嫡母年老膽小，每夜都把菜刀藏在自己枕下，以免被壞人搜到。現在審訊者卻說是在我的房裏我的枕頭下搜出來的，是準備殺紅衛兵的，我把眞相說明，結果對方又說我態度更加極端惡劣。第三個"罪證"是一張石印的蔣介石和宋美齡的照片。這是我在德國哥廷根時一個可能是三青團員或藍衣社分子的姓張的"留學生"送給我的。我對蔣介石的態度，除了一段時間不明真相以外，從一九三二年南京請願一直到今天，從來沒有好過。我認為他是一個流氓。我也從來沒有幻想過他真會反攻大陸。歷史的規律是，一個壞統治者，一旦被人民趕走，決不可能再復辟成功的。可是我有一個壞毛病，別人給我的信件，甚至片紙隻字，我都保留起來，同我在上面提到的那一位公安總隊的陳同志正相反，他是把所有的收到的信件都燒掉的。結果我果然由這一張照片而碰到點子上了。審訊者硬說，我保留這一張照片是想在國民黨反攻大陸成功後邀功請賞的。他們還沒有好意思給我戴上"國民黨潛伏特務"的帽子，但已間不容髮了。我向他們解釋。結果是對方認為我的態度更加極端惡劣。

　　我百喙莫明。我還有什麼辦法呢？

在 " 自絕於人民 " 的邊緣上

現在我眞正緊張了。我原以爲自己旣無辮子也無尾巴。可人家 " 革命家 " 一抓就是一大把，而且看上去都是十分可怕的，有的簡直是鮮血淋淋的 " 鐵證 "。儘管我對自己沒有失去信心，但是對這些 " 革命家 " 我卻是完全沒有辦法了。在派性加形而上學的控制之下，我能有什麼辦法說服他們呢？

這是決不可能的。

我於是連夜失眠。白天神經緊張到最高限度，恭候提審，晚上躺在枕頭上，輾轉反側，睜大眼睛，等候天明。我茶不思，飯不想，眼前一片漆黑，而且也不知道，什麼時候黑暗才會過去。能不能過去？我也完全失掉了信心。我白天好像都在做夢。夜裏，在亂夢迷離中，我一會兒看到那一把菜刀，覺得有什麼人正用那一把刀砍我，而不是我砍別人。我不禁出一身冷汗，驀然醒來。我一會兒又看到那一隻裝滿了燒掉一半的信件的籃子。那籃子忽然着起火來，火光熊熊，正在燃向我的身邊。我又出了一身冷汗，驀地醒來。我一會兒又看見了蔣介石和宋美齡的照片，蔣介石張開血盆大口，露出了滿嘴的跦齒獠牙，正想咬我。宋美齡則變成了一個美女蛇。我又出了一身更大的冷汗，霍地從夢中跳了出來。

這難道是一個人過的日子嗎？

最可怕的還不是這一些東西。

最可怕的是環顧眼前，瞻望未來。

環顧眼前，我已經墜入陷阱，地上佈滿了蒺藜和鐵刺，讓我寸步難挪。我反對那一位「老佛爺」，這一下子可真捅了馬蜂窩。站在我對立面的不都是壞人，我相信絕大部分是好人。可是一旦中了派毒，則不可以理喻。他們必欲置我於死地而後快。我自惟二十多年以來，擔任東語系的系主任，所有的教員，不管老中青，都是直接或間接由我聘請的。我雖有不少缺點，但從不敢作威作福，總以誠待人。如今一旦分派，就視若仇人，怒目相向，我無論如何也難以理解。原來我認為是自己的一派，態度與敵對的一派毫無二致。我被公社「打倒」了，井岡山的人也爭先恐後，落井下石。他們也派自己的紅衛兵到我家來，押解我到屬於井岡山的什麼地方去審訊。他們是一丘之貉，難兄難弟。到了此時，我恍如大夢初覺，徹底悟透了人生。然而晚矣。

最讓我難以理解也難以忍受的是我的兩個「及門弟子」。其中之一是貧下中農出身又是「烈屬」的人，簡直紅得不能再紅了。學習得並不怎樣。我為了貫徹所謂「階級路線」，硬是把他留下當了我的助教。還有一個同他像是「棗木球一對」的資質低劣，一直到畢業也沒有進入梵文之門。他也是出身非常好的。為了「不讓一個階級弟兄掉隊"，我在課堂上給他吃偏飯，多向他提問。"可憐天下老師心"，到了此時，我成了"階級報復"者。就是這兩個在山（井岡山）上的人，把我揪去審訊，口出惡言，還在其次。他們竟動手動腳，擰我的耳朵。我真是哭笑不得，自己釀的苦酒只能自己喝，奈之何哉！這一位姓馬的"烈屬"屢次揚言："不做資產階級知識分子的金童玉女！"然而狐狸尾巴是不能夠永遠掩蓋的。到了今天，這一位最理想的革命接班人，已經背叛了祖國，跑到歐洲的一個小國，當"白華"去了。"天網恢恢，疏而不漏"，自己吐出的吐沫最後還是落在自己臉上！我腦袋裏還有不少封建思想，雖然我不相信"一日師徒，終身父子"這樣的說法。但是對自己有恩無怨的老師，至少還應該有那麼一點敬意吧！

總之，我在思想感情中，也在實際上，完全陷入一條深溝之內，左右無路，後退不能，向前進又是刀山火海。我何去何從呢？

一年多以來，我看夠了鬥爭走資派的場面：語錄盈耳，口號震天；拳打腳踢，耳光相間；謾罵凌辱，背曲腰彎；批鬥完了，一聲"滾蛋！"踢下鬥台，汗流滿面。到了此時，被批鬥者往往是躺在地上，站不起來。我作為旁觀者，膽戰心顫。古人說："士可殺，不可辱"。現在豈但辱而已哉！早已超過了這個界限。我們中華古國，禮義之邦，竟有一些人淪落到這種程度，豈不大可哀哉！原來我還可以逍遙旁觀，而今自己已成甕中之鱉，阱中之獸，任人宰割，那些驚心動魄的場面就要降臨到自己頭上了！何況還有別人都沒有的裝滿半焚信件的籃子、一把茶刀和蔣介石

的照片。我就是長出一萬張嘴，也是說不清了，我已是
"罪大惡極，罪在不赦"。但是要我承認"天王聖明，臣
罪當誅"，那是絕對辦不到的。我知道，我的前途要比我
看到的被批鬥的走資派更無希望。血淋淋的鬥爭場面，擺
在我眼前。我眼前一片漆黑……

　　我何去何從呢?

　　我必須做出抉擇。

　　抉擇的道路只有兩條：一是忍受一切，一是離開這一
切，離開這個世界。第一條我是絕對辦不到的；看來只有
走第二條道路一途了。

　　這是一個萬分難做的決定。人們常說：螻蟻尚且貪
生，何況人乎?倘有萬分之一的生機，一個人是決不會做出
這樣的決定的。況且還有一個緊箍咒：誰要走這一條路，
不管出於什麼原因，都是"自絕於人民"。一個人被逼得
走投無路，手中還剩下唯一的一點權利，就是取掉自己的
性命。如果這是"自絕於人民"的話，我就自絕於人民一
下吧。一個人到了死都不怕的地步，還怕什麼呢?"身後
是非誰管得?"我眼睛一閉，讓世人去說三道四吧。

　　決定一旦做出，我的心情倒平靜下來了，而且異常地
平靜，異常地清醒。

　　我平靜地、清醒地、科學地考慮實現這個決定的手段
和步驟。我想了很多，我想得很細緻，很具體，很週到，
很全面。

　　我首先想到的是"文化大革命"開始以來北大自殺的
教授和幹部。第一個就是歷史系教授汪某人。"文化大革
命"開始沒有幾天，革命小將大概找上門去，問了他若干

問題，不知道是否動手動腳了。我猜想，這還不大可能。因爲“造反”經驗是逐步總結、完善起來的。折磨人的手段也是逐步“去粗取精”地“完善”起來的。我總的印象是，開始時“革命者”的思想還沒有完全開放，一般是比較溫和的。然而我們這一位汪教授臉皮太薄，太遵守“士可殺，不可辱”的敎條，連溫和的手段也不能忍受，服安眠藥，離開人間了。他一死就被定爲“反革命分子”。“打倒反革命分子汪某”的大標語，赫然貼在大飯廳的東牆上，引起了極大震驚和震動。汪教授我是非常熟悉的。他在解放前夕冒着生命危險加入了地下黨，爲人治學都是好的。然而一下子就成了“反革命”。我實在不理解。但是我同情他。

第二個我想到的人是中文系總支書記程某某。對他我也是非常熟悉的。他是解放前夕地下學生運動的領導人之一，後來擔任過北大學生會的主席。年紀雖不大，也算是一個老革命了。然而他也自殺了。他的罪名按邏輯推斷應該是“走資派”，他夠不上“反動學術權威”這個槓槓。他挨過批鬥，六一八鬥“鬼”時當過“鬼”，在校園裏頸懸木牌勞動也有他的份。大概所有這些“待遇”他實在無法忍受，一時想不開，聽說是帶着一瓶白酒和一瓶敵敵畏，離家到了西山一個樹林子裏。恐怕是先喝了白酒，痳痹了一下自己的神智，然後再把敵敵畏灌下去。結束了自己的一生。我一想到他喝了毒藥以後，胃口像火燒一般，一定是滿地亂滾的情況，渾身就汗毛直豎，不寒而慄。

我還想到了一些別的人，他們有的從很高的樓上跳下來，粉身碎骨而死；有的到鐵道上去臥軌，身首異處而死。這都是聽說的，沒有親眼見到。類似的事情還聽到不少，人數太多，我無法一一想到了。每個人在自殺前，都會有極其劇烈的思想鬥爭，這是血淋淋的思想鬥爭，我無法想下去了。

我的思緒在時間上又轉了回去。我想到了很多年前的五十年代，當時有兩位教授投未名湖自盡。湖水是並不深的。他們是怎樣淹死的呢?現在想來，莫非是他們志在必死，在水深只達到腰部的水中，把自己的頭硬埋入水裏生生地憋死的嗎?差不多同時，一位哲學系姓方的教授用刮鬍刀切斷了自己的動脈，血流如注，無論怎樣搶救也無濟於事，人們只能眼睜睜地看着他慢慢地痛苦地死去。

我的思緒在時間上更向後回轉，一轉轉到了古代，我想到了屈原，他是投水死的。比屈原稍晚一點的是項羽，他是在四面楚歌聲中自刎死的。對自刎這玩意兒我實在非常擔心。一個人能有多大勁能把自己的首級砍下來呢?這比用手槍自殺原始得多了。我想，如果當年項羽有一把手槍的話，他決不會選擇刀劍。

我的思緒不但上下數千年，而且縱橫幾萬里，我想到了以希特勒為首的德國法西斯頭子們。據說，他們自知罪惡多端，每個人都準備了一點氰化鉀，必要時只要用牙齒一咬，便可以上天堂或入地獄了。德國化學工業名震寰宇，他們便把化學技術應用到自殺上，非其他國家所能望其項背。日本人則以剖腹自殺聞名於世，這是日本人的專利，沒聽說其他國家向日本學習的。不過這種方式一個人還實行不了，因為剖了腹一個人也是不會立即死去的，必須有一個助手在旁，自殺者一經剖腹，助手立刻砍下他的腦袋，日文叫做"介錯"。我還聽說，日本青年男女在熱戀最高潮時往往雙雙跳入火山口中。這也不能普遍實行，沒有火山的地方，就絕對行不通的。

就這樣，我浮想聯翩，想入非非。有時候，我想得非常具體，非常生動，我把死人想像得就像在自己眼前一樣。我彷彿看到了鮮紅的血流滿屍體，可怕而又具有吸引力。我知道，這決不會給我帶來愉快，然而卻是欲罷不能，難道上蒼就真不給我留一條活路了嗎？

我從來沒有研究過自殺學，可現在非考慮不行了。我原以為離開自己很遠很遠，與自己毫不相干的事情，現在就出現在自己眼前了。我決無意於創建一門新的"邊緣科學"，自殺學或比較自殺學。現在是箭在弦上，非創建不行了。凡是一門新興學科，必有自己的理論基礎。我在別的方面理論水平也很低，對於這一門新興的比較自殺學，我更沒有高深的理論。但是想法當然是有一點的。我不敢敝帚自珍，現在就公開出來。

我用不着把歷史上和當前的自殺案例一一都蒐搜齊全，然後再從中抽繹出理論來。僅就我上面提到的一些案例，就能抽繹出不少的理論來了。使用歷史唯物主義階級分析的方法，我能夠把歷史上出現的自殺方式按社會發展的程序分成不同的類型。懸樑、跳井，大概是最古老的方式。也是生命力最強的方式，從原始社會，經過封建社會和資本主義社會，都能使用。今天也還沒有絕跡。可謂數千年一貫制了。氰化鉀是科學發達國家法西斯頭子的專用品。剖腹和跳入火山口恐怕只限於日本，別國人是學不來的。這方式在封建社會和資本主義社會都同樣可以使用。

至於切開動脈僅限於懂點生理學的知識分子，一般老百姓是不懂得的。服安眠藥則是典型的資本主義方式，是世界上頗為流行的方式，無論姓"資"還是姓"社"，都能懂得的。不過，我想，這也恐怕僅限於由於腦力勞動過度而患神經衰弱的知識分子，終日鋤地的農民是不懂得服安眠藥的。我為什麼說牠是資本主義方式呢?中藥也有鎮靜劑；但藥力微弱，催眠則可，自殺不行。現在世界上流行的安眠藥多半出自資本主義國家。所以我說它是資本主義方式。服安眠藥自殺最保險，最無痛苦。這可以說是資本主義優越性表現之一吧。

我的理論基礎大抵如此。

理論必須聯繫實際：我究竟要採用什麼方式呢?不用細說，大家一定都能猜到：資本主義方式。好在我已經被打倒，成了"反革命分子"，這一點嫌疑我也無須避諱了。

在自殺行動中，決心下定以後，最重要的問題就是決定用什麼方式。現在我的方式既已選定，大功告成就在眼前。我可以考慮行動的時間和地點了。時間問題很容易解決：立即實行，越快越好。至於地點問題則頗費週折。解決這個問題，首先——恕我借用一個當時極為流行的詞兒——要考慮大方向。大方向無非是有兩個：一近一遠。近是就在家裏，遠則要走出家門。最方便當然是在家裏。但我顧慮重重。我們家裏只有一大間一小間房子。如果在家裏實施我的計劃，夜裏服下安眠藥，早晨一起牀，兩個老太太看到我直挺挺地躺在牀上，她們即使不被嚇死，也必然被嚇昏。這是多麼可怕的情景呀!我一生為別人考慮過多，此時更是不得不爾。把我的屍體抬出去以後，死過人而且是死過自己親人的房間，她們敢住下去嗎？不敢，又待如何？值此世態炎涼，人情如紙的時代，誰肯誰又敢向這兩位孤苦無告的老太婆伸出援助之手呢？我現在已成爲雙料的"反革命分子"：新北大公社已經給我戴上了這樣一頂帽子，如今又"自絕於人民"，是在反革命之上又加反革命了。總之，在家裏不行。

那就在外面吧。在外面也有一個方向問題，而且方向的頭緒更多。我首先是受了我上面提到的中文系那一位總支書記的啓發，想到了西山。西山山深林密，風光秀麗。倘我能來到此處，獵獵松濤，琮琮泉聲，頭枕松針，仰視碧空，自己親手消滅掉一生最可寶貴的生命，多麼愜意，又是多麼有詩意呀！簡直是我一生中最後的一首最美妙的詩。但是，那地方太遠，路上倘被紅衛兵截獲，那就要吃不了的兜着走了。我否定掉這個想法，又想到頤和園。過去有不少名人到這裏來尋短見，王國維是最著名的例子。可我不想學王老先生投水自盡。在山後找一個洞穴，吞下安眠藥，把花花世界丟在身後，自己一走了之。但是我又怕驚嚇了遊興正濃的遊園的仕女君子。這個主意也不妥。我想來想去，想到了後面只有一條馬路之隔的圓明園。這裏有極大的葦坑。時值初冬，蘆花正茂。我倘能走到蘆葦深處，只須往地上一躺，把安眠藥一服，自己的目的立即達到。何等乾淨，又何等利索！想到這裏，我對自己非常滿意，我高興得簡直想手之舞之，足之蹈之。我認爲，這簡直是我的天才的火花的最後而又最光輝的一次閃爍。過此則廣陵散矣。

我的心情異常地平靜，平靜得讓自己都感到害怕。我沒有研究過古今自殺人的死前心理學。屈原在澤畔行吟時的心情，從他的作品中得知一二，但也不夠具體。按道理，一個人決定死是非常困難的，感情應該有極其劇烈的波動，甚至痛哭流涕，坐臥不寧，達到半瘋的地步；然後橫下一條心，慷慨死去。江淹說：「自古皆有死，莫不飲恨而吞聲。」我一沒有飲恨，二沒有吞聲。我的心情很平靜，平靜得讓我自己都感到異樣，感到不可解。

但是，平靜中也有不平靜。我想到明天此時，我直挺挺地躺在圓明園荒涼寂寞的大葦坑中。那裏幾乎是人跡不至的地方。不知道會隔多少時候才會有人發現了我的屍體。此時我的屍體也許已經腐爛了，也許已經被什麼鳥獸咬掉一隻胳臂或一條腿；肚子也許已經被咬開，腸子、五臟都已被吃掉；渾身血肉模糊，慘不忍睹。眼下還是一個完整的我，到了那時候會變成什麼樣子呢?我渾身顫抖，我想不下去了。我彷彿能聽到那時候新北大公社的廣播台聲嘶力竭地一遍又一遍播放：「反革命分子季羨林自絕於人民，畏罪自殺，罪該萬死!」井岡山的廣播台也決不會自甘落伍，同新北大公社展開「打倒季羨林」的競賽。

但是，不管這些幻想多麼可怕，它仍然阻擋不住我那自殺的決心。決心一下，決不回頭。我心情平靜，我考慮我這五十多年的一生最後幾個鐘頭必須做的事情。我有點對不起陪我擔驚受怕的我那年邁的嬸母，對不起風風雨雨，坎坎坷坷，伴我度過了四十年的老伴，對不起我那些兒女孫輩，對不起那恐怕數目不多的對我仍懷有深情厚誼的親戚和朋友。我對不起的人恐怕還有很多很多，我只能說一句：「到那邊再會了。」我把僅有的幾張存款單，平平淡淡地遞給嬸母和老伴，強抑制住自己，沒有讓眼淚滴在存款單上。我無言地說：「可憐的老人！今後你們就靠這一點錢生活下去吧！不是我狠心，也不是我自私，茫茫宇宙，就只給我留下這樣一條獨木橋了，我有什麼辦法呢？」她們一定明白我的意思的，她們的感情也沒有激動，眼淚也沒有流下。我沒有考慮立什麼遺囑，那毫無用處。伴我一生的那些珍貴的書籍，我現在管不了啦，這就是我生離死別的一幕。一切都平靜得平淡得令我害怕。

我半生患神經衰弱失眠症。中西安眠藥服用的成籮成筐，我深通安眠藥之學。平日省吃儉用，節約下來不少，丸與水都有，中與西兼備。這時我蒐集在一起，以丸打頭，以水沖下，真可謂珠聯璧合，相輔相成。我找了一個布袋子，把安眠藥統統裝在裏面，準備走出門去，在樓後爬過牆頭，再過一條小河和一條馬路，前面就是圓明園。

一切都準備就緒，只等我邁步出門──

千鈞一髮

　　然而門上響起了十分激烈的敲門聲。我知道，紅衛兵又光臨了。果然，一開門便闖進來了三個學生，雄赳赳，氣昂昂，臂章閃着耀眼的紅光。他們是來押解我到什麼地方去進行批鬥的。

　　在這樣的情況下，我深知自己毫無發言的權力。我只是一頭被趕赴屠宰場的牲畜，任人宰割，任人驅使。我立即偷偷地放下那隻裝着安眠藥的袋子，俯首帖耳，跟着出去。家裏的兩位老太太眼睜睜地看着自己的親人被押走。她們也同我一樣一言不發。當前是人為刀俎，我為魚肉，生殺大權操在別人手中的時刻。走在路上，我被夾在中間，一邊一個紅衛兵，後面還有一個，像是後衛。他們邊走邊大聲訓斥，說我的態度惡劣至極，竟敢反唇相譏。今天要給我一點顏色看，煞煞我的威風。我只有洗耳恭聽，一聲不吭。我意識到，一場特大的風暴正在我頭上盤旋。我以前看過的那一些殘酷鬥爭的場面，不意今天竟臨到自己頭上了。原來只是一個旁觀者，今天成了主角了。說心裏不害怕，那不是真話。但是害怕又有什麼用處呢?我腦袋裏懵懵懂懂，又似清楚，又似胡塗，亂成一團。我想到被綁赴刑場的場面。我還沒有被綁赴刑場去殺頭或者槍斃的經驗。我現在心裏的滋味是不是同那件事有點相似呢?我說不清楚。事實上，我認為還不如殺頭或者槍斃，那只是一秒鐘的事兒，刀光一閃，槍聲一響，我就渡過難關了。現在我卻不知道，批鬥要延長多久，也不知道，有些什麼折磨人的花樣……

一路之上，我不敢抬頭，不敢看別人。我不知道，別人怎樣看我。我想到魯迅的小說：《示衆》。我現在就是那個被示衆者。我週圍必然有一大群像小說中所說的觀衆。他們大概也是指指點點，議論紛紛。可惜我不可能也無心去聆聽他們的議論了。

不知道是怎樣一來，我就被押解到一個地方。我低頭看到地面，我知道這是大飯廳，這是全校最大的室內聚會場所。我從後門走進去，走到一間小屋子裏，那裏已經有幾個“囚犯”，都成了達摩老祖，面壁而立。我不敢看任何人，我不知道他們是誰。我也被命令面壁而立。我的耳朵還沒有堵上，我還能聽到說話的聲音，有的聲音我是熟悉的。我只覺得人影紛亂，我只聽得人聲嘈雜。到場的人一定都是新北大公社的，井岡山的人是不會來的。我屏心靜氣地站在那裏。驀地聽到一聲清脆的耳光聲，而自己臉上並沒有什麼感覺，知道是響在別的“囚犯”的臉上的。我心裏得到了一點安慰。但是立刻又聽到了一聲更為清脆的耳光聲，聲音近在眼前，我臉上有點火辣辣的。我意識到，這一聲是發生在自己臉上了。我心裏有點緊張了。可是我的背上又是重重的一拳，腿上重重的一腳。我吃了老虎膽、豹子心，膽敢起來反對他們那一位女主人。他們把仇恨集中到我身上，這是很自然的。我自作自受，又何怪哉?除此以外，我想還有別的根由:有的人確實是從折磨別人中得到快感享受的。中國古代的哲人強調人禽之辨。他們的意見當然是，人高於禽獸。可是在這方面，我還是同意魯迅的意見的。他說，動物在吃人或其他動物時，張嘴就吃，決不會像人這樣，先講上一通大道理，反復解釋你為什麼必須被吃，而吃人者又有多少偉大的道理，必須吃人。人禽之辨，也就是禽獸與人的區別，就在這裏;換句話說，禽獸比人要好，它們爽直，肚子餓了就吃人或別的動物。新北大公社的" 人"，同禽獸比一比，究竟怎樣呢?

　　這些想法是後來才有的。當時我只是一頭就要被吃的牲畜，我既緊張，又恐懼;既清醒，又胡塗。我面壁而立，渾身的神經都集到耳朵上，身體上的一切部位，隨時都在準備着，承受拳打，承受腳踢。我知道，這些都只能算是序曲，大軸戲還在後面哩。

　　果然，大軸戲終於來了。我驀地聽到空中一聲斷喝，像一聲霹靂:" 把季羨林押上來!" 於是走上來了兩個紅衛兵。一個抓住我的右臂，擰在我的背上。一個抓住左臂，也擰在背上。同時，一個人騰出來一隻手，重重地壓在我的脖頸上，不讓我抬頭。我就這樣被押上了批鬥台，又跟跟蹌蹌地被推搡到台的左前方。" 彎腰!" 好，我就彎腰。" 低頭!" 好，我就低頭。但是脊樑上又重重捱了拳:" 往下彎!" 好，我就往下彎。可腿上又兇猛地被踢了一腳:" 再往下彎!" 好，我就再往下彎。我站不住了，雙手扶在膝蓋上。立刻又挨了一拳，還被踢了一腳:" 不許用手扶膝蓋！"此時雙手懸在空中，全身的重力都壓到了雙腿上，腿真有點承受不了啦。"革命小將"按照噴氣式飛機的構造情況，要我變成那個樣子。他們工作作風謹嚴至極。光是調整我的姿式，就用去了幾分鐘，可我的雙腿已經又痠又痛。我真想索性跪在地上。但是，我知道那樣一定會招來一陣拳打腳踢。我現在唯一的出路只有咬緊牙關忍受一切了。

忽然聽到身後主席台上有人講話了。台上究竟有多少人，我不清楚。有多少批鬥者，又有多少被批鬥者，我更不清楚。至於台下的情況，我當然不敢睜眼去看，只聽得人聲鼎沸，口號之聲震天動地。那個講話的人究竟講了些什麼，我根本沒有心思去聽。我影影綽綽地知道了，今天我不是主角，我只是押來"陪鬥"的。被鬥的主角是一個姓戈的老同志。論革命資歷，他早於三八式。論行政經歷，他擔任過河北大學校長和北大副校長、黨委副書記。這樣一位老革命，只因反對了那一個"老佛爺"，也被新北大公社"打倒"，今天抓來批鬥。我弄清楚了自己在這一次空前的大批鬥中的地位，心裏稍感安慰。在我的右面，大概是主席台的正中，是那位老同志獸的地方。他是站着？是坐着？是跪着？還是坐噴氣式？我都不清楚。我只聽得清脆的耳光聲，劇烈的腳踢聲，沉重的拳頭聲，聲聲不絕。我知道他正在受難。也許有人(?)正用點着的香煙燒他的皮膚。可我自己正是泥菩薩過江，自身難保。況且我的雙腿已經再沒有力量支撐我的身體了，痠痛得簡直無法形容。我眼前冒金星，滿臉流汗。我咬緊了牙根，自己警告自己："要忍住！要忍住！你可無論如何也不能倒下去呀！否則那後果就不堪設想了！"忽然，完全出我意料，一口濃痰啪地一聲吐在我的左臉上。我當然不知道是從哪裏來的。我也只能"唾面自乾"。想用手去擦，是絕對不可能的。我牙根咬了再咬。心裏默默地數着數，希望時光趕快過去。此時鬧哄哄的大飯廳裏好像突然靜了下來，好像整個大飯廳，整個北大，整個北京，整個中國，整個宇宙，只剩下了我一個人。

突然間，大飯廳裏沸騰起來，一片震天的口號聲，此伏彼起，如大海波濤：批鬥大會原來結束了。我還沒有來得及鬆一口氣，又被人卡住脖子，反剪雙手，押出了會場，押上了一輛敞棚車。我意識到我的戲還沒演完，現在是要出去"示眾"了。英雄們讓我站在正中間，仍然是一邊一個人，扭住我的胳臂。我什麼也看不見，什麼也不敢看。只覺得馬路兩旁擠滿了人。有人用石頭向我投擲，打到我的頭上，打到我的臉上，打到我的身上。我覺得有一千隻手揮動在我的頭頂上，有一千隻腳踢在我的腿上，有一千張嘴向我吐着吐沫。我招架不住，也不能招架。汽車只是向前開動。開到什麼地方去?我完全不知道。我在這裏住了將近二十年，每一寸土地我都是稔熟的。可我現在完全胡塗了。我現在像一隻顛簸在驚濤駭浪中的小船，像一隻四週被獵犬包圍住的兔子或狐狸，像隨風飄動的柳絮，像無家可歸的飛鳥。路旁的喊叫聲驚天動地，口號聲震撼山嶽，形成了雄壯無比的大合唱。我腦袋裏胡里胡塗，昏昏沉沉。我知道，現在是生命掌握在別人手中，橫下了一條心，聽天由命吧。

過了不知多久，也不知道車開到了什麼地方。車猛然停了。一個人——不是學生，就是工人——一腳把我踹下了汽車。我跌了一個筋斗，躺在地上，拚命爬了起來。一個老工人走上前來，對着我的臉，猛擊一掌，我的鼻子和嘴裏立即流出了鮮血。這個老工人，我是認識的。後來，當 8341 進校時＊，他居然代表北大的工人階級舉着牌子歡迎解放軍。我心裏眞不是滋味。他夠得上當一個工人嗎？這是後話，暫且不提。我當時嘴裏和鼻子裏鮮血都往下滴，我倉皇不知所措。忽然聽到頭頂上工人階級一聲斷喝：“滾蛋！”我知道是放我回家了。我眞好像是舊小說中在“刀下留人！”的高呼聲中被釋放了的死囚。此時我的靈魂彷彿才回到自己身上。我發現，頭上的帽子早已經丟了，腳上的鞋也只剩下一隻。我就這樣一瘸一拐，走回家來。我的狼狽情況讓家裏的兩位老太太大吃一驚，然而立即轉驚爲喜：我總算是活着回來了。

　　這是我活了五十多年第一次受到的批鬥。牠確實能令人驚心動魄，畢生難忘。牠把人的殘酷的本性暴露無遺。然而牠卻在千鈞一髮之際救了我一條命。“這樣殘酷的批鬥原來也是可以忍受得住的呀！”我心裏想。“有此一鬥，以後還有什麼可怕的呢？還是活下去吧！”我心裏又想。可我心裏眞是充滿了後怕。如果押解我的紅衛兵晚來半個小時的話，我早就爬過了樓後的短牆，到了圓明園，服安眠藥自盡了。如果我的態度稍微好一點的話，東語系新北大公社的頭領們決不會想到要煞一煞我的威風，不讓我來陪

＊　“8341”是指 8341 部隊，即當時中央警衛團的番號。
　　——本書責任編輯註

鬥，我也早已橫屍圓 明園大葦塘中了。還能有比這更可怕的事情嗎？我還得到了一個結論，一條人生經驗：對待壞人有時候還是態度壞一點好。我因為態度壞，才撿了一條命。這次批鬥又彷彿是做了一次實驗，確定一個人在殘酷的折磨下能夠忍受程度的最低線。我所遭受的顯然還是在這一條線上的。這些都是胡思亂想。反正性命是撿到了。可是撿到了性命，我是應該慶幸呢？還是應該後悔？我至今也還沒有弄清楚。

既然決心活下去了，那就要準備迎接更殘酷更激烈的批鬥。這個思想準備我是有的。

我在這裏想先研究一個問題：批鬥問題。我不知道，這種形式是什麼人發明的。大概也是集中了群眾的智慧，去粗取粗，去偽存眞才發明出來的吧。如果對這種發明創造也有專利權的話，這個發明者是一個天才，他應當獲得頭等大獎。但是我認爲他卻是一個愚蠢的天才。這種批鬥在形式上轟轟烈烈，聲勢浩大；實則什麼問題也不能解決。在舊社會，縣太爺或者什麼法官，下令打屁股，上夾板，甚至用竹籤刺入" 犯人"的指甲中，目的是想屈打成招。現在的批鬥想達到什麼目的呢？如果只想讓被批鬥者承認自己是走資派，是資產階級反動學術權威，罪名你不是已經用大喇叭、大字報昭告天下了嗎？承認不承認又有什麼用處呢？這個或這些發明者或許受了西方爲藝術而藝術的影響，他或他們是爲批鬥而批鬥。再想得壞一點，他或他們是爲了滿足人類折磨別人以取樂的劣根性而批鬥。總之，我認爲，批鬥毫無用處。但是，在這裏，我必須向發明者奉獻出我最大的敬意，他們精通科學技術，懂得噴氣式飛機的構造原理，才發明了噴氣式批鬥法。這種方法禽獸們是想不出來的。人為萬物之靈，信矣夫！

閒言少敘，書歸正傳。命揀到了，很好。但是揀來是為了批鬥的。隔了幾天，東語系批鬥開始了。原來只讓我做配角，今天升級成了主角了。批鬥程式，一切如儀。激烈的敲門聲響過之後，進來了兩個(比上次少了一個)紅衛兵，雄赳赳，氣昂昂。臂章閃着耀眼的紅光，押解着我到了外文樓。進門先在樓道裏面壁而立。我仍然是什麼都不敢看。耳旁只聽得人聲嘈雜。我身旁站着兩個面壁的人。我明白，這是陪鬥者。我在東語系工作了二十多年，現在培養出來的教員和學生，工作起來，有條不紊，滴水不漏，心裏暗暗地佩服。還沒有等我思想轉回到現場來，只聽得屋裏一聲大喊："把季羨林押上來！"從門口到講台也不過十幾步。然而這十幾步可真難走呀!四隻手扭住了我的胳臂，反轉到背上，還有幾隻手卡住脖子。我身上起碼有七八隻手，距離千手千眼佛雖還有一段差距，然而已經夠可觀的了。可是在這些手的縫裏還不知伸進了多少手，要打我的什麼地方。我就這樣被推推搡搡押上了講台。此處是我二十年來經常站的地方，那時候我是系主任，一系之長，是座上賓；今天我是"反革命分子"，是階下囚。人生變幻不測，無以復加矣。此時，整個大教室裏喊聲震天。一位女士領唱。她喊一聲："打倒××分子季羨林！"於是群聲和之。這××是可以變換的，比如從"資產階級反動學術權威"變成"走資派"，再變為"國民黨殘渣餘孽"──我先聲明一句：我從來沒有參加過國民黨──，再變為什麼，我記不清了。每變換一次，"革命群眾"就跟着大喊一次。大概"文化大革命"所有的帽子都給我戴遍了。我成了北京大學集戴帽子之大成的顯赫人物!

我斜眼看了看主席台的桌子上擺着三件東西:一是明晃晃一把菜刀;一是裝着燒焦的舊信件的竹籃子;一是畫了紅×的蔣介石和宋美齡的照片。我心裏一愣,幾乎嚇昏了過去。我想:"糟了!我今天性命休矣!"對不明眞相的群衆來說,三件東西的每一件都能形象地激發起群衆的極大的仇恨,都能置我於死地。今天我這個掛頭牌的主角看來是凶多吉少了。古人說過:"旣來之,則安之。"地上沒有縫,我是鑽不進去的。我就"安之"吧。

"打倒"的口號喊過以後,主席恭讀語錄,什麼"革命不是請客吃飯",什麼"你不打他就不倒"之類。我也不知道,讀語錄會起什麼作用。是對"革命群衆"的鼓勵呢?還是對"囚犯"的震懾?反正語錄是讀了,而且一條一條地讀個沒完。終於語錄結束了。什麼人作主旨發言——好像就是到我家去抄過家的學泰語的王某某——,歷數我的"罪狀",慷慨激昂,義形於色。我此時正坐着噴氣式,兩腿痠痛得要命。我全身精力都集中到腿上,只能騰出四分之一的耳朵聆聽發言。發言百分之九十九是誣衊、捏造、羅織、說謊。我的頭腦還是清楚的,但是沒有感到什麼忿忿不平,——慣 了。他說到激昂處,"打倒"之聲震動屋瓦。宇宙間眞彷彿充滿了正氣。這時逐漸有人圍了過來,對我拳打腳踢,一直把我打倒在地。我在大飯廳陪鬥時,只聽到拳打腳踢的聲音,這聲音是發生在別人身上的。這次卻發生在自己身上。我是否已經鼻靑臉腫,沒有鏡子,我自己看不到。不久有人把我從地上拖了起來,是更激烈的拳打腳踢。此時我想坐噴氣式也不可能了。圍攻者中我看清楚的有學印地語的鄭某，學朝鮮語的谷某某，還有學越南語(?)的王某某。前一個能說會道，有"電門"之稱，是"老佛爺"麾下的鐵桿。後二者則都是彪形大漢，"兩臂有千鈞之力"。我忽然又有了被抄家時的想法：我這樣一個糟老頭子，手無縛雞之力。你們只須出一個女的鐵桿社員，就足能把我打倒在地，並且踏上一千隻腳了。何必動用你們武鬥時的大將來對付我呢?你別說，這些巨無霸還眞克盡厥職，決不吝惜自己的力量。他們用牛刀來殺我這一隻雞。結果如何，讀者自己可以想像了。

我不知道，批鬥總共進行了多長的時間。眞正批得淋漓盡致。我這個主角大概也"表演"（被動地表演）得不錯。恐怕群眾每個人都得到了自己那一份享受，滿意了。我忽聽得大喊一聲；"把季羨林押下去！"我又被反剪雙手，在拳頭之林中，在高呼的口號聲中，被押出了外文樓。然而革命熱情特高的群眾，革命義憤還沒有完全發洩出來，追在我的身後，仍然是拳打腳踢，我想抱頭鼠竄，落荒而逃；然而卻辦不到，前後左右，都是追兵。好像一個姓羅的阿拉伯語教員說了幾句話，追兵同仇敵愾的勁頭稍有所緩和。這時候我已經快逃到了民主樓。回頭一看，後頭沒了追兵。心彷彿才回到自己的腔子裏，喘了一口氣。這時才覺得渾身上下又痠又痛，鼻下、嘴角、額上，有點黏糊糊的，大概是血和汗。我就這樣走回了家。

我又經過了一場血的洗禮。

勞改的初級階段

跟着來的是一個批鬥的高潮期。

從一九六七年冬天到一九六八年春天，隔上幾天，總有一次批鬥。對此我已經頗能習以爲常，"曾經滄海難爲水"，我是在批鬥方面見過大世面的人，我又珍惜我這一條像駱駝鑽針眼似地揀來的性命，我再不想到圓明園了。

這一個高潮期大體上可以分成兩個階段：從開始直到次年的春初爲批鬥和審訊階段；從春初到一九六八年五月三日爲批鬥、審訊加勞動階段。

在第一個階段中，批鬥的單位很多，批鬥的藉口也不少。我曾長期在北大工會工作。我生平獲得的第一個"積極分子"稱號，就是"工會積極分子"。北京剛一解放，我就參加了教授會的組織和領導工作。後來進一步發展，組成了教職員聯合會，最後才組成了工會。風聞北大工人認爲自己已是領導階級，羞與知識分子爲伍組成工會。後經不知什麼人解釋、疏通，才勉強答應。工會組成後，我先後擔任了北大工會組織部長，沙灘分會主席。在沙灘時，曾經學習過美國競選的辦法，到工、農、醫學院和國會街北大出版社各分會，去做競選演說，精神極爲振奮。當時初經解放，看一切東西都是玫瑰色的。爲了開會佈置會場，我曾徹夜不眠，同幾個年輕人共同勞動，並且以此爲樂。當時我有一個問題，怎麼也弄不清楚：我們這些知識分子同中華人民共和國的領導階級工人階級是什麼關係呢?這個問題常常縈繞在我腦海中。後來聽說一個權威人士解釋說：知識分子不是工人，而是工人階級。我的政治理論水平非常低。我不明白：爲什麼不是工人而能屬於工人階級?爲了調和敎授與工人之間的矛盾，我接受了這個說法，但是心裏始終是胡里胡塗的。不管怎樣，我仍然興高采烈地參加工會的工作。一九五二年，北大遷到城外以後，我仍然是工會積極分子。我被選爲北京大學工會主席。北大敎授中，只有三四人得到了這個殊榮。

　　然而到了"文化大革命"中，這卻成了我的特殊罪狀。北大"工人階級"的邏輯大概是：一個從舊社會過來的臭知識分子，得以濫竽工人階級，已經證明了工人階級的寬洪大量，現在竟成了工人階級組織的頭兒，實在是大逆不道，罪在不赦矣。對北大"工人階級"的這種邏輯，我是能夠理解的，有時甚至是同意的。我在上面已經談到，我心悅誠服地承認自己是資產階級知識分子，因爲我有個人考慮。至於北大"工人階級"是否都是大公無私，毫不利己，專門利人，我當時還沒有考慮。但是對當時一個流行的說法：資產階級知識分子統治我們學校的現象，再也不能繼續下去了，我卻大惑不解。我們資產階級知識分子，雖然當了敎授，當了系主任，甚至當了副校長和工會主席，可並沒有眞正統治學校呀!眞正統治學校的是上級派來的久經考驗的老革命。據我個人的觀察，這些老革命個個都兢兢業業地執行上級的方針政策，勤勤懇懇地工作。他們不愧是國家的好幹部。"文化大革命"中，他們都成了"走資派"，我覺得很不公平。現在又把我們這些知識分子拉進了"統治"學校的圈子。這簡直是"城門失火，殃及池魚"。

這個問題現在暫且不談，先談我這個工會主席。我被"打倒"批鬥以後，北大的工人不甘落後。在對我大批鬥的高潮中，他們也擠了進來。他們是工人，想法和做法都同教員和學生有所不同。他們之間的區別是頗為明顯的：工人比學生力氣更大，行動更"革命"（野蠻）。他們平常多欣賞評劇，喜歡相聲等等民間藝術。在"文化大革命"中，他們大概發現了大批鬥比評劇和相聲要好看、好聽得多，批鬥的積極性也就更高漲。批鬥我的機會他們怎能放過呢？於是在一陣激烈的砸門聲之後，闖進來了兩個工人，要押解我到什麼地方去批鬥。他們是騎自行車來的。我早已無車可騎。這樣我就走在中間，一邊一個人推車"護駕"，大有國賓乘車左右有摩托車衛護之威風。可惜我此時心裏正在打鼓，沒有閒情逸致去裝阿Q了。

聽說，北大工人今天本來打算把當過北大工會主席的三位教授揪出來，一起批鬥。如果真弄成的話，這是多麼難得的一齣戲呀！這要比楊小樓和梅蘭芳合演什麼戲還要好看得多。可惜三位中的一位已經調往中國社會科學院，另一位不知為什麼也沒有揪着，只剩下我孤身一人，實在是大煞風景。但是，"咱們工人有力量"，來一個就先鬥一個吧。就這樣，他們仍然一絲不苟；並沒有因為只剩下一個人，就像平常勞動那樣，偷工減料，敷衍了事。他們決不率由舊章，而是大大地發揮了創造性：把在室內鬥爭，改為"遊鬥"，也就是在室外大馬路上，邊遊邊鬥。這樣可以供更多的人觀賞，滿足自己的好奇心或者別的什麼心。我胡里胡塗，不敢抬頭，不敢說話，任人擺佈，任人撥弄。我不知道沿途"觀禮"者有多少人。從鬧鬧鬨鬨的聲音來推測，大概人數不少。口號聲上徹雲霄，中間攙雜着哈哈大笑聲。可見這一齣戲是演得成功了。工人階級有工人階級的脾氣：理論講得少，拳頭打得重，口號喊得響，石塊投得多。耳光和腳踢，我已經習以為常，不以為忤。這一次不讓我坐噴氣式，這就是對我最大的安慰，我真是感恩戴德了。

工會的風景還沒有完全過去，北大亞非所的"革命群眾"又來揪鬥我了。人們幹事總喜歡一窩蜂的方式，要麼都不幹，要麼都搶着幹。我現在又碰到了這一窩蜂。在"文化大革命"以前，北大根據教委(當時還叫教育部或者高教部)的意見，成立了亞非研究所。校長兼黨委書記陸平親自找我，要我擔任所長。其實是掛名，我什麼事情都不管。因此我同所裏的工作人員沒有任何利害衝突，我覺得關係還不錯。可是一旦我被"打倒"，所裏的人也要顯示一下自己的"革命性"或者別的什麼性，決不能放過批鬥我的機會。這算不算"落井下石"呢?大家可以商量研究。總之我被揪到了燕南園的所裏，進行批鬥。批鬥是在室內進行的，屋子不大，參加的人數也不多。我現在在被批鬥方面好比在老君八卦爐中鍛鍊過的孫大聖，大世面見得多了，小小不然的我還真看不上眼。這次批鬥就是如此。規模不大，口號聲不夠響，也沒有拳打腳踢，只坐了半個噴氣式。對我來說，這簡直只能算是一個"小品"，很不過癮，我頗有失望之感。至於批鬥發言，則依然是百分之九十是胡說八道，百分之九是羅織誣陷，大約只有百分之一說到點子上。總起來看水平不高。批鬥完了以後，我輕輕鬆鬆地走回家來。如果要我給這次批鬥打一個分數的話，我只能給打二三十分，離開及格還有一大截子。

在一次東語系的批鬥會上——順便說一句，這樣的批鬥會還是比較多的；但是，根據生理和心理的原則，事情太多了，印象就逐漸淡化，我不能都一一記住了——，我瞥見主鬥的人物中，除了新北大公社的熟悉的面孔以外，又有了對立面井岡山的面孔。這兩派雖然鬥爭極其激烈，甚至動用了長矛和其他自製的武器，大有你死我活不共戴天之勢。然而，從本質上來看，二者並沒有區別，都搞那一套極左的東西，都以形而上學為思想基礎，都爭着向那一位"紅色女皇"表忠心。現在是對"敵"鬥爭了——這個"敵"就是我——，大家同仇敵愾，聯合起來對我進行批鬥，這是完全可以理解的。有一次鬥爭的主題是從我被抄走的日記上找出的一句話："江青給新北大公社扎了一針嗎啡，他們的氣焰又高漲起來了。"這就犯了大忌，簡直是大不敬。批鬥者的理論水平極低——他們從來也沒有高過——，說話簡直是語無倫次。我坐在噴氣式上，心裏無端產生出卑夷之感。可見我被批鬥的水平已經猛增，甚至能有閒情逸致來評斷發言的水平了。從兩派合流我想到了自己的派性。日記中關於江青的那一句話，證明我的派性有多麼頑固。然而時過境遷，我認為對之忠貞不二的那一派早已同對立面攜起手來對付我了。我邊坐噴氣式，邊有點忿忿不平了。

這樣的批鬥接二連三，我心中思潮起伏，片刻也不能平靜。我想得很多，很多；很遠，很遠。我想到我的幼年。如果我留在鄉下的話，我的文化水平至多也只是一個半文盲。我們家裏大約只有一兩畝地。我天天下地勞動。解放以後還能撈到一個貧農的地位，可以教育知識分子了。生活當然是清苦的，"人生識字憂患始"，我可以無憂無患，多麼舒服愜意呀！如今自己成了大學教授，可謂風光已極。然而一旦轉為"反動權威"，則天天捱批捱鬥，膽戰心驚，頭頂上還不知道戴上了多少頂帽子，前途未卜。我真是多麼後悔呀！造化小兒實在可惡之至！

這樣的後悔藥沒有什麼用處，這一點我自己知道。我下定決心，不再去想，還是專心致志地考慮眼前的處境為佳，這樣可能有點實際的效益。我覺得，我在當時的首要任務是鍛鍊身體。這種鍛鍊不是一般的體育鍛鍊，而是特殊的鍛鍊。說明白一點就是專門鍛鍊雙腿。我分析了當時的種種矛盾，認為最主要的矛盾是善於坐噴氣式，能夠坐上兩三小時而仍然能堅持不倒。我在上面已經談到過，倘若在批鬥時坐噴氣式受不住倒在地上，其後患簡直是不堪設想。批鬥者一定會認為我是故意搗亂，罪上加罪，拳打腳踢之外，還不知道用什麼方法來懲罰我哩。我必須堅持下來，但是堅持下來又是萬分不容易的。坐噴氣式坐到半個小時以後，就感到腰痠腿痛，渾身出汗；到了後來，身子直晃悠，腦袋在發暈，眼前發黑，耳朵轟鳴。此時我只能咬緊牙關。我有時也背語錄："下定決心，不怕犧牲，排除萬難，去爭取勝利！"我的潛台詞是："下定決心，不怕苦痛，排除萬難，去爭取不要倒下！"你別說，有時還真有效。我堅持再堅持。到了此時，台上批鬥者發言不管多麼激昂慷慨，不管聲音多麼高，"打倒，打倒"的呼聲不管多麼驚天動地，在我聽起來，只如隔山的輕雷，微弱悠遠而已。

這樣的經驗，有過多次。自己覺得，並不保險。為了徹底解決，根本解決這個主要矛盾，我必須有點長久之計。我於是就想到鍛鍊雙腿。我下定決心，每天站在陽台上進行鍛鍊。我低頭彎腰，手不扶膝蓋，完全是自覺自願地坐噴氣式。我心裏數着數，來計算時間，必至眼花流汗而後止。這樣的體育鍛鍊是古今中外所未有。如果我不講出來，決不會有人相信，他們一定認為這是海外奇談。今日回想起來，我真是欲哭無淚呀！

站在陽台上，還有另外一個作用。我能從遠處看到來我家押解我去批鬥或審訊的紅衛兵。我脾氣急，幹什麼事我都從來不晚到。對待批鬥，我仍然如此。我希望批鬥也能正點開始。至於何時結束，那就不是我的事了。

站在陽台上，還有意想不到的發現。有一天，我在"鍛鍊"之餘，猛然抬頭看到樓下小園內竹枝上坐着的麻雀。此時已是冬天，除了松柏翠竹外，萬木枯黃，葉子掉得精光。幾桿翠竹更顯得蒼翠欲滴。坐在竹桿上的幾隻小麻雀一動也不動。我的眼前一亮，立刻彷彿看到一幅宋畫"寒雀圖"之類。我大為吃驚，好像天老爺在顯聖，送給我了一幅畫，在苦難中得到點喜悅。但是，我稍一定神，頓時想到，這是什麼時候我還有這樣的閒情逸致。我的資產階級修正主義思想眞可謂頑固至極，說我＂死不改悔＂，我還有什麼辦法不承認呢？

類似這樣的奇思怪想，我還有一些。每一次紅衛兵押着我沿着湖邊走向外文樓或其他批鬥場所時，我一想到自己面臨的局面，就不寒而慄。我是多麼想逃避呀！但是茫茫天地，我可是往哪裏逃呢？現在走在湖邊上，想到過去自己常在這裏看到湖中枯木上王八曬蓋。一聽到人聲，通常是行動遲緩的王八，此時卻異常麻利，身子一滾，墜入湖中，除了幾圈水紋以外，什麼痕跡都沒有了。我自己爲什麼不能變成一隻王八呢？我看到腳下亂爬的螞蟻，自己又想到，我自己爲什麼不能變成一隻螞蟻呢？只要往草叢裏一鑽，任何人都找不到了。我看到天空中飛的小鳥，自己又想到，我自己爲什麼不能變成一隻小鳥呢？天高任鳥飛，翅膀一展，立刻飛走，任何人都捉不到了。總之，是嫌自己身軀太大。堂堂五尺之軀，過去也曾驕傲過，到了現在，它卻成了累贅，欲丟之而後快了。

這一些幻想毫無用處，自己知道。有用處的辦法有沒有呢？有的，那就是逃跑。我確實認眞考慮過這一件事。關鍵是逃到什麼地方去。逃到自己的家鄉，這是最蠢的辦法。聽說有一些人這樣做了。新北大公社認爲這是犯了王法，大逆不道，派人到他的家鄉，把他揪了回來，批鬥得加倍地野蠻殘酷。這一條路決不能走。那麼逃到哪裏去呢？我曾考慮過很多地方，別人也給我出過很多點子，或到朋友那裏，或到親戚那裏。我確曾認眞蒐集過全國糧票，以免出門捱餓。最後，考慮來，考慮去，認爲那些都只是幻想，有很大的危險，還是留在北大吧。這是一條最切實可走的路，然而也是最不舒服，最難忍受的路，天天時時提心吊膽，等候紅衛兵來抓，押到什麼地方去批鬥。其中滋味，實不足為外人道也。

然而，忽然有一天，東語系公社的領導派人來下達命令：每天出去勞動。這才叫做"勞動改造"，簡稱"勞改"，沒有勞動怎麼能改造呢?這改變了我天天在家等的窘境，心中暫時略有喜意。

從今以後，我就同我在上面談到的首先被批鬥的老教授一起，天天出去勞動。僅在一年多以前十年浩劫初起時，在外文樓批鬥這一位老教授，我當時還濫竽人民之內，曾幾何時，我們竟成了"同志"。人世滄桑，風雲變幻，往往有出人意料者，可不警惕哉!

我們這一對難兄難弟，東語系的創辦人，今天同為階下囚。每天八點到指定的地方去集合，在一個工人監督下去幹雜活。十二點回家，下午兩點再去，晚上六點回家。勞動的地方很多，工種也有變換，有時候一天換一個地方。我們二人就像是一對能思考會說話的牛馬，在工人的鞭子下，讓幹什麼幹什麼，半句話也不敢說，不敢問。據我從旁觀察，從那時起，北大工人就變成了白領階級，又好像是押解犯人的牢頭禁子，自己什麼活都不幹，成了只動嘴不動手的"君子"。我頗有點腹誹之意。然而，工人是領導一切的階級，我自己只不過一個階下囚，我吃了老虎心豹子膽也不敢說三道四了。據我看，專就北京大學而論，這一場所謂"文化大革命"，實際上是工人整知識分子的運動。在舊社會，教授與工人地位懸殊，經濟收入差距也極大。有一些教授自命不凡，頗有些"教授架子"，對工人不夠尊重。工人心中難免蘊藏着那麼一點怨氣。在那時候他們也只能忍氣吞聲。解放以後，情況變了。到了十年浩劫，對某一些工人來說，機會終於來了。那一股潛伏的怨氣，在某一些人鼓勵煽動下，一古腦兒爆發出來了。在大飯廳批鬥面壁而立時，許多響亮的耳光聲，就來自某一些工人的巴掌與某一些敎授的臉相接觸中。我這些話，有一些工人師傅可能不肯接受。但我們是唯物主義者，要實事求是，事情是什麼樣子，就應該說它是什麼樣子。不接受也否認不了事實的存在。

我現在就是在一個工人監督下進行勞改。多髒多累的活，只要他的嘴一動，我就必須去幹。這位工人站在旁邊頤指氣使。他橫草不動，豎草不沾，就這樣來" 領導一切"。

這樣勞動，我心裏有安全感了沒有?一點也沒有。我並不怕勞動。但是這樣的勞動，除了讓我失掉鍛鍊雙腿的機會而感到遺憾外，仍然要隨時準備着，被揪去批鬥，東語系或北大的某一個部門的頭領們，一旦心血來潮，就會派人到我勞動的地方，不管這個地方多麼遠，多麼偏僻，總能把我手到擒來。有時候，在批鬥完了以後，仍然要回原地勞動。坐過一陣噴氣式以後，勞動反而給我帶來了樂趣，看來我眞已成了不可雕的朽木了。

無論是走去勞動，還是勞動後回家，我決不敢，也不願意走陽關大道。在大道上最不安全。戴紅袖章手持長矛的紅衛兵，三五成群，或者幾十成群，雄赳赳氣昂昂地走在路上，大有" 天上天下，唯我獨尊"之慨。像我這樣的人，一看打扮，一看面色，就知道是" 黑幫"分子。我們滿臉晦氣，目光呆滯，身上鶉衣百結，滿是塵土，同叫花子差不多。況且此時我們早已成了空中飛鳥，任何人皆可得而打之。打我們一拳或一個耳光，不但不犯法，而且是"革命行動"，這能表現"革命"的義憤，會受到尊敬的。連十幾歲的小孩都知道我們是"壞人"，是可以任意污辱的。丟一塊石頭，吐幾口吐沫，可以列入"優勝紀略"中的。有的小孩甚至拿着石灰向我們眼裏撒。如果任其撒入，眼睛是能夠瞎的。在這樣的情況下，我們也不敢還口，更不敢還手。只有"夾着尾巴逃跑"一途。有一次，一個七八歲的小男孩手裏拿着一塊磚頭，命令我："過來!我拍拍你!"我也只能快走幾步，逃跑。我還不敢跑得太快，否則嚇壞了我們"祖國的花朵"，我們的罪孽就更大了。我有時候想，如果我真成了瞎子，身上再被"踏一千隻腳"，那可真是如墮入十九層地獄，"永世不得翻身"了。

不敢走陽關大道怎麼辦呢?那就專揀偏僻的小路走。在十年浩劫期間，北大這樣的小路要比現在多得多。這樣的小路大都在舊老房屋的背後，陰溝旁邊。這裏垃圾成堆，糞便遍地，雜草叢生。臭氣薰天。平常是絕對沒有人來的。現在卻成了我的天堂。這裏氣味雖然有點難聞，但是非常安靜。野貓野狗是經常能夠碰到的。貓狗的"政治覺悟"很低，完全不懂"階級鬥爭"，它們不知道我是"黑幫"，只知道我是人，對人牠們還是怕的。到了這個環境裏，平常不敢抬的頭敢抬起來了。平常不敢出的氣現在敢出了，也還敢抬頭看蔚藍色的天空，心中異常地快樂。對這裏的臭氣，我不但不想掩鼻而過，還想盡量多留一會兒。這裏真是我這類人的天堂。

但是，人生總是禍不單行的，天堂也決非能久留之地。有一天，我被押解着去拆蓆棚，倒在地上的木板上還有殘留的釘子。我一不小心，腳踏到上面，一寸長的釘子直刺腳心，鞋底太薄，阻擋不住釘子。我只覺腳底下一陣劇痛，一拔腳，立即血流如注。此時，我們那個牢頭禁子，不但對此毫不關心，而且勃然大怒，說：“你們這些人簡直是沒用的廢物！”所謂“無用的廢物”，指的就是教授。這我和他心裏都是明白的。我正準備着捱上幾個耳光，他卻出我意料大發慈悲，說了聲：“滾蛋吧！”我就乘機滾了蛋。我腳痛得無法走路，但又不能不走。我只能用一隻腳正式走路，另一隻是被拖着走的。就這樣一瘸一拐地走回家來。我不敢進校醫院，那裏管事的都是公社派，見了我都會怒目而視，我哪裏還敢自投羅網呢？看到我這一副狼狼相，家裏的兩位老太太大吃一驚，也是一籌莫展，只能採用祖傳的老辦法，用開水把傷口燙上一燙，抹點紅藥水，用紗布包了起來。下午還要去勞動。否則上邊怪罪下來，不但我吃不消，連那位工人也會受到牽連。我現在不期望有什麼人對我講革命的人道主義，對國民黨俘虜是可以講的，對我則不行，我已經被開除了“人籍”，人道主義與我無干了。

此時，北大的兩派早已開始了武鬥。兩派都創建了自己的兵工廠，都有自己的武鬥隊。兵器我在上面已經提到一點。掌權的公社派當然會闊氣非凡。他們把好好的價值昂貴的鋼管鋸斷，磨尖，形成了長矛，拿在手裏，威風凜凜。井岡山物質條件差一點，但也拼湊了一些武器。每一派各據幾座樓，相互鬥爭。每一座樓都像一座堡壘，警衛森嚴。我沒有資格親眼看到兩派的武鬥場面。我想，武鬥之事性命交關，似乎應該十分嚴肅。但是，我被監工頭領到學生宿舍區去清理一場激烈的武鬥留下的戰場。附近樓上的玻璃全被打碎，地上堆滿了磚頭石塊，是兩派交戰時所使用的武器。我們的任務就是來清除這些垃圾。但是，我猛一抬頭，瞥見一座樓的窗子外面掛滿了成串的破鞋。我大吃一驚，繼而在心裏莞爾一笑。關於破鞋的故事，我上面已經談過。老北大都知道破鞋象徵着什麼，它象徵的就是那一位"老佛爺"。我真覺得這些年輕的大孩子頑皮到可愛的程度。把這兵戎大事變成一幕小小的喜劇。我臉上沒笑意已經很久很久，笑這個本能我好像已經忘掉了。不意今天竟有了想笑的意思。這在囚徒生活中是一個輕鬆的插曲。

但是，真正的武鬥，只要有可能，我還是盡量躲開的。這種會心的微笑於無意中得之，不足為訓。我現在是"豬八戒照鏡子，裏外不是人"。兩派中哪一派都把我看作敵人。我若遇到武鬥而躲不開的話，誰不想拿我來撒氣呢？我既然憑空撿了一條命，我現在想盡力保護它。我雖然研究過比較自殺學，但是，我現在既不想自殺，也不想他殺。我還想活下去哩。

勞改初級階段的情況，大體如此。

大　批　鬥

　　日子就這樣一天天地過去，時光流逝得平平靜靜。

　　但是我卻一點平靜都沒有。我一天二十四小時都在提心吊膽中。不管是什麼時候，也不管是什麼地方，在家裏，在勞動的地方，紅衛兵一到，我立刻就被押解着到什麼地方去接受批鬥，同勞改前一模一樣。因此，即使在一個非常僻遠幾乎是人跡不到的地方，只要遠處紅衛兵的紅袖章紅光一閃，我就知道，自己的災星又到了。我現在已經變成了不會說話的牲畜，一言不發，一句不問，乖乖地被押解着走。走到什麼地方去，只有天曉得。這種批鬥同勞改前沒有任何差別，都是"行禮如儀"，沒有任何的花樣翻新。噴氣式我已經坐得非常熟練，再也不勞紅衛兵用拳打腳踹來糾正我的姿式了。我在陽台上爭分奪秒的鍛鍊也已取得出乎意料的成功，我坐噴氣式姿勢優美，無懈可擊；雙腿微感不適，再也沒有痠痛得難忍難受之感了。對那些比八股都不如的老一套胡說八道謊話連篇的所謂批判發言，我過去聽得就不多，現在更是根本不去聽，"只等秋風過耳邊"了。總之，批鬥一次，減少勞動一次，等於休息一次。我在批鬥的煉獄中已經接近畢業，應該拿到批鬥實踐學的學士證書了。

可是，有時候紅衛兵押着我不是去批鬥，而是去審訊，地方都在外文樓，但不總是在一間屋子裏。其中奧秘我不得而知。一時屋子，東語系公社的領導——恕我不知道他們是什麼官職——一排坐在那裏，面色嚴肅，不露一絲笑容，像法庭上的法官。我走進去，以為也要坐噴氣式，但是，天恩高厚，只讓我站在那裏，而且允許抬頭看人。我實在感到異常彆扭。我現在已經成為《法門寺》的賈桂了。原來我在這種場合，態度很不好。自從由於態度不好而撿回一條命以後，我的態度好多了。我覺得，態度不好，一點用處也沒有。他們審訊的主題往往是在抄走了我的幾百萬字的日記中，捕風捉影，挖出幾句話，斷章取義，有時還難免有點歪曲。我在洗耳恭聽之餘，有時候覺得他們羅織得過於荒謬，心中未免有點發火。這當然會影我的態度，但是我盡量把心中的火壓下去。在被抄走的幾百萬字的手稿和日記中，想用當時十分流行的形而上學的誣陷的方法挖出片言隻字，進行歪曲是非常容易的。他們還一定要強迫我回答。不說不行，說又憋着一肚子氣，而這氣又必須硬壓下去。這種滋味真難受呀！有時候我想，還不如坐在噴氣式上，發言者的胡說八道可以不聽，即使捱上幾個耳光，也比現在這樣憋氣強。俗話說：“這山望着那山高”。我難道說也是望着被批鬥的那一座山高嗎？

審訊我的人，不是東語系原來的學生，就是我親手請進來的教員。我此時根本沒有什麼“忘恩負義”的想法。這想法太陳腐了。我能原諒他們中的大部分。他們同我一樣，也是受了派性的毒害，以致失去證斷是非的理智。但是，其中個別的人，比如一位朝鮮語教員，是公社的鐵桿，對審訊我表現出反常的積極性，難道是想用別人的血染紅自己的頂子，期望他的"女皇"對他格外垂青，飛黃騰達嗎?還有一位印尼語教員，平常對我畢恭畢敬，此時也一反常態，積極得令人吃驚。原來他的屁股並不乾淨，解放前同進步學生爲敵，參加過反蘇遊行。想以此來掩蓋自己的過去。但狐狸尾巴是掩藏不住的，後來終於被人揭發，用資本主義的自殺方式去見上帝去了。

最令我感到不安，甚至感到非常遺憾的是一位阿拉伯語教員。這是一位很老實很正派的人，我們平常無恩無怨，關係還算是過得去的。現在他大概在東語系公社中並不是什麼主要人物，被分配來仔細閱讀我被抄的那一些日記和手稿。我比誰知道得都清楚，這是一件萬分困難，萬分無聊的工作。在摞起來可以高到一米多的日記和手稿中，尋求我的"反革命"的罪證，一方面很容易，可以任意摘出幾句話來，就有了足夠批鬥我一次的資料。但在另一方面，如果一個字一個字地細讀，那就需要有極大的耐心，旣傷眼力，又傷腦筋。讓我再讀一遍，我都難以做到。然而這一位先生——我沒有資格稱他爲"同志"——卻竟然焚膏繼晷，把全部資料都讀完了，提供了不少批鬥的資料。如果我是大人物，值得研究;如果他眞有興趣來研究"季羨林學"，那還值得。但我只是一個很平凡的人。讀了那樣多的資料，費了那麼大的力量，對他來說不是白白浪費自己的生命嗎?反過來說，如果他用同樣大的力量和同樣多的時間，讀點阿拉伯語言、文學或文化的資料，他至少能寫成一篇像樣的論文，說不定還能拿到碩士學位，被提升一級哩。因此，我從內心深處同情他，覺得對他不起。可這是我能力以外的事，我有什麼辦法呢？

東語系對我的審訊，並不總是心平氣和的，有時候也難免有點劍拔弩張。但是沒有人打我耳光，我實在是非常感恩戴德了。

即使是這樣，這種勞改、批鬥和審訊三結合的生活，確也讓我感到厭煩。我又有了幻想。我幻想能有一個救世主，大慈大悲，忽然大發善心，結束這一場浩劫，至少對像我這樣無辜的人加恩，把我解放。我從來沒有相信過任何教門，上帝，天老爺，佛爺，菩薩，我都不去祈禱。我想到的是我們國家領導人。在勞改、批鬥之餘，夜裏在暗淡的燈光下，在十分不友好的氣氛中——同一個單元住的一位太太早已把我看做"敵人，反革命分子"，不但不正眼看我一眼，而且還鼓動我們家兩位老太太，同我劃清界限。我們的老祖直截了當地告訴她說："我們還靠他吃飯哩！"——我伏案給我們的國家領導人寫信，妄想世間真會出現奇跡。但是世間怎會出現奇跡呢？世間流傳的是："'文化大革命'七八年一次，一次七八年"。我寫這些信，等於瞎子點燈，白費一支蠟。我卻一廂情願，癡心妄想，妄想有一天一睜眼，"文化大革命"結束，我這個鬼再轉變成人。那夠有多麼好呀！在瀰漫宇宙彷彿凝固起來的黑暗中我隱隱約約從"最高樓"（陳寅恪先生有詩曰："看花愁近最高樓"）上看到流出來的一綫光明。然而最終證明，這只是一片海市蜃樓，轉瞬即逝。我每天仍然是勞改、批鬥、審訊。

就是在家裏，不勞改，不批鬥，不審訊，日子也過得不得安生。同住一單元的要同我劃清界限的那一位太太，我在上面已經談過幾句了。但是麻煩還不止這一些。她逼我把存在他們屋中的據說北京只有一張的紅木七巧桌和大沙發搬出來。我真是進退兩難。我現在只剩下堆滿了東西的一大間和一小間房子。這些大傢伙往哪裏放呢?樓下存書的車庫，抄家之後，一片狼藉，成了垃圾堆，我看都不忍看。沙發和七巧桌無論如何也是搬不進去的。火上加油，樓下住的一位女教員還貼出小字報，要我把書搬出車庫。我此時一個朋友也沒有，誰都視我如瘟神，我向誰求援呢?我敢走出去嗎?我好像是烏江邊上四面楚歌的項羽。幸虧我已經研究過比較自殺學，我決不自刎。我還要活下去。但是活下去又怎樣呢?我真已經走到了山窮水盡了。

但是來的卻不是"柳暗花明又一村"，而是更大的災難。

我勞改了整整一九六八年的一個春天。此時大地重又回春。大自然根本不理會什麼"文化大革命"，依舊繁花似錦，姹紫嫣紅，燕園成了一片花海。人人都喜歡春天，而我又愛花如命。但是，到了此時，我卻變成了一個色盲，紅紅綠綠，在我眼睛裏統統都成了灰色。

但是，在另一方面，爛漫的春光卻喚醒了"革命家"的"革命"熱情。新北大公社的頭子們謹遵"一年之計在於春"的古訓，決定使自己的工作水平再提高一步，着重發明創造，避免固步自封，想出了一套嶄新的花樣。對象當然還是這百十口子囚徒。他們之中是否有真正想"革命"的，我說不準。但是，絕大多數，如果不是全體的話，卻絕對是以虐待別人來取樂的。人類的劣根性，過去被掩蓋住，現在完全＂解放＂了。他們可以爲所欲爲了。我在這裏順便着聲明幾句：在北大幾千名工人中，在北大上萬名學生中，參加這個活動的只是極少數。他們平常就是一些調皮搗蛋，耍奸賣滑、好吃懶做、無巧不沾的類似地痞流氓的人物。現在天賜良緣，得到了空前的千金難買的好機會，可以施展自己的本領了。

　　一九六八年五月四日，五四運動的紀念日，中國規定的青年節，我們這一批囚徒一個個從家中被押解到了煤廠。提起煤廠，眞正是大大地有名。顧名思義，這裏是貯存煤炭的地方，由一群工人管理。在＂文化大革命＂分派時期，裏面的工人碰巧都是擁護＂老佛爺＂的。運煤工人當然個個都是身強體壯的彪形大漢，對付煤塊他們有勁；對付我們這一批文弱書生，他們的勁有極大的剩餘。他們打一個耳光或踢上一腳，少說也抵得上《水滸傳》裏的黑旋風和花和尙。具體的感受不可言宣，只有我們這些人的骨肉才說得淸楚。特別是浩劫第一階段重點在批走資派的那一階段在煤廠勞改過的＂走資派＂，一提到煤廠，無不不寒而慄，談虎色變，簡直像談到國民黨的渣滓洞一樣。

　　現在我們這一批囚徒又被押到這裏來了。我仔細看了一下，不是所有的囚徒，而是＂擇優錄取＂，或是＂優化組合＂，選了一批特別＂罪大惡極＂的。其中有＂第一張馬列主義大字報＂點了名的陸平和彭珮雲等等。我們每一個人的脖子上都被戴上了一塊十幾斤重的大木板，上面寫着自己的名字。我們被命令坐在地上，誰也不敢出聲。我估計批鬥的時間不會短的。爲了保險起見，先請求允許到便所去一趟。路頗遠，我仍然掛着木牌，嘀里當嘟，跟跟蹌蹌，艱難跋涉，到了目的地，趕快用超人的速度完成任務，回去坐在地上待命。我心裏直打鼓，誰知道，這是一陣什麼樣的風暴呢？

時間終於到了，雖然不是午時三刻，然而滋味也差不多。只聽到遠處一聲大喝："把他們押走！"於是上來了一大堆壯士，每兩個對付一個囚犯，方式沒有改變，雙臂被撐到背後，脖子上還有兩隻粗壯的手。走了很長的路，才到了我依稀認出的當時的學三食堂。從左邊的門進去，排成一行，坐上了噴氣式。這裏沒有講台，主持人和發言者也都站在平地上一張桌子的後面。我只瞥見我的右手是彭珮雲。其餘的人的排列順序就看不清了。行禮一切如儀。先是聲震屋瓦的"打倒"聲，大概每一個囚犯都打倒一遍。然後恭讀語錄，反正仍然是那一套"革命不是請客吃飯"等等。接着是批判發言。說老實話，我一個字都沒有聽見，我一個字也不想聽到，那一套胡說八道，我已經聽夠了，聽膩了。我只聽到發言者爲了對什麼人表示忠誠，發言時聲嘶力竭，簡直成了嚎叫。這對我毫無影響，對這些東西我的神經已經麻木了。我最關心的是希望批鬥趕快結束。我無法看錶，大概當時手錶是沒有戴的。我在心裏默默地數着數：一二三四五六七八，一直數下去，數到了二三千了，耳邊狼嚎之聲仍然不斷。可我這雙經過鍛鍊的腿實在有點吃不消了，眼裏也冒出了金星，腦袋裏昏昏沉沉，數也數不下去了。斜眼一看，彭珮雲面前的地上已經被頭上流下來的汗水滴濕。我自己面前怎樣，我反而沒有注意。此時只覺得脖子上的木牌越來越重，掛牌子的鐵絲越來越往肉裏面扎。我處於半昏迷的狀態之中。

又過了不知多久，耳邊只聽得一聲斷喝："把他們都押出去！"我知道，儀式結束了。但是同上一次大飯廳的批鬥一樣，儀式並沒有完全結束。"老鼠拉木鍁，大頭還在後面"。我被押出了學三食堂，至少有三個學生或工人在"服事"我。雙臂被彎到背上，脖子上不知道有幾隻手在卡住，頭當然抬不起，連身子也站不直。就這樣被拖到馬路上。兩旁有多少人在"欣賞"，我說不出來，至少比在大飯廳批鬥時還要多。只聽得人聲嘈雜，如夏夜的蚊聲。這又是一次遊鬥；但是比上次的速度可要快多了。我身上有那麼多累贅，又剛坐過噴氣式。要讓我自己走路，我是走不這麼快的。於是我身旁的年輕人就拖着我走，不是架着，好像拖一隻死狗。我的鞋在水泥馬路和石頭上同地面磨擦。鞋的前頭已經磨破，磨透，保護腳趾的襪子當然更不值得一磨，於是腳趾只好自己出馬。這樣一來，其結果如何，概可想見。當時是否流了血，自己根本無法知道，連痛的感覺都一點也沒有。小石塊又經常打在頭上。我好像已經失去知覺，不知道自己是在人間，還是在夢中。自己被拖到什麼地方，走的哪一條路，根本不知道。看樣子好像已經拖到了大飯廳。不知道怎樣一來，又被拖了回來。幾個人把我往地上一丟。我稍一淸醒，才知道自己躺在煤廠門外。

這一次行動眞是非同小可。比上幾次的批鬥和遊鬥都不一樣。我已經完全筋疲力盡，躺在地上再也爬不起來。頭腦發昏，眼睛發花，耳朵裏嗡嗡作響，心裏怦怦直跳。在矇矓中感覺到腳指頭流出了血，刺心地痛。我完全垮了。此時週圍一下子靜了下來，批鬥的人走了，欣賞者也興盡到什麼地方去吃飯了。抬眼看到身旁還有兩個人：一個是張學書，一個是王恩湧。宇宙間好像只剩下我們三個被批鬥者。他倆比我年輕，身體也結實。是他們倆把我扶了起來，把我扶回了家。這種在苦難中相濡以沫的行動，我三生難忘。

太 平 莊

我原以爲，或者毋寧說是希望，在大批鬥以後，能恩賜兩天的休息時間。我實在支持不住了。

然而＂造反派＂的脾氣卻不是這樣。

他們要趁熱打鐵。

就在大批鬥的第二天，我們一百多號＂黑幫分子＂接到命令，到煤廠去集合，而且要帶上行李。我知道又出了新花樣，還不曉得要把我們帶到什麼地方去哩。我心裏眞不是滋味，覺得非常淒涼。當我扛着行李走在那一條倚山傍湖的曲徑上時，迎面遇到前一陣被當做走資派批鬥過的姓胡的經濟系教授。他雖然還沒有＂解放＂，仍然是一臉晦氣；但他畢竟用不着到煤廠去集合了。在我當時的眼中，他已是神仙中人，眞讓我羨煞。

我戰戰兢兢地走進了煤廠。對我們＂反革命分子＂來說，這裏是非常令人發怵的地方，無異於閻王殿。昨天的記憶猶新，更增加了我的恐怖感。我走了進去，先被領到一個牆外的木牌子下面，低頭彎腰，站在那裏。這是第一個下馬威。我隨時準備着臉上，頭上，肩上，背上，腳上，被打上幾個耳光，捱上幾拳，被踢上幾腳。然而，這些都沒有發生。我覺得這十分反常，心裏很不踏實，很不舒服。覺得這不一定是吉兆，其中暗藏着殺機。然而我又不能虔心請求，恩賜幾個耳光，那樣我才會覺得正常，覺得舒服。我只有把這痛苦的不安埋在自己心中。

過了一會兒，我們這一群"黑幫"被命令排成兩列縱隊。一個新北大公社學生模樣的人，大模大樣，右手執鋼管製成的長矛一根。開口訓話，講了一大篇歪理。我們現在沒有坐噴氣式，能夠清清楚楚地聽懂他說的話。其中警句頗為不少，比如："你們這一群王八蛋，你們的罪惡，鐵證如山，誰也別夢想翻案！"他幾次抖動手裏的長矛，提高聲音說："老子的長矛是不吃素的！"這一點我最清楚，而且完全相信。因為他們的長矛確實曾吃過幾次人肉了，其中包括校外一個中學生的肉。我現在只希望，他們這吃肉的長矛不要吃到我身上來。當時殺死一個"黑幫"等於殺死一隻蒼蠅，不但不會受到法律制裁——哪裏還有什麼法律！——反而會成為"革命行動"。在訓話的同時，有人就從我們黑幫隊伍中拖出幾個人去，一個耳光或用腳一踹，打倒在地，然後幾個人上去猛揍一頓，鼻青臉腫，一聲不敢吭，再回到隊伍中。這是殺雞給猴看的把戲，我是懂得的。我只是不知道他們拖人的原則，生怕自己也被拖出去，心裏嚇得直打哆嗦。我幸而只是猴子，沒有成雞。

殺雞的把戲要完，"黑幫"們在長矛隊的押解下，排隊登上了幾輛敞篷車，開往十三陵附近的北大分校，俗稱二百號。路上大約走了一個小時。到了以後，又下車整隊，只能有一輛車開往我們此行的目的地，也就是我們勞改的地方太平莊。從二百號到太平莊，還有四五里路是要步行的。可是在列隊時，我們幾個年老的黑幫被叫出隊列。這次不是要殺雞給猴看了，而是對我們加以優待。我們可以乘車到太平莊，其餘的人都要步行。這次天恩高厚，實在出我意外。你能說人家一點人道主義也沒有嗎？我實在真是受寵若驚了。

到了太平莊以後，我們被安排在一些平房裏住下。我不知道，這些平房是幹嘛用的。現在早已荒廢不用。門窗幾乎沒有一扇是完整的。屋裏到處佈滿塵土，木板牀上也積了很厚的土。好在我們此時已經不再像人。什麼衛生不衛生，已經同我們無關了。每屋住四個黑幫，與我同屋的有東語系那一位老教授，還有我非常熟悉的國政系的一位姓趙的教授。他好像是從走資派起一直到資產階級反動學術權威，"全程陪同"，一步沒缺。我們都是熟人；但沒有一個人敢吭上一聲，敢笑上一笑。我們都變成了失掉笑容不會表情的木雕泥塑。我們都從"人"變成了"非人"。這也算是一種"異化"吧。

我此時關心的決不是這樣的哲學問題，就只是想喝一點水。我從早晨到現在滴水沒有入口。天氣又熱，又經過長途跋涉，渴得難以忍受。我木然坐在牀板上，心裏想的只是

　　　水　　水　　水。

如果我眼前有一點水的話，不管是河水，湖水，還是海裏的水，坑裏的水，甚至臭溝裏的水，我一定會埋頭狂飲。我感覺到，人生最大的幸福就是能有水喝。我夢想，"時來運轉風雷動"，我一旦被"解放"，首先要痛痛快快地

喝一通水。如果能有一瓶冰鎮啤酒，那就會賽過玉液瓊漿了。

"水，水，水"，我心裏想。

但是一滴水也看不到。

我忽然想到在大學唸書時讀過的英國浪漫詩人柯勒律治(Coleridge)的《古舟子詠》(*Ancient mariner*)，其中有一行是：

Water，water，everywhere(水，水，到處都有)。

這裏指的是海水。到處有水，卻是鹹的，根本沒法子喝。我此時連鹹水也看不到，我眼前只有一片乾黃的塵土。同古舟子正相反，我是：

Water，water，nowhere(水，水，無處有水)。

我坐在那裏，患了思水狂。恍恍惚惚，不知默了多久。

此地處在燕山腳下，北倚大山，南面是縱橫交錯的田疇。距離居民聚居的太平莊，還有一段路。實際上它孤立在曠野之中。然而押解我們到這裏來的革命小將和中將，對於這個風景宜人宛如世外桃園的地方，卻怕得要命。他們大概害怕，人數遠遠超過他們的黑幫會團結起來舉行暴動。所以在任何時候，在任何地方，他們都是手持長矛。他們內心是膽怯的。其實我們這一群手無縛雞之力的中老年知識分子，哪裏還能有什麼暴動的能力和勇氣呢?我們只是虔心默禱上蒼，願不吃素的長矛不要刺到我們身上，我們別無所求，別無所圖。看了他們這種戰戰兢兢的神氣，心裏覺得非常可笑。

到了夜裏，更是戒備森嚴，大概是怕我們逃跑，試問在曠野荒郊中我們有逃跑的能力和勇氣嗎?也許是押解人員眞正心慌。他們傳下命令：夜裏誰也不許出門，否則小心長矛！如果非到廁所去不行，則必須大聲喊：「報告！」得到允許，才能行動。有一天夜裏，我要小便，走出門來，萬籟俱寂，皓月當空。我什麼人都看不到，只好對空高呼：「報告！」在黑影裏果然有了人聲：「去吧！」此人必然是長矛在手，但是我沒有見到人影。

我們是來勞動改造的。勞動是我們的主課。第二天早晨，我們就上了半山，課程是栽白薯秧。按說這不是什麼累活。可是我拖着帶傷的身體，跪在地上，用手栽秧，感到並不輕鬆。但是我仍然賣勁地幹，一點不敢懈怠。可是我頭上猛然捱了一棒，抬頭看到一個一手執長矛一手執棒的押解人員，他厲聲高喊：「季羨林！你想捱揍嗎?!」我不想捱揍，只好低下頭，用出吃奶的力氣來幹活，手指頭磨出了血。

此地風光眞是秀美。當時是初夏，桃花、杏花早已零落；但是週圍全是樹林，綠樹成蔭，地上開滿了各種顏色的小花。如錦繡一般。再往上看，是高聳入雲的山峰。在平常時候，這樣美妙的大自然風光，必然會引起我的興趣，大大地欣賞一番。但是此時，我只防備頭上的棒子，欣賞山水的閒情逸致連影兒都沒有了。也許眞是積習難除，在滿身泥污，汗流浹背的情況下，我偶一斜眼，瞥見蒼翠欲滴的樹林，心裏湧起了兩句詩：

　　栽秧燕山下

　　憀然見綠林

當年陶淵明是「悠然見南山」。我此時卻是「悠然」不起來的，我只能「憀然」。大自然不關心人間的階級鬥爭，不管人間怎樣"黃鐘毀棄，瓦釜雷鳴"，它依然顯示自己的美妙。我不"憮然"能行嗎？

我幹了幾天活以後，心理的負擔，身體的疲勞，再加上在學校大批鬥時的傷痕，我身心完全垮了。睾丸忽然腫了起來，而且來勢迅猛，直腫得像小皮球那樣大，兩腿不能併攏起來，連站都困難，更不用說走路。我不但不能勞動，連走出去吃飯都不行了。押解人員大發慈悲，命令與我同住的那一位東語系的老教授給我打飯，不讓我去栽秧，但是不幹活是不行的，安排我在院子裏揀磚頭石塊，扔到院子外面去。我就裂開雙腿，爬在地上，把磚石揀到一起，然後再爬着扔到院子外面。此時，大隊人馬都上了山，只有個別的押解人員留下。不但院子裏寂靜無聲，連院子外面，山腳下，樹林邊，田疇上，小村中也都是一片靜寂。靜寂鋪天蓋地壓了下來，連幾里外兩人說話的聲音都能聽到。久住城市的人無法領會這種情景。我在彷彿凝結了起來的大寂靜中，一個人孤獨地在地上爬來爬去。我不禁"念天地之悠悠，獨愴然而淚下"了。

又過了兩天，押解人員看到我實在難熬，睾丸的腫始終不消，便命令我到幾里外的二百號去找大夫。那裏駐有部隊，部隊裏有醫生。但是鄭重告誡我：到了那裏一定要聲明自己是"黑幫"。我敬謹遵命，裂開兩腿，夾着一個像小球似的睾丸，蝸牛一般地爬了出去。路上碰到黑幫難友馬士沂。他推着小車到昌平縣去買菜。他看到我的情況，再三誠懇地要我上車，他想把我推到二百號。我吃了豹子心老虎膽也不敢上車呀！但是，他這一番在苦難中的真摯情意，我無論如何也是忘不了的。

我爬了兩個小時，才爬到二百號。那裏確實有一個解放軍診所。裏面坐着一個穿軍服的醫生。他看到了我，連忙站起來，滿面春風地要攙扶我。我看到他軍服上的紅領章，這紅色特別鮮艷耀眼，閃出了異樣的光彩。這紅色就是希望，就是光明，就是我要求的一切。可是我必須執行押解人員的命令。我高聲說：" 報告!我是黑幫! "這一下子壞了。醫生臉上立刻晴轉陰，連多雲這個階段都沒有。我在他眼中彷彿是一個帶愛滋病毒的人，連碰我一下都不敢，慌不迭地連聲說：" 走吧!走吧! "我本來希望至少能把我的睾丸看上一眼，給我一點止痛藥什麼的。現在一切都完了，我眼前的紅色也突然暗淡下來。我又爬上了艱難的回程。

人類忍受災難和痛苦的能力，簡直是沒有底兒的，簡直是神秘莫測的。過了幾天，我一沒有停止勞動，二沒有服任何藥，睾丸的腫竟然消了。我又能夠上山幹活了。此時，白薯秧已經栽完。押解人員命令我同東語系那一位老教授上山去平整桃樹下的畦。我們倆大概算是一個勞動小分隊，由一名押解人員率領，並加以監督。他是東語系阿拉伯語教員。論資排輩，他算是我們的學生。但現在是押解人員，我們是階下囚，地位有天壤之別了。就我們這兩個瘦老頭子，他還要嚴加戒備，手執長矛，威風凜凜，宛如四大天王中的一個天王。這地方比下面栽白薯秧的地方，更為幽靜，更為秀美。但是我哪裏有心去欣賞呢？

我們的生活——如果還能算是" 生 "，還能算是" 活 "的話——簡單到不能再簡單。吃飯的地方在山腳下，同我們住的平房群隔一個乾涸的沙灘。這裏房子整潔，平常是有人住的。廚房就設在這裏。押解人員吃飯坐在屋子裏，有桌有椅，吃的東西也不一樣。我們吃飯的地方是在房外的草地上，樹跟頭；當然沒有什麼桌椅。吃的東西極為粗糙，粗米或窩頭，開水煮白菜，炸油餅等算是珍饈，與我們絕對無緣。我們吃飯不過是為了維持性命。除了幹活和吃飯睡覺外，別的任何活動都沒有。

但是，我們也有特殊的幸福之感：這裏用不着隨時擔心被批鬥。批鬥我們的單位都留在校內了。在這裏除了偶爾捱上一棒或一頓罵之外，沒有噴氣式可坐，沒有胡說八道的批鬥發言。這對我們來說已是最大的幸福。

我們真希望長期獃下去。

自己親手搭起牛棚

但是，我們的希望又落了空。

造反派的脾氣我們還沒有摸着。

有一天，接到命令：回到學校去。我們在太平莊獃的時間並不長，反正不到一個月。

返校就返校吧。反正我們已是" 瘸子掉在井裏，扶起來也是坐 "，到什麼地方去都一樣。太平莊這二十來天，我不知道，在虐待折磨計劃中佔什麼地方。回來以後，我也不知道，他們還會想出什麼花樣來繼續虐待和折磨我們。

到了學校，下車的地方仍然是渣滓洞閻羅殿煤廠。臨走時給我們訓話的那一個學生模樣的公社頭子，又手執長矛，大聲訓了一頓話。第二天，我們這一群黑幫就被召到外文樓和民主樓後面的三排平房那裏去，自己動手，修建牛棚，然後再請君入甕，自己住進去。

這幾排平房我是非常熟悉的。我從家裏到外文樓辦公室去，天天經過這裏。我也曾在這裏上過課。房子都是簡陋到不能再簡陋的程度。屋頂極薄，擋不住夏天的炎陽。

窗子破舊，有的又缺少玻璃，阻不住冬天的寒風。根本沒有暖氣。安上一個爐子，也只能起"望梅止渴"的作用。地上是磚鋪地，潮濕陰冷。總之，根據我在這裏上課的經驗，這個地方毫無可取之處。

然而今天北大公社的頭子們卻偏偏選中了這塊地方當做牛棚，把我們關在這裏。牛棚的規模是，東面以民主樓為屏障，南面以外文樓為屏障，西面空闊的地方，北面沒有建築的地方，都用葦蓆搭成牆壁，遮了起來。在外文樓與民主樓之間的空闊處，也用葦蓆圍起，建成牛棚的大門。我們這一群"牛"們，被分配住在平房裏，男女分居，每屋二十人左右，每個人只有躺下能容身之地。因為久已荒廢，地上濕氣霉味直衝鼻官。監改者們特別宣佈："老佛爺"天恩，運來一批木板，可以鋪在地上擋住潮氣。意思是讓我們感恩戴德。這樣的地方監改者們當然是不能住的。他們在民主樓設了總部，辦公室設在裏面，有的人大概也住在那裏。同過去一樣，他們非常懼怕我們這一群多半是老弱的殘兵。他們打開了民主樓的後門，直接通牛棚。後門內外設置了很多防護設施，還有鐵蒺藜之類的東西，長矛當然也不會缺少。夜裏重門緊閉，害怕我們這群黑幫會起來暴動。這情況令人感到又可笑又可歎。在西邊緊靠女牢房的地方搭了一座蓆棚，原名叫外調室。後來他們覺得這不夠"革命"，改名為審訊室。在這裏確審訊過不少人，把受審者打得鼻青臉腫的事情，也經常發生。在外文樓後面搭了一座大蓆棚，後來供囚犯們吃飯之用。

黑幫大院的建築規模大體上就是這樣。這裏由於年久失修，院子裏坑坑窪窪，雜草叢生。荒蕪不堪。現在既然有我們這一批"特殊"的新主人要遷入。必須大力清掃，斬草鋪地。這工作當然要由我們自己來做。監改人員很有韜略，指揮若定。他們把我們中少數年富力強者調了出來，組成了類似修建隊的小分隊，專門負責這項工作。其餘的老弱殘兵以及一些女囚徒則被分配去幹其他的活。工地上一派生氣勃勃的勞動氣氛。同任何工地不同之處則是，這裏沒有一個人敢說說笑笑，都是囚首喪面，是過去在任何時候，任何地方都沒有見過的勞動大軍。

我原來奉命在今天考古樓東側的一排平房(平房現在已經拆掉)的前面埋柱子，搭葦棚。先用鐵鍬挖土成坑，栽上木樁，再在樁與樁之間架上木柱，搭成架子，最後在架子上釘上葦蓆，有一丈多高，人們是無法爬出來的。原來是毫無阻攔的通道，現在則儼然成了鐵壁銅牆，沒有人膽敢跨越一步了。

葦棚搭完，我又被調到審訊室去，用鐵鍬和木棍把地面搗固，使之平整。我們被調去的人，誰也不敢偷懶耍滑。我們都是鼓足幹勁，力爭上游。並不是因為我們的覺悟特別高。我們只害怕有意外的橫禍飛臨自己頭上。這時候，監改人員手裏都不拿着長矛了，同在太平莊時完全不同。也許是因為太平莊地處荒郊野外，而此處則是公社的大本營，用不着擔心了。我們心裏也清楚：雖然他們手裏沒有長矛，但大批的長矛就堆在他們在民主樓內的武器庫中，不費吹灰之力就可以拿到手的。而且他們現在手中都執有木棒。他們的長矛是不吃素的，他們的木棒也不會忌葷的。

我的擔心並沒有錯。西語系教法語的一位老教授，當時歲數總在古稀以上。他眼睛似乎有點毛病，神志好像也不那麼清醒，平常時候就給我以癡獃的印象。他大概是沒有到太平莊去經受大的洗禮；在被批鬥方面，他也沒有上過大的場面，有點閉目塞聽，不知道天高地厚，沒有長矛不吃素的感性認識。現在也被調來用鐵鍬搗地。在幹活的時候，手中的鐵鍬停止活動了一會兒。他哪裏知道，監改人員就手執木棒站在他身後。等到背上重重捶了一棒，他才如夢方醒，手裏的鐵鍬又運轉起來了。這可能算是一個小小的插曲。插曲一過，天下太平，小小的審訊室裏響徹鐵鍬砸地的聲音，激昂而又和諧，宛如某一個大師的交響樂了。

勞改大院終於就這樣建成了。

落成之後，又畫龍點睛，在大院子向南的一排平房子的牆上，用白色的顏料寫上了八個大字：橫掃一切牛鬼蛇神，每一個字比人還高，龍飛鳳舞，極見功力。頓使滿院生輝，而且對我們這一群牛鬼蛇神極有威懾力量，這比一百次手執長矛的訓話威力還要大。我個人卻非常欣賞這幾個字，看了就心裏高興，竊以為此人可以入中國書譜的。我因此想到，在“文化大革命”中，寫大字報鍛鍊了書法，打人鍛鍊了腕力，批鬥發言鍛鍊了詭辯說謊，武鬥鍛鍊了勇氣。對什麼事情都要一分為二。你能說十年浩劫一點好處都沒有嗎？

此外，我還想到，魯迅先生的話是萬分正確的，他說中國是文字之國。這種做法古已有之，於今為烈。漢朝有“霄寐匪禎，扎闥宏庥”，翻成明白的話就是“夜夢不

祥，出門大吉 ”。只要把這幾個字往門上一寫，事情就
“ 大吉 ”了。後來這種文字遊戲花樣繁多，用途極廣，什
麼“ 進門見喜 ”、“ 吉祥如意 ”等等，到處可見。連中國
的鬼都害怕文字，“ 泰山石敢當 ”是最好的例子。中國進
入社會主義階段以後，此風未息。“ 爲人民服務 ”五個
字，很多地方都能看到。好像只要寫上這五個字，爲人民
服務的工作就已完成。至於服不服務，那是極其次要的事
情了。現在我們面臨的“ 橫掃一切牛鬼蛇神 ”，也屬於這
種情況。八個字一寫，我們這一群牛鬼蛇神，就彷彿都被
橫掃了。何其簡潔！何其痛快！

　　從此以後，我們這一群囚徒就生活在這八個大字的威
儡之下。

牛棚生活（一）

我們親手把牛棚建成了，我們被“請君入甕”了。

牛棚裏面也是有生活的。有一些文學家不是宣傳過“到處有生活”嗎？

但是，現在要來談牛棚生活，卻還非常不容易，“一部十七史，不知從何處說起”。我考慮了好久，忽然靈機一動，我想學一學過去很長時間內在中國史學界最受歡迎，幾乎被認爲是金科玉律的“以論帶史”的辦法，先講一點理論。但是我這一套理論，一無經可引，二無典可據，完全是我自己通過親身體驗，親眼觀察，又經過深思熟慮，從衆多的事實中抽繹出來的。難登大雅之堂，是可以肯定的。但我自己則深信不疑。現在我不敢自秘，公之於衆，這難免厚黑之誚，老王賣瓜之諷，也在所不顧了。

我的理論是什麼呢？一言以蔽之，可名之爲“折磨論”。我覺得，“革命小將”在“文化大革命”中自始至終所搞的一切活動，不管他們表面上怎樣表白，忠於什麼什麼人呀。維護什麼什麼路線呀，這些都是鬼話。要提綱挈領的話，綱只有一條，那就是：折磨人。這一條綱貫徹始終，無所不在，無時不在，左右一切。至於這一條綱的心理基礎，思想基礎，我在上面幾個地方都有所涉及，這裏不再談了。從"打倒"抄家開始，一直到勞改，花樣繁多，令人目迷五色，但是其精華所在則是折磨人。在這方面，他們也有一個進化的過程。最初對於折磨人，雖有志於斯，但經驗很少，辦法不多。主要是從中國過去的小說雜書中學到了一點。我在本書開頭時講到的《玉曆至寶鈔》，就是一個例子。此時折磨人的方式比較簡單、原始、生硬、粗糙，並不精美、完整。比如打耳光，用腳踹之類，大概在原始社會就已有了。他們不學自通。但是，這一批年輕勤奮好學，接受力強，他們廣採博取，互相學習，互相促進。正如在戰爭中武器改良迅速，在"文化大革命"中，折磨人的方式也是時新日異，無時不在改進、豐富中。往往是一個學校發明了什麼折磨人的辦法，比電光還快，立即流佈全國，比如北大掛木牌的辦法，就應該申請專利。結果是，全國的"革命造反派"共同努力，各盡所能，又集中了群眾的智慧，由粗至精，由表及裏，由近及遠，由寡及眾，折磨人的辦法就成了體系，光被寰宇了。如果有機會下一次再使用時，那就方便多了。

我的"論"大體如此。

這個"論""帶"出了什麼樣的"史"呢？

這個"史"頭緒繁多。上面其實已經講了一些。現在結合北大的"牛棚"再來分別談上一談。據我看，北大黑幫大院的創建就是理論聯繫實踐的結果。

下面分門別類來談。

(一)正名

孔子曰："必也正名乎。名不正則言不順。"我們這一群被抄家被"打倒"的罪犯應該怎樣命名呢?這是"革命"的首要任務。我們曾被命名為"黑幫"。但是,這是老百姓的說法,其名不雅馴。我們曾被叫做"王八蛋";但是,此名較之"黑幫",更是"斯下矣"。我們曾被命名為"反革命分子"。這確實是一個"法律語言";不知為什麼,也沒有被普遍採用。此外還有幾個名,也都沒有流行起來。看來這個正名的問題,一直沒有妥善地解決。現在黑幫大院已經建成了,算是正規化了,正名便成了當務之急。我們初搬進大院來的時候,每一間屋的牆上都貼着一則告示,名曰"勞改人員守則"。裏面詳細規定了我們必須遵守的規矩,具體而又嚴厲。樣子是出自一個很有水平的秀才之手。當時還沒有人敢提倡法治。我們的"革命"小將眞正是得風氣之先,居然訂立出來了類似法律的條款,眞不能不讓我們這些被這種條款管制的人肅然起敬了。

但是,俗話說:"智者千慮,必有一失"。我們這些小智者也有了"一失",失就失在正名問題上。《勞改人員守則》貼出來大概只有一兩天就不見了,換成了《勞改罪犯守則》。把"人員"改為"罪犯",只更換了兩個字,然而卻是點鐵成金。"罪犯"二字何等明確,又何等義正辭嚴!讓我們這些人一看到"罪犯"二字,就能明確自己的法律地位,明確自己已被打倒,等待我們的只是身上被踏上一千隻腳，永世不得翻身了。我們這一群從來也不敢造反的秀才們，從此以後，就戴着罪犯的帽子，小心翼翼，日日夜夜，都如臨深淵，如履薄冰，把我們全身，特別是腦袋裏的細胞，都萬分緊張地調動到最高水平，這樣來實行勞改。

我有四句歪詩：

> 大院建成，
>
> 乾坤底定。
>
> 言順名正，
>
> 天下太平。

(二)我們的住處

關於我們的住處，我在上面已經有所涉及。現在再簡略地談一談。

"罪犯們"被分配到三排平房中去住。

這些平房，建築十分潦草，大概當時是臨時性的建築，其規模比臨時搭起的棚子略勝一籌。學校教室緊張的時候，這裏曾用作臨時教室。現在全國大學都停課鬧革命已經快兩年了。北大連富麗堂皇的大教室都投閒置散，何況這簡陋的小屋?所以裏面塵土累積，蛛網密集，而且低矮潮濕，霉氣撲鼻。此地有老鼠、壁虎，大概也有蠍子。地上爬着多足之蟲，還有土鱉，以及其他許許多多的小動物，總之，低矮潮濕之處所有的動物，這裏應有盡有。實際上是無法住人的。但是我們此時已經被剝奪了"人"

籍，我們是"罪犯"。讓我們在任何地方住，都是天恩高厚。我們還敢有什麼奢望！

最初幾天，我們就在濕磚地上鋪上蓆子，晚上睡在上面，蓆子下面薄薄一層草實在擋不住濕氣。白天蒼蠅成群，夜裏蚊子成堆。每個人都被咬得遍體鱗傷，奇癢難忍。後來，運來了木頭，蓆子可以鋪在木頭上了。夜裏每間房子裏還發給幾個蘸着敵敵畏的布條，*懸掛在屋內，據說可以防蚊。對於這一些"人道"措施，我們幾乎要感激涕零了。

這時候，比起太平莊來，勞動"罪犯"的隊伍大大地擴大了，至少擴大了一倍。其中原因我們不清楚，也不想清楚，這同我們有什麼關係呢?我觀察了一下，陸平等幾個"欽犯"，最初並沒有關在這裏，大概旁處還有"勞改小院"之類，這事我就更不清楚了。有一些新面孔，有的過去在某個批鬥會上見過面，有一些則從沒有見過面，大概是隨着"階級鬥爭"的深入發展，新"揪"出來的。事實上，從入院一直到大院解散，經常不斷地有新"罪犯"參加進來。我們這個大家庭在不斷擴大。

(三)日常生活

牛棚裏有了《勞改罪犯守則》，就等於有了憲法。以

＊敵敵畏。即 DDVP，商品名，一種殺蟲劑。——本書責任編輯註

後雖然也時常有所補充，但大都是口頭的，沒有形諸文字。這裏沒有"勞改罪犯"大會，用不着什麼人通過。好在監改人員——我不知道這是不是官方的稱呼？——出口成法，說什麼都是真理。

在"憲法"和口頭補充法律條文的約束下，我們的牛棚生活井然有序。早晨六點起牀，早了晚了都不允許。一聲鈴響，穿衣出屋，第一件事情就是繞着院子跑步。監改人員站在院子正中，發號施令。在我的記憶中，他們很少手執長矛，大概是覺得此地安全了。跑步算不算體育鍛鍊呢？按常理說，是的。但是實際上我們這一群"勞改罪犯"，每天除了幹體力活以外，誰也不允許看一點書，我們的體育鍛鍊已經夠充分的了，何必再多此一舉？再說我們"這一群王八蛋"已經被警告過，我們是鐵案如山，誰也別想翻案。我們已經罪該萬死，死有餘辜，身體鍛鍊不鍛鍊完全是無所謂的。唯一的合理解釋就是我發現的"折磨論"。早晨跑步也是折磨"罪犯"的一種辦法。讓我們在整天體力勞動之前，先把體力消耗淨盡。

跑完步，到院子裏的自來水龍頭那裏去洗臉漱口。洗漱完，排隊到員二食堂去吃早飯。走在路上，一百多人的浩浩蕩蕩的隊伍，個個垂頭喪氣，如喪考妣。根據口頭法律，誰也不許抬頭走路，誰也不敢抬頭走路。有違反者，背上立刻就是一拳，或者踹上一腳。到了食堂，只許買窩頭和鹹菜，油餅一類的"奢侈品"，是絕對禁止買的。當時"勞罪犯"的生活費是每月十六元五角，家屬十二元五角。即使讓我買，我能買得起嗎？靠這一點錢，我們又怎樣"生"，怎樣"活"呢？餐廳裏當然有桌有櫈；但那是為

"人"準備的，我們無份。我們只能在樓外樹底下，台階上，或蹲在地上"進膳"。中午和晚上的肉菜更與我們無關，只能吃點鹽水拌黃瓜，清水煮青菜之類。整天劇烈的勞動，而肚子裏卻滴油沒有。我們只能同窩頭拚命，可是我們又哪裏去弄糧票呢?這是我繼在德國捱餓和所謂"三年困難時期"之後的第三次墮入飢餓地獄。但是，其間也有根本性的區別：前兩次我只是餓肚子而已，這次卻是在餓肚之外增加了勞動和隨時會有皮肉之苦。回思前兩次的捱餓宛如天堂樂園可望而不可即了。

早飯以後，回到牛棚，等候分配勞動任務。此時我們都成了牛馬。全校的工人沒有哪個再幹活了，他們都變成了監工和牢頭禁子。他們有了活，不管是多髒多累，一律到勞改大院來，要求分配"勞改罪犯"。這就好比是農村生產隊隊長分配牛馬一樣。分配完了以後，工人們就成了甩手大掌櫃的，在旁邊頤指氣使。解放後的北大工人階級，此時眞是躊躇滿志了。

還有一件最最重要的事情，無論如何也是不能忘記的。在出發勞動之前，我們必須到樹幹上懸掛的黑板下，抄錄今天要背誦的"最高指示"。這指示往往相當長。每一個"罪犯"，今天不管是幹什麼活，到哪裏去幹活，都必須背得滾瓜爛熟。任何監改人員，不管在什麼場合，都可能讓你背誦。倘若背錯一個字，輕則一個耳光，重則更嚴厲的懲罰。現在，如果我們被叫到辦公室去，先喊一聲："報告!"然後垂首肅立。監改人員提一段語錄的第一句，你必須接下去把整段背完。倘若背錯一個字，則懲罰如上。有一位地球物理老教授，由於年紀實在太老了，而且腦袋裏除了數學公式之外，似乎什麼東西也擠不進去。連據說有無限威力的＂最高指示＂也不例外。我經常看到他被打得鼻青臉腫，雙眼下鼓起兩個腫泡。我頗有兔死狐悲之感。

　　背語錄有什麼用處呢？也許有人認為，我們這些＂罪犯＂都是花崗巖的腦袋瓜，用平常的辦法來改造，幾乎是不可能的。＂革命家＂於是就借用了耶穌教查經的辦法，據說神力無窮。但是，我很慚愧，我實在沒有感覺出來。我有自己的解釋，這解釋仍然是我發明創造的＂折磨論＂。我一直到今天還認為，這是唯一合理的解釋。監改人員自己也不相信，＂最高指示＂會有這樣的威力，他們自己也並背不熟幾條語錄。連向＂罪犯＂提頭時，也往往出現錯誤。有時候他提了一個頭，我接着背下去，由於神經緊張，也曾背錯過一兩個字；但監改人員並沒有發現。我此時還沒有愚蠢到＂自首＂的地步，蒙混過了關。我如眞愚蠢到起來＂自首＂，那麼監改人員面子不是受到損害了嗎？那後果就不堪設想了。

　　從此，我們就邊幹活，邊背語錄。身體和精神都緊張到要爆炸的程度。

　　至於我參加的勞動工種，那還是非常多的。勞動時間最長的有幾個地方。根據我現在的回憶，首先是北材料廠。這裏面的工人都屬於新北大公社一派，都是擁護＂老佛爺＂的。在＂勞改罪犯＂中，也還是有派別區分的。同是＂罪犯＂，而待遇有時候會有不同。我在這裏，有兩重身份，一是＂勞改罪犯＂，二是原井岡山成員。因此頗受到一些＂特殊待遇＂，被訓斥的機會多了一點。我們在這裏幹的活，先是搬運耐火磚，從廠內一個地方搬到小池旁邊，碼了起來。一定要碼整整齊齊，否則會塌落下來。耐火磚非常重，砸到人身上，會把人砸死的。我們“罪犯們”都知道這一點，幹起活來都萬分小心謹慎。耐火磚搬完，又被分配來拔掉舊柱子和舊木板上的釘子。幹這活，允許坐在木墩子上，而且活也不累，我們簡直是享受天福了。廠內的活幹完了後，又來到廠外堆建房用的沙堆旁邊，去搬運沙子，從一堆運到另一堆上。在北材料廠我大概幹了幾個星期。我在這裏還要補充說明幾句，在這裏幹活的只是“罪犯”的一小部分。其餘的人都各有安排，情況我不清楚，我只好略而不談了。

我從北材料廠又被調到學生宿舍區去運煤。現在是夏天，大汽車把煤從什麼地方運到學校，卸在地上，就算完成任務。我們的任務是把散堆在地上的煤，用筐抬着，堆成煤山，以減少佔地的面積。這個活並不輕鬆，一是累，二是髒。兩個老人抬一筐重達百斤以上的煤塊或煤末，有時還要爬上煤山，是非常困難的。大風一起，我們滿臉滿身全是煤灰。在平常時候這種地方我們連走進都不會的。然而此時情況變了。我們已能安之若素。什麼衛生不衛生，更不在話下了。同我長時間抬一個筐的是解放前在燕京大學冒着生命的危險參加地下工作的穆斯林老同志，趁着監督勞動的工人不在眼前的時候，低聲對我說：“我們的命運看來已經定了。我們將來的出路，不外是到什麼邊遠地區勞改終生了。”這種想法是有些代表性的。我自己何嘗不是這樣想呢？

以後，我的工種有過多次變化。我曾隨大隊人馬到今天勺園大樓的原址稻田的地方去搬過石頭，挖過稻田。有一次同西語系的一位老教授被分配跟着一個工人，到學生宿舍三十五樓東牆外面去修理地下水管。這次工人師傅親自下了手，我們兩個老頭只能算是"助教"，幫助他抬抬洋灰包，遞遞鐵鍬。這位工人雖然也繃着臉，一言不發。但是對我們一句訓斥的話都沒有說過。我心裏實在是銘感五內。十年浩劫以後，我在校園裏還常見到他騎車而過，我總是用感激的眼光注視着他的背影漸漸消逝。

此外，我還被分配到一些地方去幹活，比如修房子，拔草之類，這裏不一一叙述了。

旣然叫做"勞改"，勞動當然就是我們主要的生活內容。不管是在勞動中，還是在其他活動中，總難避開同監改人員打交道。見了他們，同在任何地方一樣，我們從不許抬頭，這已經是金科玉律。往往我們不知道，站在面前談話的是什麼人。但是對方則一張口就用上一句"國罵"，這同美國人見面時說"hello！"一樣，不過我們只許對面的人說而已。監改人員用的詞彙很豐富，除了說"媽的"以外，還說"你這混蛋！"、"你這王八蛋！"等等，詞彩豐富多了。如果哪個監改人員不用"國罵"開端，我反而覺得非常反常，非常不舒服了。

(四)晚間訓話

我先鄭重聲明一句：這是勞改監改人員最偉大的最富有天才的發明創造。

在我上面談"勞改罪犯"的日常生活時，曾談過監改人員在管理"勞改罪犯"時的許多發明創造。這些監改人員，除了個別職員和一些工人以外，有一多半是學生。這些學生平常學習成績怎樣，我說不清楚。但在管理勞改大院時的表現，我作為一個老師，卻不能不給他們打很高的分數。過去我們的教學頗多脫離實際的地方。這主要由教學制度負責，我們當教員的也不能辭其咎。在勞改大院裏，他們是完全聯繫實際的，他們表現出來的才能是多方面的：組織的才能，管理的才能，訓話的才能，說歪理詭辯的才能，株連羅織的才能，等等，簡直說也說不完。再加上他們表現出來的果斷和勇氣，說打人伸手就打，抬腳就踢，絲毫也不游移遲疑，我輩老師實在是望塵莫及。

但是，他們發明創造的天才表現得最最突出的地方，卻是晚間訓話。

什麼叫"晚間訓話"呢？每天晚上，吃過晚飯，照例要全體"罪犯"集合，地點在兩排平房之間的小院子裏。每天總有一個監改人員站在隊列前面訓話，這個人好像是上邊來的，不是我們在大院裏常碰到的那些人，他大概是學校公社的頭子之一。這個訓話者常換人，箇中詳情我說不清楚。訓話的內容，每天不同。因為它的目的不在講大道理，而大道理是沒有多少的，講大道理必然每天重複。他們的訓話是屬於"折磨學"的，是這一門學問的實踐。訓話者每天主要做法是抓小辮子，而小辮子我們滿頭都是，如果真正沒有，他們還可以栽在你頭上嘛。小辮的來源大體上有兩個：一個是白天勞動時一些芝麻綠豆大的小事；一個是我們每天的書面思想匯報中一些所謂"問題"。我們勞動都是非常兢兢業業的，並不是由於我們＂覺悟＂高，而是由於害怕拳打腳踢。但是，欲加之罪，何患無詞，說不定哪一個＂棚友＂今天要倒霉，讓監改人員看中了。到了晚間訓話時，就給你來算賬。至於寫書面的思想匯報，那更是每天的重要工作。不管我們怎樣苦思苦想，細心推敲，在中國這個文字之國，這個刀筆師爺之國，挑點小毛病是易如反掌的。中國歷史上這類著名的例子多如牛毛。清朝雍正皇帝就殺過一個大臣，原因是他把＂朝乾夕惕＂，為了使文章別開生面，寫成了＂夕惕朝乾＂。這二者其實是一樣的，都是＂頌聖＂之句。然而＂龍顏大怒＂，結果丟掉了腦袋。我們監改人員的智商要比封建皇帝高多了。他們反正每天必須從某個＂罪犯＂的書面匯報中挑點小毛病。不管是誰，只要被他們選中，晚間訓話時就倒了大霉。

晚間訓話的程序大體上是這樣的。＂罪犯＂們先列隊肅立，因為院子不大，排成四行。監改人員先點名。這種事情我一生經歷多了，沒有留下什麼深刻的記憶。只有一件極小極小的小事，卻給我留下了畢生難忘的回憶，就是我將來見了閻王爺，也不會忘記的。有一位西語系的歸國華僑教授，年齡早過了花甲，而且有重病在身，躺在牀上起不來。不知道是用什麼東西把他也弄到黑幫大院裏來。他行將就木，根本不能勞動，連吃飯都起不來。就讓他躺在牀上＂改造＂。他住的房子門外就是晚間訓話＂罪犯＂們排隊的地方。每次點名，他都能聽到自己的名字。此時就從屋中木板上傳出來一聲：＂到！＂聲音微弱、顫抖、蒼老、淒涼我每次都想哭上一場。這聲音震動了我的靈魂！

其他"罪犯"站在這一間房子的門外，個個心裏打鼓。說不定訓話者高聲點到了誰的名字，還沒有等他自己出隊，就有兩個年輕力壯的監改人員，走上前去，用批鬥會上常用的方式，倒剪雙臂，拳頭按在脖子上，押出隊列，上面是耳光，下面是腳踢。清脆的耳光聲響徹夜空。更厲害的措施是打倒在地，身上踏上一兩隻腳——一千隻腳是踏不上的，這只不過是修詞學的誇大而已，用不着推敲，這也屬於我所發現的"折磨論"之列的。

這樣的景觀大概只有在十年浩劫中才能看到。我們不是非常愛"中國之最"嗎?有一些"最"是頗有爭議的;但是，我相信，這裏決無任何爭議。因此，勞改大院的晚間訓話的英名不脛而走，不久就吸引了大量的觀眾，成爲北大最著名的最有看頭的景觀。簡直可以同英國的白金漢宮前每天禦林軍換崗的儀式媲美了。每天，到了這個時候，站在隊列之中，我一方面心裏緊張到萬分，生怕自己的名字被點到;另一方面在低頭中偶一斜眼，便能看到蓆棚外小土堆上，影影綽綽地，隱隱約約地，在暗淡的電燈光下，在小樹和灌木的叢中，站滿了人。數目當然是數不清的。反正是裏三層外三層地人不在少數。這都是趕來欣賞這極爲難得又極富刺激性的景觀的。這恐怕要比英國戴着極高的黑帽子，騎在高頭大馬上的禦林軍的換崗難得多。這儀式在英國已經持續了幾百年，而在中國首都的最高學府中只持續了幾個月。這未免太煞風景了。否則將會給我們旅遊業帶來極大的經濟效益。

還有一點十分值得惋惜的是，我們晚間訓話的棚外欣賞者們，沒有耐性站到深夜。如果他們有這個耐性的話，他們一定能夠看到比晚間訓話更爲陰森森的景象。這個景象連我們這個大院裏的居民都不一定每個人都能看到。偶爾有一夜，我出來小解，我在黑暗中看到院子裏一些樹下都有一個人影，筆直地站在那裏，抬起兩隻胳臂，向前作擁抱狀。實際上擁抱的只是空氣，什麼東西都沒有。我不知道，我們這幾個棚友已經站在那擁抱空虛有多久了。對此我沒有感性認識，我只覺得，這玩意兒大概同噴氣式差不多。讓我站的話，站上一刻鐘恐怕都難以撐住。棚友們卻不知道已經站了多久了，更不知道將站到何時。我們棚裏的居民都知道，在這時候，什麼話也別說，什麼聲也別出。我連忙回到屋裏，在夢裏還看到一些擁抱空虛的人。

（五）離奇的規定

在黑幫大院裏面，除了有《勞改罪犯守則》這一部憲法以外，還有一些不成文法或者口頭的法規。這我在上面已經說過幾句。現在再選出兩個典型的例證來說上一說。

這兩個例證：一是走路不許抬頭，二是坐着不許翹二郎腿。

我雖不是研究法律的學者，但是在許多國家獃過，也翻過一些法律條文；可是無論在什麼地方也沒有看到或者聽到一個人走路不許抬頭的規定。除了生理上的歪脖子以外，頭總是要抬起來的。

但是，在北京大學的勞改大院裏，牢頭禁子們卻規定"罪犯"走路不許抬頭。我不知道，他們是怎樣想出這個極爲離奇的規定來的。難道說他們讀到過什麼祖傳的秘典？或者他們得到了像《水滸》中說的那種石碣文？抑或是他們天才的火花閃耀的結果？這些問題我研究不出來。反正走路不許抬頭，這就是法律，我們必須遵守。

除了在個人的牢房裏以外，在任何地方，不管是在院內，還是在院外，抬頭是禁止的。特別在同牢頭禁子談話的時候，絕對不允許抬頭看他一眼的。如果哪一個 " 罪犯 " 敢於這樣幹，那後果真是不堪設想。輕則一個耳光，重則拳打腳踢，甚至被打翻在地。因此，我站在牢頭禁子面前，眼光總是落在地上，或者他的腳上，再往上就會有危險。他們穿的鞋，我觀察得一清二楚，面孔則是模糊一團。在幹活時，比如說抬煤筐，抬頭是可以的。因爲此時再不允許抬頭，活就沒法幹了。有一次，我們排隊去吃飯，不知道由於什麼原因，我稍稍抬了一下頭，時間最多十分之一秒。然而押送我們到食堂的監改人員立即作獅子吼： " 季羨林！你老實點！ " 我本能地期望着臉上捱一耳光，或者腳上捱一腳。幸而都沒有，我從此以後再也不敢不 " 老實 " 了。

至於翹二郎腿，那幾乎是人人都有的一個習慣。因爲這種姿勢確實能夠解除疲乏。但是在勞改大院裏卻是被嚴厲禁止的。記得在什麼書上看到有關袁世凱的記載，說他一生從來不翹二郎腿，坐的時候總是雙腿並攏，威儀儼然。這也許是由於他是軍人，才能一生保持這樣坐的姿勢。我們這一群 " 勞改罪犯 " 都是平常的人，不是洪憲皇帝，怎麼能做得到呢？

還有一件不大不小的事情，我想在這裏提一提。我在上面已經說到過，我們"罪犯"們已經丟掉了笑的本領。笑本來是人的本能，怎麼竟能丟掉了呢?這個"丟掉"，不是來自"勞改憲法"，也不是出自勞改監督人員的金口玉言，而是完全"自覺自願"。試問，在打罵隨時威脅着自己的時候，誰還能笑得起來呢?勞改大院裏也不是沒有一點笑聲的，有的話，就是來自牢頭禁子的口中的。在寂靜如古墓般的大院中，偶爾有一點笑聲，清脆如音樂，使大院頓時有了生氣。然而，這笑聲會在我們心中引起什麼感覺呢?別人我不知道，在我耳中心中，這笑聲就如鴟鴞在夜深入靜時的獰笑，聽了我渾身發抖。

牛棚生活（二）

（六）設置特務

  這一群年輕的牢頭禁子們，無師自通，或者學習外國的"蓋世太保"或克格勃，以及國民黨的"中統"或"軍統"，也學會了利用特務，來鞏固自己的統治。他們當然決不會徑名之爲"特務"，而稱之爲"匯報人"。每一間牢房裏都由牢頭禁子們任命一個"匯報人"。這個"匯報人"是根據什麼條件被選中的？他們是怎樣從牢頭禁子那裏接受任務？對我們這些非"匯報人"的"罪犯"來說，都是極大的秘密。據我的觀察，"匯報人"是有一些特權的。比如每星期日都能夠回家，而且在家裏獃的時間也長一點。我順便在這裏補充幾句。"罪犯"們中有的根本不允許回家。有的隔一段比較長的時間可以回家，有的每個星期日都能夠回家。這叫做"區別對待"。決定的權力當然都在牢頭禁子手中。"匯報人"旣然享受特權，"士爲知己者用"。他們必思有以報效，這就是勤於"匯報"。鷄毛蒜皮，都要"匯報"，越勤越好。有的"匯報人"還能看風使舵。哪一個"罪犯""失寵"於牢頭禁子，他就連忙落井下石，以期得到更大的好處。我還觀察到，有一天，某一間屋子裏的"匯報人"在一個牢頭禁子面前，低頭彎腰，"匯報"了一通，同房的某一個"罪犯"立刻被叫了出去，拖到一間專供打人用的房間裏去了。其結果我無法親眼看到，但是完全可以想像了。

(七)應付外調

所謂"外調"，是一個專用名詞，意思就是從外地外單位向勞改大院的某一個"罪犯"調查本地本單位某一個人——他們那裏是不是也叫"罪犯"?這個稱呼也許是北大的專利——的"罪行"。當時外調人員滿天飛。哪一個單位也不惜工本，派人到全國各地，直到天涯海角，深入窮鄉僻壤，調查搜羅本單位有問題人員的罪證，以便羅織罪名，把他打倒在地，讓他永世不得翻身。拿我自己來講。我斗膽開罪了那一位"老佛爺"。她的親信們就把我看做"眼中釘"，大賣力氣，四出調查我的"罪行"。後來我回老家，同村的兒童時的朋友告訴我說，北大派去的人一定要把我打成地主。他把他們(大概是兩個人)狠狠地教訓了一頓，說："如果講苦大讎深要訴苦的話，季羨林應是第一名!"第一次夾着尾巴跑了。聽口氣，好像還去過第二次。我上面已經說到，在抄家時，他們專把我的通信簿抄走，好按照上面的地址去"外調"。北大如此，別的單位也不會兩樣。於是天下滔滔者皆外調人員矣。

我被關進"勞改大院"以後，經常要應付外調人員。這些人也是三六九等，很不相同。有的只留下被調查人的姓名，我寫完後，交給監改人員轉走。有的要當面面談，但態度也還溫文爾雅，並不吹鬍子瞪眼。不過也有非常野蠻粗魯的。有一天，山東大學派來了兩個外調人員，一定要面談。於是我就被帶進審訊室，接受我家鄉來人的審訊了。他們調查的是我同山大一位北京籍的國文系教授的關係。我由此知道，我這位朋友也遭了難。如果我此時不是黑幫的話，對他也許能有一點幫助。但我是自身難保，對他是愛莫能助了。我這個新北大公社的"罪犯"，忽然搖身一變，成了山東大學的"罪犯"。這兩位仁兄拍桌子瞪眼，甚至動手扯頭髮，打人；用腳踢我。滿口山東腔，"如此鄉音真逆耳"，我想到吳宓先生的詩句。我耳聽粗蠻重濁而又有點油滑的濟南腔，眼觀殘忍蠻橫的面部表情，我真噁心到了極點。山東濟南的"國罵"同北京略有不同，是用三個字："我日媽！"這兩個漢子滿嘴使着山東"國罵"，迫我交待，不但交待我同那位教授的"黑"關係，而且還要交待我自己的"罪行"。來勢之迅猛，讓我這久經疆場的老"罪犯"也不知所措，渾身上下流滿了汗。一直審訊了兩個鐘頭，看來還是興猶未盡。早已過了吃午飯的時間。連北大的監改人員都看不下去了，覺得他們實在有點過分，乾脆出面干涉。這兩位山東老鄉才勉強收兵，悻悻然走掉了。我在被折磨得筋疲力盡之餘，想到的還不是我自己，而是我的那位朋友："碰到這樣蠻橫粗野沒有一點人味的家伙，你的日子真夠嗆呀！"

(八)連續批鬥

被囚禁在牛棚裏,每天在監改人員或每天到這裏要人的工人押解下到什麼地方去勞改。我一下子就想到農村中合作化或人民公社時期生產隊長每天向農民分配耕牛的情景。我們現在同牛的差別不大。牛只是任人牽走,不會說話,不會思想;而我們也是任人牽走,會說話而一聲不敢吭而已。

但是勞動並不是我們現在唯一的生活內容,換句話說,並不是唯一的"改造"手段。我們不總是說"勞動改造"嗎?我一直到現在,雖然經過了多年的極爲難得的實踐,我卻仍然認爲,這種"勞動改造"只能改造"犯人"的身體,而不能改造思想,改造靈魂。牠只能讓"犯人"身上起包,讓平滑的皮膚上流血,長疤;卻不能讓"犯人"靈魂中不怒氣沖沖。勞動不行怎麼辦呢?濟之以批鬥。在勞動改造以前,是批鬥單軌制。勞動改造以後,則與批鬥並行,成了雙軌制。批鬥我在上面已經談到,牠也只能用更猛烈,更殘酷的手段把"犯人"的身體來改造,與勞改伯仲之間而已。

但是勞改與批鬥二者之間還是有區別的。如果讓我輩"罪犯"選擇的話,我們都寧願選取前者。可惜我們選擇的權利一點都沒有。因此,我們雖然身居勞改大院,仍然必須隨時做好兩手準備。即使我們已經被分配好跟着工人到什麼地方去幹活了,心裏也並不踏實。說不定什麼時候，也說不定哪一個單位，由於某一個原因——其中並不排除消遣取樂的原因——，要批鬥我們"罪犯"中的某一個人了。戴紅袖章的公社紅衛兵立即奉命來"黑幫大院"中押人，照例是雄赳赳氣昂昂地，找到大院的"辦公廳"。由負責人批准批鬥。過了或長或短的時間，被批鬥者回來了。無人不是垂頭喪氣，頭髮像亂草一般。間或也有人被打得鼻青臉腫。

至於有多少人這樣被押出去批鬥，我沒有法子統計。反正每天都有。我自己在大院中，從某種意義上來講，是"要犯"。我作為一個原井岡山的勤務員，反對了那一位"老佛爺"，這就罪在不赦。從大院中被押出去批鬥的機會也就特別多。我每天早飯之後，都在提心吊膽，怕被留下，不讓出去勞動。我此時簡直是如坐針氈，度秒如年，在牢房裏，坐立不安。想到"棚友"們此時正在某處幹活，自由自在，簡直如天上人。等待着自己的卻是一場說不定是什麼樣的風暴。押解我的紅衛兵一走進大院，監改人員就把我叫到對着勞改大院門口的一座葦蓆搭成的屏風似的東西前面——屏風上有許多字，我現在記不清是什麼了——，低頭彎腰，聽候訓示："季羨林！好好地去接受批鬥！"好像臨行時父母囑咐孩子："乖乖的不要淘氣！"在這期間，我被押去批鬥的地方很多，詳細情形我不講了。每次反正都是"行禮如儀"。先是震天的"打倒"的口號，接着是胡說八道，胡謅八扯的所謂批鬥發言。緊張的時候，也挨上兩個耳光。最後又在"打倒"聲中一聲斷喝："把季羨林押下去！"完了，禮儀結束了。我回到大院，等於回到自己家裏，大概也是垂頭喪氣，頭髮像亂草一般。

(九)一九六八年六月十八日大批鬥

　　我在上面談到過北京大學"文化大革命"的歷史。一九六六年六月十八日，第一次鬥"鬼"。因爲我當時還不是"鬼"，沒有資格上鬥鬼台，只是躺在家中，聽到遙遠處鬧聲喧天而已。一九六七年六月十八日，此時這個日期已經被規定爲"紀念日"，又大規模地鬥了一次"鬼"。因爲我仍然沒能爭取到"鬼"的資格，幸免於難。

　　到了一九六八年六月十八日，我已經被打成了"鬼"，並已在黑幫大院中住了一個多月。今年我有資格了，可以被當"鬼"來鬥了。但是，這也是一個沉重的災難，是好久沒有過的了。一大早，本院的牢頭禁子們就忙碌上了。也不知道是根據什麼原則來進行"優化組合"。並不是每一個"棚友"都能得到這個一年一度極爲難得的機會。在列隊出發的時候，我發現只有少數人參加。東語系的"代表"只有二人：我和那一位老教授。押解我們的人，不是本院的監改人員，而是東語系派來的一位管電化教育的姓張的老工作人員。由此也許可以推斷，這次鬥鬼的出席人員是由各系所單位確定的。這一位姓張的老同事，見了我們，不但不像其他同等地位人員那樣，先"媽的！""混蛋"罵上一通，而且甚至和顏悅色。我簡直有點毛骨悚然，非常不習慣。我們這一夥"罪犯"，至少是我，早已覺得自己不是人了。一旦被人當人來看待，反而覺得“反常”。這位姓張的老同事使我終生難忘。

但是，那些“鬥鬼者”卻完全不是這個樣子。這些人是誰，我不知道。我不敢抬頭，不但路旁的人我看不清，也不敢看。連走什麼道路也看不清。只是影影綽綽地被押出黑幫大院，看到眼前的路是走過臨湖軒和俄文樓，沿斜坡走上去的。當時現在的大圖書館還根本沒有，只有一條路通向燕南園和哲學樓。我們大概就是順着這一條林蔭馬路，被押解到哲學樓一帶地方。不知道在什麼地方，也不清楚是用什麼方式，批鬥了一番之後，就押解回“府”。我沒有記得坐很久的噴氣式，也不記得有人針對我作什麼批鬥發言。我的印象是，混亂一團。我只聽到人聲鼎沸，間以“打倒”之聲。也許是各個系所單位分頭批鬥的。我自己好像夢中的游魂，稀裏胡塗地低頭彎腰，向前走去，“前不見古人，後不見來者”，我只感覺到，不但前後有人，而且左右也有人，好像連上下都有人，瀰天蓋地，到處都是人。我能夠看到的卻只有鞋和褲子。在“打道回府”的路上，我感覺到週圍的人似乎更多了，人聲也更嘈雜了，磚頭瓦塊打到身上的更多了。我現在已經麻木，拳頭打在身上，也沒有多少感覺。回到黑幫大院以後，脫下襯衣，才發現自己背上畫上了一個大王八，衣襟被綑了起來，綁上了一根帶葉的柳條。根據我的考證，這大概就算是狗尾巴吧。平常像閻羅王殿一樣的黑幫大院，現在卻顯得異常寧靜、清爽，簡直有點可愛了。

痛定思痛，我回憶了一下今天大批鬥的過程。爲什麼會這樣熱鬧而又隆重呢?小小的批鬥，天天都有，到處都有。根據心理學的原理，越是看慣的東西，就越不能引起興趣。那些小批鬥已經是"司空見慣渾無事"了。今天的大批鬥卻是一年才一次的大典，所以就轟動燕園了。

(十)棚中花絮

這裏的所謂"花絮"，同平常報紙上所見到的大異其趣。因為我一時想不出更恰當的名稱，所以姑先借用一下。我的"花絮"指的是同棚難友們的一些比較特殊的遭遇，以及一些瑣瑣碎碎的事情，都是留給我印象比較深的。雖是小事，卻小中見大，頗能從中窺探出牛棚生活的一些特點。又由於大家都能瞭解的原因，我把人名一律隱去。知情者一看就知道是誰，用不着學者們再寫作《〈牛棚雜憶〉索隱》這樣的書。

1 圖書館學系一教授

這位教授作過北京圖書館的館長，是國內外知名的圖書館學家和敦煌學家。我們早就相識，也算是老朋友了。這樣的人在十年浩劫中難以倖免，是意中事。我不清楚加在他頭上的是些什麼莫須有的罪名。他被批鬥的情況，我也不清楚。不知道是怎樣一來，我們竟在牛棚中相會了。反正我們現在早已都變成了啞巴，誰也不同誰說話。幸而我還沒有變成瞎子，我還能用眼睛觀察。

在牛棚裏，我輩"罪犯"每天都要寫思想匯報。有一天，在著名的晚間訓話時，完全出我意料，這位老教授被叫出隊外，一記清脆響亮的耳光聲在他臉上響起，接着就是拳打腳踢，一直把他打倒在地，跪在那裏。原來是他竟用粗糙的手紙來寫思想匯報，遞到牢頭禁子手中。在當時那種陰森森的環境中，我一點開心的事情都沒有。這樣一件事卻眞大大地讓我開心了一通。我不知道，這位教授是出於一時胡塗，手邊沒有別的紙，只有使用手紙呢？還是他吃了豹子心老虎膽，有意嘲弄這一幫趾高氣揚，天上天下，唯我獨尊的牢頭禁子？如果是後者的話，他簡直是視這一般手操生殺大權的醜類如草芥。可以載入在舊社會流行的筆記中去了。我替他捏了一把汗，又暗暗地佩服。他是牛棚中的英雄，爲我們這一批階下囚出了一口氣。

2　法律系一教授

這位教授是一位老革命幹部，在抗日戰爭以前就參加了革命。他的生平我不清楚。他初調到北大來時，曾專門找我，請我翻譯印度古代著名的法典《摩奴法論》。從那時起，我們就算是認識了。以後在校內外開會，經常會面。他爲人隨和、善良，具有一個老幹部應有的優秀品質。我們很談得來。誰又能料得到，在十年浩劫中，我們竟有了"同棚之誼"。

在黑幫大院裏，除非非常必要時，黑幫們之間是從來不互相說話的。在院子裏遇到熟人，也是各走各的路，各低各的頭，連眼皮都不抬一抬。我同這位教授之間的情況，也並不例外。

有一天，是一個禮拜天，下午被牢頭禁子批准回家的"罪犯"，各個按照批准回棚的時間先後回來了。我正在牢房裏坐着，忽然看到這一位老教授，在一個牢頭禁子的押解下，手中舉着一個寫着他自己名字的牌子，走遍所有的一間間的牢房，一進門就高聲說：" 我叫某某某，今天回來超過了批准的時間，奉命檢討，請罪！" 別的人怎麼樣，我不知道。我卻是毛骨悚然，站在那裏，不知所措。

3　東語系一個女教員

她是東語系教蒙古語的教員。爲人鯁直，裏表如一，不會虛僞。" 文化大革命 " 一起，不知道什麼人告密，說她是國民黨三靑團的骨幹分子。這完全是捕風捉影的無稽之談，根本缺乏可靠的材料，也根本沒有旁證。大概是因爲她對北大那一位女野心家不夠尊敬，莫須有的 " 罪名 " 浸浸乎大有變成 " 罪行 " 之勢。當我同東語系那一位老教授被勒令勞動的時候，最初只有我們兩個人，在學校東門外的一個頗爲偏僻的地方，揀地上的磚頭石塊，有一個工人看管着我們。有一天，忽然這一位女教員也去了。她有點困惑不解。我問她，是不是系革委會命令她去的?她回答說：不是。" 旣然不是，你爲什麼自己來呢？" " 人家說我有罪，我就有了有罪的感覺。因此自動自願地來參加勞動改造了。" 她這種邏輯眞是匪夷所思。" 其愚不可及也。" 這是我心中的一閃念。我對於這種類似耶穌教所謂 " 原罪 " 的想法，覺得十分奇怪，十分不理解。由此完全可以看出她這個人的爲人。但是，在我當時的處境中，自己是專政的對象，" 只准規規矩矩，不准亂說亂動。" 我敢說什麼呢？

如此過了一些時候。等我們被押解到太平莊去勞動的時候，"罪犯"隊伍裏沒有她。這是理所當然的。爲知禍不單行，古有明訓。等我們從太平莊回來自建牛棚自己進駐以後，最初也沒有看到她。這也是理所當然的，我自己心裏想。但是，忽然有一天，已經是傍晚時分，從黑幫大院門外連推帶搡地推進一個新的"棚友"來，我低頭斜眼一看：正是那一位女教員。我這一驚可真不小。我原以爲她已經平安過了關。用不着再自投羅網，"魚目混珠"了。現在"胡爲乎來哉！"她怎麼到這閻王殿來了呢?這次看樣子決不是自動自願的，而是被押解了來的。儘管我心裏胡思亂想，然而卻一言不發，視而不見。

有一個牢頭禁子問她：

"你叫什麼名字?"

"×ד"

"哪一個'華'呀?"

"中華民國的'華'"。

這一下子可了不得！一個"反革命罪犯"竟敢在威嚴神聖的、代表"聶"記北大革委會權威的勞改大院中，在光天化日衆目睽睽下爲"中華民國"張目，是可忍，孰不可忍！簡直是膽大包天，狂妄至極！非嚴懲不可！立即給戴上了"現行反革命分子"的帽子，拳足交加，打倒在地。不知道是哪一個有天才的牢頭禁子，忽然異想天開，把她帶到一棵樹下。這棵樹長得有點奇特：有一枝從主榦上長出來的支榦，是歪着長的。她被命令站在這個支榦下面，最初頭頂碰到樹榦。牢頭禁子下令：

"向前一步走！"

她遵令向前走了一步。此時她的頭必須向後仰。又下了一個口令：

"向前一步走！"

此時樹幹越來越低，不但頭必須向後仰，連身子也必須仰了。但是，又來了一個口令：

"向前一步走！"

此時樹幹已極低。她沒有練過馬戲，腰仰着彎不下去。這時口令停了。她就仰着身子，向後彎着站在那裏。這個姿勢她連一分鐘也保持不了。在渾身大汗淋漓之餘，軟癱在地上。結果如何，用不着我講了。我覺得，牢頭禁子把折磨人的手段提高到一個新的水平。然而，這一位女教員卻是苦矣。

一夜折磨的情況，我不清楚。第二天早晨起來，我看到她面部浮腫，兩隻眼睛下面全是青的。

4 生物系黨總支書記

我在北大搞了幾十年的行政工作，校內會很多。因此，我早就認識這一位總支書記。我們可以算是老朋友了。

"文化大革命"一開始，他在劫難逃，是天然的"走資派"。所以在第一陣批走資派的大風暴中，他就被揪了出來。第一個六一八鬥鬼，他必然是參加者之一。在這一方面，他算是老前輩了。

不知道是什麼緣故，擁護那位"老佛爺"的"造反派"，生物系特別多。在黑幫大院的牢頭禁子中，生物系學生也因而佔絕對優勢。我可是萬沒有想到，勞改大院建成後，許多"走資派"在被激烈地衝擊過一陣之後，沒有再同我們這一批多數是"資產階級反動學術權威"的"牛鬼蛇神"一起被關進來。這一位生物系總支書記卻出現在我們中間。

大概是因爲牢頭禁子中生物系學生多，他就"沾"了光，受到一些"特殊待遇。"詳情我不清楚，不敢亂說。我只看到一個例子，就足以讓人毛髮直豎了。

有一天，中午，時間大概是七八月，正是北京最炎熱，太陽光照得最——用一句山東土話——"毒"的時候，我走過黑幫大院的大院子，在太陽照射的地方，站着一個人：是那位總支書記。雙眼圓睜，看着天空裏像火團般的太陽。旁邊樹蔭中悠然地坐着一個生物系學生的牢頭禁子。我實在莫明其妙。後來聽說，這是牢頭禁子對這位總支書記懲罰：兩眼睜着，看準太陽；不許眨眼，否則就是拳打腳踢。我聽了打了一個寒戰：古今中外，從奴隸社會一直到資本主義社會，試問哪一個時代，哪一個國家有這樣的懲罰？誰要是想實踐一下，管保你半秒鐘也撐不下來。這樣難道不會把人的眼睛活生生地弄瞎嗎？

此外，我還聽說，沒有親眼看到，也是生物系教員中的兩位牛鬼蛇神，不知怎樣開罪了自己的學生。作爲牢頭禁子的學生命令這兩位老師，站在大院子中間，兩個人頭頂住頭，身子卻儘管往後退；換句話說，他們之所以能夠站着，就全靠雙方彼此頭頂頭的力量。

類似的小例子，還有一些，不再細談了。總之，折磨人的"藝術"在突飛猛進地提高。可惜到現在我還沒有看到這方面的專著。如果年久失傳，實在是太可惜了。

5　附小一位女教員

這個女教員是哪個單位的，我說不清楚了。我原來並不認識她。她是由於什麼原因被關進牛棚的，我也並不清楚。

根據我在牛棚裏幾個月的觀察，牢頭禁子們在打人或折磨人方面，似乎有所分工。各有各的專業，還似乎有點有條不紊，涇渭分明。專門打這位女教員的人就是固定不變的。

有一天早上，我看到這位女教員胳臂上纏着綳帶，用一條白帶掛在脖子上。隱隱約約地聽說，她在前幾天一個夜裏，在刑訊室受過毒打，以致把胳臂打斷。但仍然受命參加勞動。詳細情況，當時我就不清楚，後來更不清楚。當時，黑幫們的原則是，事不干己，高高掛起。我就一直掛到現在。

6　西語系的一個“老右派”學生

這個學生姓周，我不認識他，平常也沒有聽說過。到了黑幫大院，他突然出現在我的眼前。

既然叫“右派”，而且還“老”，可見這件事有比較長久的歷史淵源了。在中國，劃右派最集中的時期是一九五七年。難道這一位姓周的學生也是那時候被劃為右派的嗎?到了進入牛棚時，他已經戴了將近十年的右派帽子了。這個期間他是怎樣活下來的，我完全不清楚。等我見到他的時候，他滿面蠟黃，還有點浮腫，頭髮已經脫落了不少，像是一個年老的病人·據說他原是一個聰明機靈的學生。此時卻已經顯得像半個傻子，行動不很正常了。我們只能說，這一切都是在身體上和精神上受到十分嚴重的折磨的結果。這無疑是一個人生悲劇。我自己雖然身處危難，性命操在別人手中，隨時小心謹慎，怕被不吃素的長矛給吃掉；然而看到這一位"老右派"，我不禁有淚偷彈，對這一位半瘋半傻的人懷有無量的同情！

可是在那一批毫無心肝的牢頭禁子眼中，這位傻子卻是一個可以隨意打罵，任意污辱，十分開心的玩物。這樣兩隻腿的動物到哪裏去找呀！按照他們的分工原則，一個很年輕的看上去很聰明伶俐的工人，是分工折磨這個傻子的。我從沒有見過這個年輕工人打過別的"罪犯"。獨獨對於這個傻子，他隨時都能手打腳踢。排隊到食堂去吃飯的路上，他嘴裏吆喝着又打又罵的也是這個傻子。每到晚上，刑訊室裏傳出來的打人的聲音以及被打者叫喚的聲音，也與這個傻子有關。我寫回憶錄，有一個戒條，就是：決不去罵人。我在這裏，只能作一個例外，我要罵這個年輕的工人以及他的同夥："萬惡的畜類！豬狗不如的東西！"

有一天，我在這個傻子的背上看到一個用白色畫着的大王八。他好像是根本沒有家，沒有人管他。他身上穿的衣服，滿是油污，至少進院來就沒洗過，鶉衣百結。但是這一隻白色的大王八卻顯得異常耀眼，從遠處就能看得清清楚楚。別人見了，有笑的權利的"自由民"會哈哈大笑，我輩失掉笑的權利的"罪犯"，則只有兔死狐悲，眼淚往肚子裏流。

7 物理系的一個教員

這個教員是北大心理系一位老教授的兒子，好像還是獨生子。不知道是由於什麼原因，他的一條腿短一截，走起路來像個瘸子。

我從前並不認識他。初進牛棚時，甚至在太平莊時，都沒有見到過他。我們在牛棚裏已經被"改造"了一段時間。有一天，是中午過後不久——我在這裏補充幾句。牛棚裏是根本沒有什麼午休的。東語系那位老教授，就因為午飯後坐着打了一個盹兒，被牢頭禁子發現，叫到院子裏在太陽下曬了一個鐘頭，好像也是眼睛對着太陽——，我在牢房裏忽然聽牛棚門口有打人的聲音，是棍棒或者用膠皮裹起來的自行車鏈條同皮肉接觸的聲音。這種事情在黑幫大院裏是司空見慣的事，一天能有許多起。我們的神經都已經麻木了，引不起什麼感覺。但是，這一次聲音特別高，時間也特別長。我那麻木的神經動了一下，透過玻璃窗向棚口看了看。我看到這一位殘傷的教員，已經被打倒在地，有幾個"英雄"還用手裏拿着的兵器，繼續抽打。他身上是不是已經踏上了一千隻腳，我看不清楚。我只看到這一位腿腳本來就不靈便的人，躺在地上的泥土中，臉上還好像流着血。

他為什麼這樣晚才到牛棚裏來?他是由於什麼原因才來的?他是不是才被"揪"出來的?這些事情我都不清楚。一直到今天也不清楚。我雖然也像胡適之博士那樣有點考據癖；但是我不想在這裏施展本領了。

從此以後，我們每次排隊到食堂去吃飯時，整齊的隊伍裏就多了走起路來很不協調的瘸腿的"棚友"。

關於牛棚中個別人的"花絮"，如果認眞寫起來的話，還可以延長幾倍。我現在沒有再寫的興致，我也不忍再寫下去了。舉一隅可以三隅反。希望讀者自己慢慢地去體會吧。

16

牛棚生活（三）

（十一）特別雅座

我自己已經墮入地獄。但是，由於根器淺，我很久很久都不知道，地獄中還是有不同層次的。佛教不是就有十八層地獄嗎？

這話要從頭講起，需要說得長一點。生物系有一個學生。大名叫張國祥。牛棚初建時，我好像還沒有看到他。他是後來才來的。至於他為什麼到這裏來，又是怎樣來的，那是矗記北大革委會的事情，我輩"罪犯"實無權過問，也不敢過問。他到了大院以後，立即表現出鶴立雞群之勢。看樣子，他不是一個大頭子，只是一般的小卒子之類。但管的事特別多，手伸得特別長。我經常看到他騎着自行車——這自行車是從"罪犯"家中收繳來的。"罪犯"們所有的財務都歸這一批牢頭禁子掌握，他們願意到"罪犯"家中去拿什麼，就拿什麼。連"罪犯"的性命自己也沒有所有權了——，在大院子裏兜圈子，以資消遣。

這在那一所陰森恐怖寂靜無聲的"牛棚"中，是非常突出的惹人注目的舉動。

有幾天晚上，在晚間訓話之後，甚至在十點鐘規定的"犯人"就寢之後，院子裏大楡樹下面，燈光依然很輝煌，這一位張老爺，坐在一把椅子上，抬起右腿，把腳放到椅子上，用手在腳指頭縫裏搔個不停。他面前垂首站着一個"罪犯"。他問着什麼問題，間或對"罪犯"大聲訓斥，怒罵。這種訓斥和怒罵，我已經看慣了。但是他這坐的姿勢，我覺得極爲新鮮，在我腦海裏留下的影像，永世難忘。更讓我難忘的是，有一天晚上，他眼前垂頭站立的竟是原北大校長兼黨委書記，一二·九運動的領導人之一，當過鐵道部副部長的陸平。他是那位"老佛爺"貼大字報點名攻擊的主要人物。黑幫大院初建時，他是首要"欽犯"，囚禁在另外什麼地方，還不是"棚友"。不知道是什麼時候，他竟也喬遷到棚中來了。張國祥問陸平什麼問題，問了多久，後果如何，我一概不知。只是覺得這件事兒很蹊蹺而已。

可是我哪裏會想到，過了不幾天，這個惡運竟飛臨到我頭上來了。有一天晚上，我已經響過熄燈睡覺的鈴，我忽然聽到從民主樓後面拐角的地方高喊："季羨林！"那時我們的神經每時每刻都處在最高"戰備狀態"中。我聽了以後，連忙用上四條腿的力量，超常發揮的速度，跑到前面大院子裏，看到張國祥用上面描繪的那種姿態，坐在那裏，右手搔着腳丫子，開口問道：

"你怎麼同特務機關有聯繫呀？"

"我沒有聯繫。"

「你怎麼說江青同志給新北大公社紮嗎啡針呀？」

「那只是一個形象的說法。」

「你有幾個老婆呀？」

我大爲吃驚，敬謹回稟：

「我沒有幾個老婆。」

這樣一問一答，「交談」了幾句。他說：

「我今天晚上對你很仁慈！」

是的，我承認他說的是實話。我一沒有被拳打腳踢；二沒有被「國罵」痛擊。這難道不就是極大的「仁慈」嗎？我眞應該感謝「皇恩浩蕩」了。

我可是萬萬沒有想到，他最後這一句話裏面含着極危險的「殺機」。「我今天晚上對你很仁慈。」明天晚上怎樣呢？

第二天晚上，也是在熄燈鈴響了以後，我正準備睡覺，忽然像晴空霹靂一般，聽到了一聲：「季羨林！」我用比昨晚還要快的速度，走出牢房的門，看到這位張先生不是在大院子裏，而是在兩排平房的拐角處，怒氣沖沖地站在那裏：

「喊你爲什麼不出來？你耳朵聾了嗎？」

我知道事情有點不妙。還沒有等我再想下去，我臉上，頭上驀地一熱，一陣用膠皮裹着的自行車鏈條作武器打下來的暴風驟雨，鋪天蓋地地落到我的身上，不是下半身，而是最關要害的頭部。我腦袋裏嗡嗡地響，眼前直冒金星。但是，我不敢躲閃，筆直地站在那裏。最初還有痛的感覺，後來逐漸麻木起來，只覺得頭頂上，眼睛上，鼻子上，嘴上，耳朵上，一陣陣火辣辣的滋味，不是痛，而是比痛更難忍受的感覺。我好像要失掉知覺，我好像要倒在地上。但是，我本能地堅持下來。眼前鞭影亂閃，叱罵聲——如果有的話——也根本聽不到了。我處在一片迷茫、渾沌之中。我不知道，他究竟打了多久。據後來住在拐角上那間牢房裏的"棚友"告訴我，打得時間相當長。他們都覺得十分可怕，大有談虎色變的樣子。我自己則幾乎變成了一塊木頭，一塊石頭，成為沒有知覺的東西，反而沒有感到像旁觀者感到的那樣可怕了。不知到了什麼時候，我隱隱約約地彷彿是在夢中，聽到了一聲："滾蛋！"我的知覺恢復了一點，知道這位兇神惡煞又對我"仁慈"了。我連忙夾着尾巴逃回了牢房。

但是，知覺一恢復，渾身上下立即痛了起來。我的首要任務是"查體"，這一次"查體"全是"外科"，我先查一查自己的五官四肢還是否完整。眼睛被打腫了，但是試着睜一睜：兩眼都還能睜開。足證眼睛是完整的。臉上，鼻子裏，嘴裏，耳朵裏都流着血。但是張了張嘴，裏面的牙沒有被打掉。至於其他地方流血，不至於性命交關，只好忍住疼痛了。

試想，這一夜我還能睡得着嗎?我躺在木板上，輾轉反側，渾身難受。流血的地方黏糊糊的，只好讓它流。痛的地方，也只好讓它去痛。我沒有鏡子，沒有照一照我的"尊容"。過去我的難友，比如地球物理系那一位老教授，東語系那一位女教員等等，被折磨了一夜之後，臉上浮腫，眼圈發青。我看了以後，心裏有點顫抖。今天我的臉上就不止浮腫，發青了。我反正自己看不到，由它去吧。

第二天早晨，照樣派活，照樣要背語錄。我現在幹的是在北材料廠外面馬路兩旁篩沙子的活。我身上是什麼滋味?我心裏是什麼滋味?我一概說不清楚，我完全迷糊了，迷糊到連自殺的念頭都沒有了。

　　正如俗話所說的:禍不單行。我這一個災難插曲還沒有結束。這一天中午，還是那一位張先生走進牢房，命令我搬家。我這"家"沒有什麼東西，把鋪蓋一捲，立即搬到我在門外受刑的那一間屋子裏。白天沒有什麼感覺，到了夜裏，我才恍然大悟:這裏是"特別雅座"，是囚禁重囚的地方。整夜不許關燈，屋裏的囚犯輪流值班看守。不許睡覺。"看守"什麼呢?我不清楚。是怕犯人逃跑嗎?這是根本不可能的。知識分子犯人是最膽小的，不會逃跑。看來是怕犯人尋短見，比如上吊之類。現在我才知道，受過重刑之後，我在黑幫大院裏的地位提高了，我升級了，升入一個更高的層次。"欽犯"陸平就住在這間屋裏。打一個比方說，我在佛教地獄裏進入了阿鼻地獄，相當人間的死囚牢吧。

　　但是，問題還沒有完。仍然是那一位張先生，命令我同中文系一位姓王的教授，每天推着水車，到茶爐上去打三次開水，供全體囚犯飲用。我不知道為什麼這一位王教授會同我並列。據我所知，他並沒有參加"井岡山"，也並沒有犯過什麼彌天大罪，為什麼竟受到這樣的懲罰呢?打開水這個活並不輕，每天三次，其他的活照幹，語錄照背。別人吃飯，我看着。天下大雨，我淋着。就是天上下刀，我也必須把開水打來，真是苦不堪言。但是，那一位姓王的教授卻能苦中尋樂:偷偷地在茶爐那裏泡上一杯茶，抽上一烟斗烟。好像是樂在其中矣。

（十二）特別班

這一批牢頭禁子們，是很懂政策的。把我們這"勞改罪犯"集中到一起，實行了半年多的勞動改造。唸經、說教與耳光棍棒並舉。他們大概認爲，我們已經達到了一定的水平。現在是採取分化瓦解的時候了。

"特別班"於是乎出。

牢頭禁子們不知道是根據什麼標準，從"勞改罪犯"中挑選出來了一些，進這個班。

這個班的班址設在外文樓內。但是，前門不能走，後門不能開，於是就利用一扇窗子當作通道，窗內外各擺上了一條長木板，可以藉以登窗入樓，然後走入一間小教室。這間教室內是什麼樣子？有什麼擺設？我不清楚。在我眼中，雖然近在咫尺？卻如蓬山萬里了。

我是非常羨慕這個班的。我覺得，對我們"勞動罪犯"來說，眼前的苦日子，捱打，受罵，忍飢，忍渴，咬一咬牙，就能夠過去了。但是，瞻望將來，卻不能無動於衷。什麼時候是我們的出頭之日呢？我眼前好像是一片白茫茫的大海，卻沒有舟楫，也看不到前面有任何島嶼。我盼望着出現點什麼。這種望穿秋水的日子眞是度日如年啊！現在出現了特別班，我認爲，這正是渡過大海的輕舟。

特別班的學員有一些讓人羨煞的特權。他們有權利佩戴領袖像章，他們有權利早請示，晚匯報，等等。在牛棚裏，黨員是剝奪了交黨費的權利的。特別班學員是否有了權利？我不知道。我每次聽到從特別班的教室裏傳出來歌頌領袖的歌聲或者語錄歌的歌聲時，那種悠揚的歌聲眞使我神往。看到了學員們一些——是否被批准的，我不清楚——奇特的特權，我也是羨慕得要命。比如他們敢在牢房裏翹二郎腿，我就不敢。他們走路頭抬得似乎高一點了，我也不敢。我眞是多麽想也能夠踏着那一塊長木板走到外文樓裏面去呀！

後來，不知是由於什麽原因，一直到"黑幫大院"解散，特別班的學員也沒能眞正變成龍跳過了龍門。

(十三)東語系一個印尼語的教員

這一位教員原是從解放前南京東方語專業轉來的學印尼語的學生，畢業後留校任教。人非常聰明，讀書十分勤奮，寫出來的學術論文極有水平，是一個不可多得的人材。他留學印尼時，家裏經濟比較困難，我也曾盡了點綿薄之力。因此我們關係很好。他對我畢恭畢敬。

然而人是會變的。"文化大革命"北大一分派，他加入了掌權的新北大公社。人各有志，這也未可厚非。但是，對我這一個"異教徒"，他卻表現出超常的敵意。我被"揪"出來以後，幾次在外文樓的審訊，他都參加了，而且吹鬍子瞪眼，拍桌子砸板橙，勝過其他一些參加者。看樣子是唯恐表現不出自己對"老佛爺"的忠誠來。難道是因爲自己曾反蘇反共現在故作積極狀以洗刷自己嗎？我曾多次有過這樣的想法。否則，一般的世態炎涼落井下石的解釋，還是不夠的。

然而政治鬥爭是不講情面的。

有一天早晨我走出"黑幫大院"，欽賜低頭，正好看到寫在馬路上的大字標語：

打倒反革命分子某某某！

我大吃一驚。就在不久前，在一次審訊我的小會上，他還是"超積極分子"。革命正氣溢滿眉宇。怎麼一下子變成了"反革命分子"了呢?原來有人揭了他的老底。他在夜間就採用了資本主義的自殺方式，"自絕於人民"了。

對於此事，我一不幸災，二不樂禍。我只是覺得人生實在太複雜，太可怕而已。

（十四）自暴自棄

在牛棚裏已經獸了一段時間。自己腦筋越來越糊塗，心情越來越麻木。這個地方，不是地獄，勝似地獄；自己不是餓鬼，勝似餓鬼。如果還有感覺的話，我的自我感覺是：非人非鬼，亦人亦鬼。別人看自己是這樣，自己看自己也是這樣。不倫不類地而又亦倫亦類地套用一個現成的哲學名詞：自己已經"異化"了。

過去被認為是人的時候，我自己當然以人待己。我這個人從來不敢狂妄，我是頗有自知之明的。如果按照小孩子的辦法把人分為好人和壞人的話，我毫不遲疑地把自己歸入"好人"一類。就拿金錢問題來說吧。我一不吝嗇，二不拜金。在這方面，我頗有一些" 優勝紀略 "。十幾歲在濟南時，有一天到藥店去打藥。夥計算錯了賬，多找給我了一塊大洋。當時在小孩子眼中，一塊大洋是一個巨大的財富。但是我立即退還給他，惹得夥計的臉一下子紅了起來。這種心理我以後才懂得。一九四六年，我從海外回到祖國。賣了一隻金錶，寄錢給家裏。把剩下的" 法幣 "換成黃金。夥計也算錯了賬，多給了一兩黃金。在當時一兩黃金也算是一筆不小的財富。但是我也立即退還給他。在大人物名下，這些都是不足掛齒的小事。然而對一個像我這樣平凡的人，也不能說一點意義都沒有的。

到了現在，自己一下子變成了鬼。最初還極不舒服，頗想有所反抗。但是久而久之，自己已習以為常。人鬼界限，好壞界限，善惡界限，美醜界限，自己逐漸模糊起來。用一句最恰當的成語，就是" 破罐子破摔 "。自己已經沒有了前途，既然不想自殺，是人是鬼，由它去吧。別人說短論長，也由它去吧。

而且自己也確有實際困難。聶記革委會賜給我和家裏兩位老太太的" 生活費 "，我靠它既不能" 生 "，也不能" 活 "。就是天天吃窩頭就鹹菜，也還是不夠用的。天天勞動強度大，肚子裏又沒有油水，總是飢腸轆轆，想找點吃的。我曾幾次跟在牢頭禁子身後，想討一點盛醬豆腐罐子裏的湯，蘸窩頭吃。有一段時間，我被分配到學生宿舍區二十八樓、二十九樓一帶去勞動，任務是打掃兩派武鬥時破壞的房屋，撿地上的磚石。我記得在二十八樓南頭的一間大房子裏，堆滿了雜物，亂七八糟，破破爛爛，什麼都有。我忽然發現，在一個破舊的蒸饅頭用的籠屜上有幾塊已經發了霉的乾饅頭。我簡直是如獲至寶，拿來裝在口袋裏，在僻靜地方，背着監改的工人，一個人偷偷地吃。什麼衛生不衛生，什麼有沒有細菌，對一個"鬼"來說，這些都是毫無意義的了。

我也學會了說謊。離開大院，出來勞動，肚子餓得不行的時候，就對帶隊的工人說，自己要到醫院裏去瞧病。得到允許，就專揀沒有人走的小路，像老鼠似地回到家裏，吃上兩個夾芝蔴醬的饅頭，狼吞虎咽之後，再去幹活，就算瞧了病。這行動有極大的危險性，倘若在路上邂逅碰上監改人員或匯報人員，那結果將是什麼，用不着我說了。

有一次我在路上揀到了幾張鈔票，都是一毛兩毛的。我大喜過望，趕快揣在口袋裏。以後我便利用只許低頭走路的有利條件，看到那些昂首走路的"自由民"決不會看到的東西，曾揀到過一些鋼鏰兒。這又是意外的收穫。我發現了一條重要的規律：在"黑幫大院"的廁所裏，掉在地上的鋼鏰兒最多。從此別人不願意進的廁所，反而成了我喜愛的地方了。

上面說的這一些極其猥瑣的事情，如果我不說，決不會有人想到。如果我自己不親身經歷，我也決不會想到。但是，這些都是事實，應該說是極其醜惡的事實。當時我已經完全失掉了羞惡之心，並沒有感到有什麼不對。現在回想起來，真是不寒而慄。我從前對一個人墮落的心理過程發生過興趣，潛意識裏似乎有點認為這是天生的。現在拿我自己來現身說法，那種想法是不正確的。

然而誰來負這個責任呢？

（十五）“折磨論”的小結

　　牛棚生活，千頭萬緒。我在上面僅僅擇其犖犖大者，簡略地敍述了一下。我根據“以論帶史”的原則，先提出了一個理論：折磨論。最初恐怕有很多懷疑者。現在看了我從非常不同的方面對“黑幫大院”情況的敍述，我想再不會有人懷疑我的理論的正確性了。

　　“革命小將”們的折磨想達到什麼目的呢?他們決不會暴露自己心裏的骯髒東西，別人也不便代爲答覆。冠冕堂皇的說法是“勞動改造”。我在上面已經說過，這種打着勞動的旗號折磨人的辦法，只是改造人的身體，而決不會改造人的靈魂。如果還能達到什麼目的的話，我的自暴自棄就是一個最好的例證。折磨的結果只能使人墮落，而不能使人升高。

　　這就是我對“折磨論”的小結。

牛棚轉移

時令已經進入了冬季，牢房裏也裝上了爐子，生上了火。雖然配給的煤不多，爐火當然不能很旺。但是，比起外面來，屋子裏已經是溫暖如春了。

可是勞改的隊伍卻逐漸縮小了起來。一來二去，剩下的人不多了，就都受命搬到一間大屋子裏來。什麼原因呢？我不清楚，當然也不敢問。我此時反正已經墮入阿鼻地獄，再升上一級兩級，是鬼總是鬼，對我無所謂了。

屋子裏顯得空蕩蕩的。大概是因為人少了，連老鼠的膽子也大了起來，大白天裏，竟敢到處亂竄。我從家裏帶回來的一個乾饅頭首當其衝，被老鼠咬掉了一些。我想趕走牠們，牠們竟敢瞪着小眼睛，在窗台上跟我玩捉迷藏。也許老鼠們也意識到，屋子裏住的不是人，而是“黑幫”，等級不比老鼠高，欺負他們一下，諒他們也不敢奈自己何。

大家雖然不大敢隨便說話，不能互通信息，但是正如俗話所說的：“沒有不透風的牆”，我逐漸知道了，聶記革委會改變了對待“勞改罪犯”的“政策”，不再集中，而要實行分散，把各系所處的"罪犯"分回各自的單位。姍姍來遲，東語系也把我們幾個"罪犯"提回系裏。我們的"牛棚"轉移了。轉移到外文樓去。

前些日子，"特別班"還在外文樓時，我是多麼希望能進外文樓來呀!現在果然進來了；卻是依然故我。我們幾個"罪犯"被分配住在二樓北面的緬甸語教研室裏，都在地上搭地鋪。靠窗子有一張大桌子，我們的牢頭禁子睡在上面，居高臨下，監督我們。他外號叫"小爐匠"，大概是姓盧的青年學生。最使我吃驚的是，"我們"又增加了新人，是"黑幫大院"中沒有見過的。他們也是"罪犯"嗎?我心裏納悶。反正現在是同我們一鍋煮了，彼此相安無事。

在這裏，生活比較平靜了。不像在"黑幫大院"裏那樣，時時刻刻都要把神經繃得緊緊的，把耳朵伸得長長的，唯恐牢頭禁子喊自己的名字時答應晚了，招致災難。現在牢頭禁子就高踞在同一間小屋的桌子上，用不着把神經弄得那樣緊張了。

但是，日子也並不好過，也不可能好過。我仍然是"勞改罪犯"。這樓上有許多辦公室，大多是各專業的教研室。在我被"打倒"以前，我當了二十年的系主任。這些辦公室我都是熟悉的。週圍的氣氛當然是非常好的。我是這裏的主人。而今時移世遷，我一"跳"(自己跳出來也)而成為階下囚了。"流水落花春去也，天上人間。"我當"反革命"已經有一年多了。我並不是留戀當年的"威風"，我深知自己已被"打倒在地"，永無翻身之日了。我只求苟延殘喘而已。

現在，在整個大樓裏，我只有三個地方能進：一是牢房，二是廁所，三是審訊我的屋子，最後這一項是並不固定的。至於第二項則是"黑幫"同"白幫"（"革命者"）共同享用的，因爲"黑幫"雖然是鬼，也總得大小便呀。──眞鬼大概是不大小便的，待查。

　　此外，這裏也頗有令人難堪之處，"黑""白"雜居，抬頭不見低頭見。中國是禮儀之邦，見了面，總得說點什麼。可我們又缺少英美人見面說的 Good morning! How do you do? 或者單純一聲 Hello! 現在習用的"早安"之類，是地道的舶來品。我們過去常用的："你吃了飯了嗎?"是擧國通用的問候語，我想縮爲"國候"。現在，在外文樓，見到了以前很熟很熟的人，舶來品不敢用，"國候"也不敢用。只有低頭，望望然而去之。"白幫"怎麼想?我不得而知。似我"黑幫"卻實在覺得非常彆扭。有時"白人"在某一間屋子裏，討論什麼問題，逸興湍飛，歡笑之聲中溢滿了"革命氣"，在樓道裏往復回蕩。這革命氣卻一點也沒有薰到我身上。我們現在是"談笑之聲能聞，而老死不相往來"。"能聞"者，能聽到也，這是別人的聲音，我們是不能有聲音的。我們都像影子似地活動着，影子是沒有聲音的。

　　但是，這裏也並不缺少新聞，缺少有刺激性的東西。這新聞並不是哪一個人告訴我的，現在沒有人敢幹、肯幹這種事。這是我自己從樓道中喊喊喳喳的聲音中聽出來的。最重要的一條新聞是關於我在上面提到過的那一位蒙古語女教員的。原來東語系"罪犯"中只有她一個女性。在"黑幫大院"時有女囚牢。到了外文樓以後，女囚牢沒有了，又不能同我輩男士一起睡在地鋪上。所以就把她關在另外一間屋子裏。據我的推測，管理她的大概是一個學朝鮮語的女學生和一個系圖書室女管理員。後者姓葉，大名暫缺。此人是一個女光棍似的人物，潑辣，粗暴，最擅長惹事生非，興風作浪。她所在的圖書室是東語系小沙龍，謠言由此處產生，小道消息在這裏集散。"文化大革命"一分派，她就成了聶記公社在東語系的女幹將，大概也屬於那一種"老子鐵了心，誓死保聶孫"類型的人物。有一次是她到我家來，大聲叱罵，押解着我到外文樓去接受批鬥。女牢頭禁子押解男"犯人"，在北大恐怕是罕見的新鮮事兒。這樣一個人物，對唯一的女囚絕對不會放過。在一天夜裏，她和其他幾個人對這位女囚大肆審訊，毆打。這位女囚是不是像在"黑幫大院"裏那樣被折磨得眼圈發青，我沒有看見，不敢瞎說。我聽到這個消息以後，心裏沒有引起什麼波動，我的神經現在已經完全麻木了。

可是我卻萬萬沒有想到，第二條引起人們震動的新聞竟然出在我身上。

到了外文樓以後，我沒有再捱揍。大概我天生就是一個不識抬舉的家伙，一個有着花崗岩腦袋瓜死不改悔的家伙。雖然經過了煉獄的鍛鍊，我並沒有低頭認罪。有一天，解放軍派來"支左"的常駐東語系的一個大概是營長的軍官，大名叫趙良山(此人後來聽說已經故去)，把我叫到他的辦公室裏，問我一個問題。我當時心裏非常火，非常失望。我想，解放軍水平總應該是高的，現在看來也不盡然。我粗聲粗氣地說道："我的全部日記已經都被抄來了。一定會放在外文樓某一間屋子裏。你派一個人去查一查那一天的日記。最多只用五分鐘，問題就可以全部弄明白了。"萬沒有想到，這一下子又捅了馬蜂窩。他勃然變色，說我態度極端惡劣。他現在是太上皇。我哪裏還敢吭氣兒呢？

晚飯以後，回到牢房。原先反聶的一位女教員，率領着幾個人，手裏拿着紅紅綠綠的大標語，把小屋牆上貼滿。原來一片白色，非常單調寡味。現在增添了大紅大綠，頓覺斗室生光，一片勃勃的生機。標語內容，沒有什麼創新，仍然是"季羨林要翻天，就打倒他！""坦白從寬，抗拒從嚴！""只許規規矩矩，不許亂說亂動！"等等，等等。"司空見慣渾無事"，這些東西已經對於我的神經不能產生任何作用了。我夜裏照睡不誤，等候着暴風雨的來臨。

果然，"革命家"們第二天就開始行動了。首先由東語系的"紅衛兵"——現在恐怕是兩派的都有了——押解着我，走向東語系學生住的四十樓。我自己又像一個被發配的囚犯，俯首貼耳，只能看到地上，跟踉前進。舊劇中，囚犯是允許抬頭的。我這個新社會的囚犯卻沒有這個特權。既來之則安之，由它去吧。

我原來並不知道把我押向何方。走近四十樓，憑我的本能，我恍然大悟。此時隱隱約約地看到樓外貼滿了大字報和大標語，內容不外是那一套。我猜想——因為我不能看——，不過是"打倒老保翻天的季羨林！""坦白從寬，抗拒從嚴！"，此外再加上造謠、誣衊、人身攻擊。從震耳欲聾的口號聲中，聽到的也不過是那些東西。我頓時明白了：我現在成了"翻天"的代表人物。

我被卡住脖子，擰住胳臂，推推搡搡，押進樓去，先走過一樓樓道。樓道本來很狹，現在又擠滿了學生。我耳朵裏聽的是口號，頭上，身上，捱的是拳頭。我一個人也看不到，彷彿騰雲駕霧一般，我飛上了二樓。同在一樓一樣，從樓道這一頭，走(按語法來講，應該是被動式)到那一頭。仍然是震天的口號聲。在嘈雜混亂中，我又走(同前)上了三樓。在這裏也沒有什麼新花樣，心裏頗有點不滿足，覺得太單調，不夠味。"儀式"完了以後，我又被押解着回到了外文樓。

後來聽說，這叫做"樓內遊鬥"。這是不是東語系學生的發明創造?如果是的話，將來有朝一日編寫《無產階級文化大革命史》時，應該着重提上一筆，說不定還要另立專章的。至於我自己，我是經過了大風大浪的人。身體上，精神上，都沒有受到什麼痛苦，只覺得有點"好玩"而已。

事情當然不能就這樣結束。看來那位趙營長下定了決心，連夜召開會議，制訂了鬥爭方案。第二天，剛吃過早飯，立即有學生來找我，到一間教研室裏去批鬥。這次准我抬頭了，看到的是一個教研室的成員，加上個別的學生。我已擺好了架子坐噴氣式。然而有人卻推給我一把椅子。我大驚失色，我現在已經成了法門寺的賈桂了。在這樣的情況下，你想這個批鬥會，還能批出什麼，又鬥出什麼呢?我覺得十分平淡寡味。我於是把兩個耳朵都關閉了起來，"任憑風浪打，穩坐釣魚船。"朦朧中，聽到一聲："把季羨林押出去!"我知道，這一齣戲算是結束了。

我正準備回自己的牢房，又有人來把我拉到另一個教研室去，"行禮如儀"。然後是第三個教研室，第四個教研室。我沒有記錄，也無法統計。估計是每一個教研室都批鬥一次。東語系十幾個教研室，共批鬥了十幾次。接着來的是學生。我不知道，東語系學生共有多少個班。每班批鬥一次(也許有的班是聯合批鬥)，我記不清楚，加起來，總有二十來次。以每次批鬥一個小時計算，共有三十來個小時。我看有的班"偷工減料"，質量大有問題。實際上怕用不了這樣多的時間。反正在三四天以內，我比出去"走穴"的人還要忙。這個班剛批完，下一個班接着幹。每天批鬥八九場，只給我留出了吃飯的時間。可謂緊張之至了。

對我產生了什麼結果呢?除了感覺到有點疲倦之外，"虱子多了不癢"，我"被批鬥的積極性"反而調動起來了。我愛上了這種批鬥。我覺得非常開心。你 那裏"義正詞嚴"，我這裏關上耳朵，鎮定養神，我反而是"以逸待勞"了。

世間事真是複雜的。我以"態度惡劣"始，又以"態度惡劣"終。第一個"惡劣"救了我的命，第二個"惡劣"養了我的神。當時的真假革命家們，大概是萬萬想不到的吧。

1
6
8

半 解 放

什麼叫"半解放"呢?沒有什麼科學的定義。只是我個人的感覺而已。

集中批鬥之後,時令已經走過了一九六八年,進入了一九六九年。在這一年的舊曆元旦前,系革委會突然通知我,可以回家了。送我(這次恐怕不好再說"押解"了)回家的,就是上面提到的那一個"小爐匠"。此時我家的那一間大房間久已被封了門。全家擠住在一間九平米的小屋裏。據家裏兩位老太太告訴我,其間曾有一個學生拿着抄走了的房門鑰匙,帶着一個女人,在那間被查封的大屋子裏,鬼混了相當長一段時間,睡在我的牀上,用我們的煤氣做飯。他們威脅兩位老太太說:"不許聲揚!"否則將有極其嚴重的後果。現在"小爐匠"就拿着那一把鑰匙,開了門,讓我睡在裏面。我離開自己的牀已經有八九個月了。

我此時在高興之中又滿懷憂慮。我頭上還頂着一摞帽子,自己的前途仍然渺茫。每月只能拿到那一點錢,吃飯也不夠。我記得後來增加了點錢,數目和時間都想不起來了。外來的壓力還是有的。有一天我無意中聽到樓下一個家屬委員會的什麼"連長"的老頭子(他自己據說是國民黨的兵痞)高聲昭告全樓："季羨林放回來了。大家都要注意他呀!"這大概是"上面"打的招呼。我聽了沒有吃驚,這種事情對我可以說是習以為常了。但是,心裏仍然難免有點彆扭,知道自己被判"群眾監督"了。我彷彿成了瘟神或愛滋病的患者,沒有人敢接觸了。

即使沒有人告訴我,毋寧說是提醒我這種情況,我這人已經有點反常。走路抬頭,仍不習慣。進商店買東西,像是一個白癡,不知道說什麼好。我不敢叫售貨員"同志",我怎麼敢是他們的"同志"呢?不叫"同志"又叫什麼呢?叫"小姐",稱"先生",實有所不妥。什麼都不叫,更有所不安。結果是口囁而欲言,足趑趄而不前,一副六神無主、四體失靈的狼狽相,我自己都覺得十分難堪。我已經成了一個老年癡呆症的患者了。

過了沒有多久,我被指令到四十樓去參加"學習"。我第一次從家裏走向四十樓的時候,正是千里冰封,萬里雪飄的時候。這一段路相當長, 總有三四里路;走快了,也得用半小時。我走出門去,走了一段路,立即避開大路,從湖中的冰上走過去。我忽然想到古人"如臨深淵,如履薄冰"的說法,這只是形象的比喻,可我今天的處境不正是這個樣子嗎?我不知道將來會發生什麼事情。我現在已經很不習慣同人打交道。我到了四十樓,見了革命小將,是不是還要高喊"報告!"呢?是不是還要低頭垂手站在他們前面呢?這都是非常現實的問題。我得不到答覆,走起路來,就磨磨蹭蹭。

我越走越慢，好不容易才走到四十樓。我見景生情，思緒萬端。前不久我還在這裏被"樓中遊鬥"，曾幾何時，我又回到這裏來了。這回是以什麼身份?我說不清。"醜媳婦怕見公婆的面"，怕也不行。我一鼓勇氣，進去報了到。幸而沒有口號的喊聲，沒有手打腳踹，而是不冷不熱的待遇。我心頭一塊石頭落了地，被分派了小組，組員都是學印地語的學生。從此以後，我就以一個莫明其妙的身份，參加了他們的學習和活動。原來東語系的"棚友"都被召喚到那裏。可是待遇卻不知為什麼顯然不同了。有的被分配打掃樓道。有一個印地語教員被無端扣上了地主的帽子，被分配打掃廁所。我原來是有思想準備來幹最髒最累的活。然而竟然沒有，實出我的意外了。

同革命群眾在一起，我還非常不習慣，有點拘謹，有點不舒服。我現在是人是鬼，還沒有定性。游離於人鬼之間，不知何以自處。學生們是青年人，活潑愛動。學習休息時，他們就吹拉彈唱。有一個同學擅長拉二胡，我非常欣賞；但又不敢忘形。年輕人說說笑笑，打打鬧鬧，我則獃坐一旁，宛然泥塑木雕。自己也覺得氣氛很不協調。

但是，在相對平靜的生活中，也不是沒有一些波瀾。我回憶所及，首先就是黨費問題。我上面已經談過，在"黑幫大院"中，交黨費是犯忌諱的。我當時自己不能領每月的生活費，都是我的年邁的嬸母代勞。她每月到外文樓東語系辦公室去領全家三口人四十多元的生活費。作為"黑幫"的家屬，她沒少聽到閒話。特別是井岡山"黑幫"的家屬，更會直接或間接受到奚落。老人沒有辦法，只有忍氣吞聲。在這個情況下，她居然還怕自己的孩子丟掉黨票，仍然按月交納黨費。東語系不知道哪一位黨組織幹部居然敢收下，而沒有向"黑幫大院"通報。否則我一定會多捱上一頓打。我至今感激不盡。我嬸母還告訴我，一位姓袁的老同志，不但對她沒有奚落，而且還偷偷地小聲對她說："把錢收好！走路要小心！"她老人家每次談到這種雪地冰天中的一星溫暖，也總是感激不盡。

但是，到了四十樓以後，應該我自己交黨費了。我這種非人非鬼的處境，卻使我不敢厚着臉皮去交黨費。此時黨組織好像已經不再活動。我也不知道向誰交。如此就耽誤了一些時間。系裏的領導找我談話，問我"為什麼不按時交黨費？"我十分坦誠地告訴他："等到支部決定開除我出黨的時候，我一定會把所有拖欠的黨費一文不少地交上，然後離開。"由此可見，我認為，留在黨內已經完全不可能了。

除了黨費問題，我在四十樓頗有一些小小的無關大局的感慨。這一座樓對我來說實在是太太熟悉了。我在東語系，截止在一九六六年，已經當了二十年的系主任。東語系的男學生在四十樓也住了極長的時間了。我必然要經常到這裏來的。我在這裏走過陽關大道，也走過獨木小橋。我受到過熱烈的歡迎，也遭受過無情的凌辱。我不想發那些什麼"世態炎涼，人情如紙"一類的牢騷。因為世態自古以來就是這樣。不這樣的人與事，只能算是例外。因此這種事情已經不值得再發牢騷了。

但是，我在感情上是異常脆弱的。我不能成為英雄，我有自知之明。我從來也不想成為英雄。英雄是用特種材料造成的，而我實非其儔。我是一個極其平凡的人，小小的個人悲歡，經常來打擾我。何況"十年浩劫"決非小事，我在其中的遭受，也決非小事。以我這個脆弱的心靈來承受這空前的災難，來承受這一件極大極大的事，其艱難程度完全可以想見了。到了四十樓以後，我的處境應該說是已經有所改變。但是前途仍然籠罩在一片迷霧之中。觸景生情，心裏就難免有所波動了。

遠的不必講了。專就"文化大革命"開始以來的兩年多來說，四十樓就能喚起我很多不同的回憶，激起我很多不同的感慨。一九六六年六月我從南口村回校，看到批判我的《春滿燕園》的大字報，鼻子裏不由自主地哼了一聲，是在四十樓。我被勒令交出"黑錢"三千元，又被拒絕接受，是在四十樓。親眼看到"文化大革命"初期批鬥東語系"走資派"，口號之聲驚天動地，我自己也頗想"對號入座"，是在四十樓。自己頂撞了"支左"的解放軍軍官而被判處"樓內遊鬥"，是在四十樓。

啊，四十樓！我本不願意想但又不能不想的四十樓！

我現在又到你裏面來了，第二次濫竽"革命群眾"之中。

在延慶新華營

這一次我在四十樓獃的時間不算很長，大概是半個多天，一個夏天，半個秋天。在這期間有一件大事，就是8341部隊的進駐。只派不多的軍官和士兵，也算是來"支左"吧。這是一支有悠久革命傳統的部隊。因此，他們的到來引起了絕大多數人，包括我在內的北大師生員工的極大的希望，希望他們能夠撥亂反正，整理好北大這個爛攤子。在全校派性嚴重，一團亂糟糟的情況下，似乎出現了一派生氣勃勃的生機。

不知道是出於哪一級的決定，北大絕大多數的教職員工，在"支左"部隊的率領下，到遠離北京的江西鯉魚洲去接受改造。此地天氣炎熱，血吸蟲遍地皆是。這個部隊的一個頭子說，這叫作"熱處理"，是對知識分子的又一次迫害。我有自知之明，像我這樣的"人"(?)當然在"熱處理"之列。我做好了充分的精神和物質準備，準備發配到鄱陽湖去。可是，最初我不知道是出於什麼考慮，讓我留在北京，同印地語、泰語的學生到京郊長城以外的延慶新華營去，接受貧下中農的再教育。我沒有來得及表露感激之情，我就發現，原來我是"另有任用"。

根據什麼人的指示，大批判不能空對空，需要有人作"活靶子"，這樣批起來才能有生氣，有聲勢，效果才能最好。現在我就是這樣一個"活靶子"。我忽然想到，在新疆時我曾看到郊遊時汽車上總載着一隻活羊。到了山明水秀的目的地，遊玩夠了，就拿出刀子，把羊殺掉，做成羊肉抓飯，吃飽了回家。我在新華營，在茶窖裏搬菜。曾拉出來，被批鬥過一次。我知道，我不辱使命，完成了任務。

一九七〇年舊曆元旦，奉召回京。

完全解放

上一節的標題是"半解放",這一節是"完全解放"。我這樣寫都是毫無根據的。這兩個詞兒都不是科學的或法律的用語,其間界限也不分明。這都讓法學家或哲學家去探索吧。

仍然談我的情況。回校以後,我有一股振奮的情緒。就在這一陣振奮中,我們都住進三十五樓。似乎是根據一種新精神,也許是一種新規定,每個系的辦公室都設在學生宿舍中,大概是想接近學生,以利於學生的"上(大學)、管(理大學)、改(造大學)"吧。上、管、改的精義就是把老師,老知識分子置於學生的管理和改造之下,提倡初年級的學生編高年級的教材。如此等等,不一而足。

三十五樓共有四層。三四層住女生,一二層住男生。在二層中騰出若干間屋子,是系的黨政辦公室。這一些辦公室與我無干。我被分配在一樓進口處左邊的朝外有大玻璃窗子的極小的一間房子裏,這裏就是本樓的門房。我的差使就是當門房,第一個任務是看守門戶;第二個任務是傳呼電話,第三個任務是收發信件和報紙。第一個任務又難又不難。領導囑咐我說：不要讓閒雜人員進入樓內。本系的教職員都是"老同志"了，我都認識。高年級學生也認個八九不離十。新學生則並不清楚。我知道誰是閒雜人員呢?既然不認識，我無能爲力，索性一概不管，聽之任之。這不是又難又不難嗎?

第二個任務，也是又難又不難。不難在於有電話我就接;沒有電話，我就閒坐着。難在什麽地方呢?據我統計，似乎女生的電話特別多，要我每次傳呼都爬上三四樓，這倒是很好的許多專家都介紹過的"爬樓運動";無奈一天爬上十次二十次，是任何體育鍛鍊專家也難以做到的。我爬了幾次，覺得不行，就改爲到門外樓下向上高呼。這辦法有一定的效果。但是住在朝北房間裏的女同學就不太容易聽到。也頗引起一點麻煩。我的能力如此，有麻煩就讓牠有麻煩吧。

至於第三個任務，那是非常容易的。來了報紙，我就上樓送到辦公室。來了信，我就收下，放在玻璃窗外的窗台上，讓接信者自己挑取。

就在完成這三項任務的情況下，日子像流水似地過去。我每天八點從十三公寓走到三十五樓，十二點回家;下午兩點再去，六點回家，每天十足八個小時，步行十幾里路。這是很好的體育鍛鍊。我無憂無慮，身體健康。忘記了從什麽時候起，又恢復了我的原工資。吃飯再也不用發愁了。此時，我既無教學工作，也沒有科研任務。沒有哪一個人敢給我寫信，沒有哪個人敢來拜訪我。外來的干擾一點都沒有，我眞是十分欣賞這種"不可接觸者"(印度的賤民)的生活，其樂也陶陶。

翻譯《羅摩衍那》

　　但是，我是一個舞筆弄墨慣了的人，這種不動腦筋其樂陶陶的日子，我過不慣。當個門房，除了有電話有信件時外，也無事可幹。一個人孤獨地獸坐在大玻璃窗子內，瞪眼瞅着出出進進的人，久了也覺得無聊。"不爲無益之事，何以遣有涯之生？"我想到了古人這兩句話。我何不也找點"無益之事"來幹一幹呢？世上"無益之事"多得很。有的是在我處境中沒有法子幹的，比如打麻將等等。我習慣於舞筆弄墨久矣。想來想去，還是出不了這個圈子。在這個環境中，寫文章倒是可以，但是無奈絲毫也沒有寫文章的心情何。最後我想到翻譯。這一件事倒是可行的。我不想翻譯原文短而容易的；因爲看來門房這個職業可能成爲"鐵飯碗"，短時間是擺脫不掉的，原文長而又難的最好，這樣可以避免經常要考慮挑選原文的麻煩。即使不會是一勞永逸，也可以能一勞久逸。怎麼能說翻譯是"無益之事"呢？因爲我想到，像我這種人的譯品永遠也不會有出版社肯出版的。翻譯了而又不能出版，難道能說是有益嗎？就根據我這一些考慮，最後我決定了翻譯蜚聲世界文壇的印度兩大史詩之一的《羅摩衍那》。這一部史詩夠長的了，精校本還有約兩萬頌，每頌譯爲四行(有一些頌更長)，至少有八萬多詩行。夠我幾年忙活的了。

　　我還真有點運氣。我抱着有一搭無一搭的心情，向東語系圖書室的管理員提出了請求，請他通過國際書店向印度去訂購梵文精校本《羅摩衍那》。大家都知道，訂購外國書本來是十分困難的事情。可我萬萬沒有想到，過了不到兩個月，八大本精裝的梵文原著居然擺在我的眼前了。我眞覺得這幾本大書熠熠生光。這算是“文化大革命”以來幾年中我最大的喜事。我那早已乾涸的心靈，似乎又充滿了綠色的生命。我那早已失掉了的笑容，此時又浮現在我臉上。

可是我當時的任務是看門，當門房。我哪裏敢公然把原書拿到我的門房裏去呢?我當時還是“分子”——不知是什麼“分子”——，我頭上還戴着“帽子”——也不知道是些什麼“帽子”——，反正沉甸甸的，我能感覺得到。但是，“天無絕人之路”，我終於想出來了一個“妥善”的辦法。《羅摩衍那》原文是詩體，我堅持要把牠譯成詩，不是古體詩，但也不完全是白話詩。我一向認爲詩必須有韵，我也要押韵。但也不是舊韵，而是今天口語的韵。歸納起來，我的譯詩可以稱之爲“押韵的順口溜。”就是“順口溜”吧，有時候想找一個恰當的韵腳，也是不容易的。我於是就用晚上在家的時間，仔細閱讀原文，把梵文詩句譯成白話散文。第二天早晨，在到三十五樓去上班的路上，在上班以後看門、傳呼電話、收發信件的間隙中，把散文改成詩，改成押韵而每句字數基本相同的詩。我往往把散文譯文潦潦草草地寫在紙片上，揣在口袋裏。閒坐無事，就拿了出來，推敲，琢磨。我眼瞪虛空，心懸詩中。決不會有任何人——除非他是神仙——知道我是在幹什麼。自謂樂在其中，不知身在門房，頭戴重冠了。偶一抬頭向門外張望一眼——門兩旁的海棠花正在怒放，其他的花也在盛開，姹紫嫣紅，好一派大好春光。

一個小插曲

　　春光雖好，我自己的境遇卻並沒有多少改進。我安心當門房，"躲進門房成一統"；然而事實上卻是辦不到的。仍然有意想不到的干擾。

　　有一天，我正在向門外張望，忽然看到在門外專門供貼大字報之用臨時搭起的蓆棚上貼出了很多張用黃紙寫成的大字報，下面有幾十位東語系教員簽的名，有的教員還在江西鯉魚洲沒有回來。內容是批判五・一六分子的。這樣的批判一點也不新奇，我原來想不去管牠。但是為好奇心所驅使，我走出了我那"成一統"的窄狹的門房，到門外去看了看大字報。我真是萬萬沒有想到，這張大字報竟是對我來的：我成了五・一六的嫌疑分子。這真是從何說起呀！稍微對所謂"文化大革命"有常識的人，都會知道，當時盛傳一時的所謂五・一六組織，是出身好的青年人所組成的。我一非青年，二又出身不好，既非工人，也非貧下中農或"革命幹部"，我哪裏有資格參加這樣的"革命"組織呢？我同五・一六是完全風馬牛不相及，是驢唇對不上馬嘴。這樣的事情，我本來可以一笑置之的。但是這一次我卻笑不起來。幾年前我看到批判我的《春滿燕園》時，我曾不自覺地哼了一聲。這次我連哼都哼不起來了。這樣滑天下之大稽的事情，我不知道，東語系的革委會和軍工宣隊是怎樣考慮的。滑稽的事情還沒有完，更滑稽的還在後面哩。全國上下大聲嚷嚷了一陣五・一六，北大井岡山的一位頭領公然承認自己是五・一六分子；可是最後卻忽然銷聲匿迹，——原來天地間根本沒有一個什麼五・一六組織。這真像是堂吉訶德大戰風車，成為"文化大革命"中眾多笑話中最可笑的一個。

一幕鬧劇

不管人世風雲如何變幻，"文化大革命"浪濤怎樣激盪，時間還是慢慢地或者迅速地向前流駛。轉瞬之間，"文化大革命"好像高潮已過，有要結束的樣子了。雖然說"亂是亂了敵人"，實際上主要是亂了自己，還是以不亂為好。現在是要撥亂恢復正常的秩序了。首先是要恢復黨的組織。一個非常的工宣隊員，居然主持黨支部的工作，實在有點太"那個"了。

要想恢復黨組織的活動，首先要恢復黨員的組織生活。我不知道，是從什麼時候起，又是根據什麼法令，所有的黨員(四人幫等當然除外)都失去了組織。現在每一個黨員都要經過一定的手續，好像是要經過群眾討論和領導批准，才能恢復組織生活。這當然是一件大事。東語系大概是經過軍工宣隊的討論(那一位非黨的工宣隊員當然會參加的)，決定從全系黨員中挑選出一個，當作標兵，演一齣恢復組織生活的開場戲，期在一舉通過，馬到成功，為以後的人樹立一個榜樣。這樣一個人選責任之大可以想見。用什麼標準來挑選呢?首先要出身好，其次要黨性強。具此二標準者，庶乎近之。大概是經過了周詳的考慮，謹慎的篩選，我上面提到的那一位烈屬兼貧下中農的姓馬的黨員中了標，他是我作為系主任兼導師精心選擇留下當我的助教和接班人的。現在，我成了"資產階級反動學術權威"，這正好成了他的黨性的試金石。具備這兩個條件，又有這樣"亮相"的機會的，東語系並無第二人。誰敢說這不是天生的"佳選"呢？

記得有一天下午，我同東語系全系的留校師生被召到學一食堂裏去開會，每人自帶木板小櫈。空蕩蕩的食堂裏，飯桌被推到旁邊去，騰出來的空地上，擺滿了小木板櫈了，我們就坐在上面。前面有幾張大桌子，上面擺了不少的東西。我仔細一瞧，有毛料衣服和褲子，有收音機(當時收音機還不像今天這樣多，算是珍貴稀有的東西)，還有一些零零碎碎的東西。我跟在"革命群衆"的後面，還摸不清是怎麼一回事，沒有閒心去一件件地仔細瞧。我只覺得，這頗像一個舊品展銷義賣會。可是在這些東西旁邊，有幾本用很粗糙的紙張油印成本的講義，我最初還不知道是什麼講義；也不知道這樣粗糙的道具爲什麼竟能同頗爲漂亮的西裝褲子擺在一起。對所有的這一些道具，我都不知道它們在今天第一個恢復黨員組織生活的會上會起什麼作用。我滿腹疑團坐在那裏，不知道葫蘆裏究竟要賣什麼藥。

人到齊了，時間到了。主席宣佈開會。他先說明了開會的目的和作法，然後就讓這位選中的標兵發言，或講話，或"檢討"，反正是一個意思。這位標兵站起來，走到前面，威儀儼然，義形於色，開始說話。說話的中心主題是：不作資產階級學術權威的金童玉女。這裏要解釋一句：金童玉女是舊社會出殯時紮的殉葬的紙人。所謂"資產階級學術權威"誰一聽都知道指的就是我。此時，我恍然大悟：原來今天這一齣戲是針對着我來的。我有點吃驚，但又不太吃驚——慣了。只聽我這位前"高足"，前

"接班人"怒氣沖沖地控訴起來，表情嚴肅，聲調激昂，訴說自己中了資產階級學術權威的糖衣炮彈，中了資產階級思想的毒，在生活上追求享受，等等，等等。說到自己幾乎要背叛了自己出身的階級時，簡直是聲淚俱下。他用手指着桌子上陳列的東西，意思是說，這些東西就是無可辯駁的證據。於是怒從心上起，順手拿起了桌子上擺的那一摞講義——原來是梵文講義——，三下五除二，用兩手撕了個粉碎，碎紙片蝴蝶般地飛落到地上。我心裏想：下一個被撕的應該輪到那漂亮的毛料西服褲或者收音機了！想時遲，那時快，他竟戛然而止，沒有再伸出手去，料子西裝褲和收音機安全地躺在原地，依舊閃出了美麗的光彩。我吃了一驚，恐怕全場的人都吃了一驚。這個撕東西的行動，應該是今天大會的高潮，應該得到滿屋的掌聲。然而這些全落了空。我哭笑不得，全體與會者大概也是哭笑不得。全場是一片驚愕的寂靜。

這一幕鬧劇以失敗收場了。

在散會後回三十五樓的路上，大家紛紛議論：為什麼不撕可能最透露資產階級享樂思想的西裝褲子，而偏偏撕很難說就是代表資產階級思想的梵文講義呢？我自己也想了很多。這一位表演家到北大來已經十年多了。當學生時對我溫順如綿羊。在"文化大革命"中的所作所為，我在上面已經說了一點。那是遠遠不夠的。他還有一些非常精彩，匪夷所思的表演。在一般政治性表態性的大標語上，按慣例從來沒有人署名的。有之自北大始，北大有兩個人是這樣幹的，恰恰都出在東語系，其中之一就是我說的這一位。這一個驚人的舉動，在北大一時傳為"美"談或者笑談。在我第一次混迹"革命群眾"中參加學習的小組會上，我曾對他坦率地提過意見，我說，他既不像一個烈屬，也不像一個貧農。他大概爲此事耿耿於懷。以後發生的這一些事情，難道與此沒有聯繫嗎？

這一幕鬧劇以後東語系的黨員是怎樣逐漸恢復黨組織生活的，因爲與我基本無關，我沒有去注意，今天更回憶不起來了。

我的恢復組織生活

時序推移，不知經過了多長的時間。北京大學恢復黨組織生活的工作已經要結束了。剩下的大概還只有兩三個人了，我是其中之一。寫一個榜的話，我不是孫山，就是還在孫山之下，俗話說"名落孫山"了。

忽然有一天，東語系的黨組織找我談話，我知道，這一下輪到我了。我此時早已調離了那個門房，參加印地語教研室的活動。系領導一個解放軍的軍官和總支書記告訴我，領導上決定不但發給我整個的工資，而且以前扣發的工資全部補給。我當然非常感動。我決意把補發的工資全部作爲黨費上繳給國家。東語系的一個非常正派的同志先遞給我了一千五百元。我立即原封不動地交給了系總支。這位同志告訴我，還有四五千元以後給我。

我現在已經記不清楚，是否開過支部大會討論我的恢復組織生活的問題。突然有一天，系裏軍宣隊的頭兒和系總支書記找我。總支書記問我："你考慮過沒有，自己的問題究竟何在？"我愕然不知所對。要說思想問題，我有不少的毛病。要說政治問題，我沒有參加過國民黨和任何反動組織，我只能說沒有。但是，我一時很窘，半天沒有說話。那個解放軍頗爲機靈，連忙用話岔開。結束了這一場不愉快的談話。不久，總支的宣委或組委一個由中文系調來的幹部來找我，告訴我，支部決議：恢復我的組織生活，但給我留黨察看二年的處分。我勃然大怒。由於我反對了那位一度統治北大的“女皇”，我被誣陷，被迫害，被關押，被批鬥；幾乎把一條老命葬送上，臨了仍然給扣上了莫須有的罪名。世界上可還有公道可講！世界上可還有正義可說！這樣的組織難道還不令人寒心！這位幹部看到了我的表情，他臉上一下子也嚴肅起來：“我們總支再討論一下，行不行？”他說。說老實話，我已經失望到了極點。我盼星星，盼月亮，盼着東天出太陽。太陽出來了，卻是這樣一個太陽。我不想再在這個問題上傷腦筋了，夠了，夠了，已經足夠了。如果我在支部後面簽上“同意”二字，那是絕對辦不到的。如果我簽上“不同意”三字，還有不知多少麻煩要找。我想來想去，告訴那位幹部：“不必再開會了！”我提筆簽上了“基本同意”四個字。我着重告訴他說：“你明白，‘基本’二字是什麼意思！”繼而又一想：“我戴着留黨察看二年的帽子，我有什麼資格把補發的工資上繳給國家呢？”結果預備上繳的那四五千塊錢，我就自己留下。

　　我恢復組織生活的故事結束了。

　　我算不算是“完全解放”了呢？

　　“完全解放”這一節我只能寫到這裏了。

　　我的“文化大革命”到此結束了。

　　我的《牛棚雜憶》也就算是寫完了。

餘思或反思

但是，我必須還要囉嗦上一陣子。

我不能就到此住筆。

"文化大革命"結束後十六七年以來，我一直在思考有關這一次所謂"革命"的一些問題。特別在我撰寫《牛棚雜憶》的過程中，我考慮得更為集中，更為認真。這可以算是我自己的"餘思"或者"反思"吧。

我思考了一些什麼問題呢？

首先是：吸取了教訓沒有？

世人都認為，所謂"無產階級文化大革命"，既無"文化"，也無"革命"，是一場不折不扣的貨真價實的"十年浩劫"。這是全中國人民的共識，決沒有再爭論的必要。在這一場空前絕後(我但願如此)的浩劫中，我們人民在精神和物質兩個方面所受的損失可謂大矣。這一筆賬實在沒有法子算了。不算也罷。我們不是常說，尋求知識，得到經驗或教訓，都要付出學費嗎？我完全同意這個看法。可是，我們付出的學費已經大到不能再大的程度，我們求得的知識，得到的經驗或教訓在哪裏呢？

我的回答是：吸取了一點，但是還不夠。

我個人一向認為，"十年浩劫"是總結教訓的千載一時的好機會，是億金難買的"反面教員"。從這一個"教員"那裏，我們能夠獲得非常非常多的反面的教訓；把教訓一轉化，就能成為正面的經驗。無論是教訓還是經驗，對我們進一步建設我們偉大的祖國，都是非常有用的。

可是，我們沒有這樣幹，空空錯過了這一個恐怕難以再來的絕好機會。有什麼人說："文化大革命"已經過去了，可以不必再管它了。

因此，我思考的其次一個問題是："文化大革命"過去了沒有？

我們是唯物主義者，唯物主義的真髓是實事求是。如果真想實事求是的話，那就必須承認，"文化大革命"似乎還沒有完全過去。雖然從表面上來看，似乎已經過去了；但是，如果細緻地觀察一下，情況恰恰相反。你問一問參加過"文化大革命"，特別是在"文化大革命"中受過迫害的中老年知識分子，如要他們肯而且敢講實話的話，你就會知道，他們還有一肚子氣沒有發洩出來。今天的青年人情況可能不同。他們對"文化大革命"不瞭解，聽講"文化大革命"，如聽海外奇談。我覺得值得憂慮的正是這一點。他們昧於前車之鑒，誰能保證，他們將來不會幹出類似的事情來呢？至於中老年受過迫害的知識分子，一提"文化大革命"，無不餘怒未息，牢騷滿腹。我不可能會見百分之百的這樣的知識分子，但我敢保證，至少絕大部分人是這樣子。

至於為創建新中國立過功而在"文化大革命"中遭受

迫害的老幹部，他們覺悟高，又能寬洪大度，可能同知識分子不同。我接觸的老幹部不多，不敢亂說。但是，我想起了一件小而含義深遠的事兒，不妨說上一說。記得是在一九七八年，全國政協恢復活動後，我在友誼賓館碰到一位參加革命很久的，在文藝界極負盛名的老幹部，"文化大革命"前，我們同是全國政協社會科學組的成員，十多年不見，他見了我劈頭第一句話就是："古人說：'士可殺，不可辱'。'文化大革命'證明了：'士可殺亦可辱'"。說罷，哈哈大笑。他是笑呢，還是哭?我卻一點也笑不起來。在這位老幹部心中，有多少鬱積的痛苦，不是一清二楚了嗎?

這種想法的，決不止這個老幹部一人。我個人就有這樣的想法。而且，我相信，中國的知識分子，也就是古代的所謂"士"，絕大部分人都會有這種想法。"士可殺，不可辱"，這一句話表明了中國自古以來就有這種傳統。我們比起外國知識分子來，在這方面更為敏感。

我不禁想起了中國知識分子這一類人，既不是階級，也不是階層，想起了他們的歷史和現狀。在封建社會裏，士列在士農工商之首。一向是進可以攻，退可以守，在社會上有崇高的地位。予生也晚，《儒林外史》中那樣的知識分子，我沒有見到過。軍閥混戰時期和國民黨統治時期的知識分子，我是見到過的。不說別的，專就當時的大學教授而言，薪俸優厚，社會地位高。他們無形中養成了一種高人一等的優越感。存在決定意識，這是必然的。他們一般都頗為神氣，所謂"教授架子"者便是。到了我當教授的時候，情況大大改變。國民黨統治已到末日，通貨膨脹達到了驚人的程度。教授實際的收入少得可憐。但是，身上那一件孔乙己的大褂還是披着的，社會地位還是有的。

剛一解放，我同大部分教授一樣，興奮異常，覺得自己眞是站起來了，自己獲得了新生了。我們高興得像小孩，幼稚得也像小孩。我們覺得"解放區的天是明朗的天"。我們看什麼東西都紅艷似玫瑰，光輝如太陽。

但是，好景不長。在第一個大型的政治運動三反五反思想改造運動中，*我在"中盆"裏洗了一個澡，眞好像是洗下來了不少污濁的東西，覺得身輕體健，嘗到了思想改造的甜頭。可是後面跟着來的政治運動，一個緊接一個，好像是有點喘不過氣來。批判武訓，批《〈紅樓夢〉研究》，批判胡風，批判胡適，再加上肅反等等，馬不停蹄，應接不暇。到了一九五七年反右鬥爭，達到了一個空前的高潮。我雖然沒有被裹進去，沒有戴什麼帽子；但是時時處處，自己的精神都處在極度緊張的狀態中，日子過得並不愉快。從我的思想深處來看，我當時是贊成這些運動的，絲毫也沒有否定的意思。在反右期間，我天天忙於參加批判會——我順便說一句，當時還沒有發明"噴氣式"，批判會不像"文化大革命"中那麼"好看"——，忙於閱讀批判的材料。但是，在我心裏卻逐漸升起了一片疑雲：爲什麼人們的所作所爲同在那前後發表的幾篇"最

*這裏是指 1952 年 1 月及 2 月先後在全國範圍內開展的"三反"運動(反貪污、反浪費、反官僚主義)和"五反"運動(反對行賄、反對偷稅漏稅、反對盜竊國家資財、反對偷工減料和反對盜竊國家經濟情報)。——本書責任編輯註

高指示 ”，有些地方顯得極不合拍呢?即使是這樣，我對那一句最有名的話：是陽謀，不是陰謀，並沒有產生懷疑。

反右以後，仍然是馬不停蹄，一個勁地搞運動，什麼“拔白旗”等等。廬山會議以後，極左思想已經達到了頂點，卻偏偏要來一個反右傾。三年困難時期，我自己同其他老知識分子一樣，儘管天天飢腸轆轆，連半點不滿意的想法都沒有，更不用說說怪話了。連全人民的精神面貌都是非常正常的，向上的。誰能說這樣的人民，這樣的知識分子不是世界上最優秀的呢?

一九六六年開始的所謂“無產階級文化大革命”是形勢發展的必然結果。事後連原新北大公社的東語系一個教員都告訴我說，我本來能夠躲過這一場災難的。但是，我偏偏發了牛勁，自己跳了出來，終於得到了報應：被抄家，被打，被罵，被批鬥，被關進了牛棚，差一點連命都賠上。我當時確曾自怨自艾過。但是現在我卻有了另一個想法。“文化大革命”是一個千載難逢的“盛事”。如果我自己不跳出來，就決不可能親自嚐一嚐這一場“革命”的滋味，決不可能瞭解這一場災難究竟是什麼樣子。那將是絕對無法挽回的極大的憾事。

關在牛棚裏的時候，我看了很多，也想了很多。我逐漸感到其中有問題：為什麼一定要這樣折磨知識分子?知識分子身上毛病不少，缺點很多，但是十全十美的人又在哪裏呢?我當時認識不高，思考問題膚淺片面。我沒有責怪任何人，連對發動這一場“革命”的人也毫無責怪之意。我只是一個勁地深挖自己的靈魂。用現在間或用的一個詞兒來說，就是“原罪感”。這是用在基督教徒身上的一個詞兒，這裏不過借用一下而已。

　　別的老知識分子有沒有這個感覺，我不知道。它表現在我身上卻是很具體的。解放前，我認爲一切政治都是骯髒的，決心不介入。我並不瞭解共產黨，只是覺得國民黨有點糟糕，非垮台不行。解放以後，我上面說到我在思想改造運動中的收穫，其中心就是知道了並不是所有的政治都是骯髒的，共產黨就不是。同時又覺得自己非常自私自利：中國人民浴血抗戰，我自己卻躲在萬里之外，搞自己的名山事業。我認爲自己那一點" 學問 "，那一點知識，是非常可恥的，如果還算得上" 學問 "和知識的話，有很長一段時間，我稱自己爲" 摘桃派 "，坐享勝利的果實。

　　那麼，怎麼辦呢?

　　我有很多奇思怪想。我甚至希望能再發生一次抗日戰爭，給我一個機會，讓我來表現一下。我一定能奮力參戰，連犧牲自己的性命，我都能做得到。我讀了很多描繪抗日戰爭或革命戰爭的小說，對其中那一些共產黨員和革命戰士不怕犧牲的精神，我崇拜得五體投地。我自己發誓向他們學習。這些當然都是幻想，即使難免有點幼稚可笑，然而卻是真誠的。這能夠表現出我當時的精神狀態。

　　談到對領袖的崇拜，我從前是堅決反對的。我在國內時，看到國民黨人對他們" 領袖 "的崇拜，我總是嗤之以鼻。這位" 領袖 "，九・一八事件後我作爲清華大學的學生到南京請願時見過，他滿口謊言，欺騙了我們。後來越想越不是味兒。我的老師陳寅恪先生對此公也不感興趣。他的詩句：" 看花難近最高樓 "，可以爲證。後來到了德國，正是法西斯猖獗之日。我看到德國人，至少是一部分人，見面時竟對喊："希特勒萬歲！"覺得異常可笑，難以理解。我認識的一位不到二十歲的德國姑娘，美貌非凡。有一次她竟對我說："如果我能同希特勒生一個孩子，那將是我畢生最大的光榮！"我聽了眞是大吃一驚，覺得實在是匪夷所思。我有一個潛台詞：我們中國人聰明，決不會幹這樣的蠢事。

回國以後，僅僅隔了三年，中國就解放了。解放初期，我同其他一些老知識分子心情相同，我們那種興奮、愉快，上面已經講了一點。當時每年要舉行兩次遊行慶祝，五一和十一，地點都在天安門。每次都是凌晨即起，從沙灘整隊步行到東單一帶的小胡同裏等候，往往要等上幾個小時。十點整，大會開始。我們的隊伍也要走過天安門前，接受領袖的檢閱。當時三座門還沒有拆掉。在三座門東邊時，根本看不到天安門城樓上的領導人。一轉過三座門，看到領袖了，於是在數千人的隊伍中立即爆發出震天動地的"萬歲"聲。最初，不管我多麼興奮，但是"萬歲"卻是喊不慣，喊不出來的。但是，大概因爲我在這方面智商特高，過了沒有多久，我就喊得高昂，熱情，彷彿是發自靈魂深處的最強音。我完完全全拜倒在領袖腳下了。

我在上面簡短地但是眞誠地講了我自己思想轉變的過程。一滴水中可以見大海，一粒沙中可以見宇宙。別的老知識分子可能同我差不多，至少是大同而小異。這充分證明了，中國老知識分子，年輕的更不必說了，是熱愛我們偉大的祖國的。愛國主義是幾千年來中國知識分子的傳統。同其他國家的知識分子比較起來，這是中國知識分子的一個突出的特點。

"大夢誰先覺，平生我自知"。我在夢覺方面智商是相當低的。一直到了十年浩劫，我身陷囹圄，仍然是擁護這一場浩劫的。西諺說："一切閃光的東西不都是金子。"在這期間，我接觸到派到學校來"支左"的解放軍和工人。原來這都是我膜拜的對象。"全國人民學習解放軍"，"工人階級必須領導一切"，我深信不疑，奉行唯謹。可是現在一經接觸，逐漸發現他們中有的人政策觀念奇低，而且作風霸道，個別的人甚至違法亂紀。我頭上彷彿潑上了一盆涼水，頓時清醒過來。"金無足赤，人無完人"的道理，我是明白的。可是這樣的作風竟然發生在我素所崇拜的人身上，我無論如何也沒有想到。我們唯物主義者應該實事求是，光明磊落；花言巧語，文過飾非，是絕對不可取的。儘管我們知識分子身上毛病極多，同別人對比一下，難道我真就算是"臭老九"嗎？

我在上面囉里囉嗦講了一大篇，無非想說，"文化大革命"整知識分子，是完全沒有道理的，是怎樣花言巧語也掩蓋不了的。對廣大的受過迫害的知識分子來說，"文化大革命"並沒有過去。再拿我自己來做個例子。我一方面"慶幸"我參加了"文化大革命"，被關進了牛棚，得以得到了極為難得的經驗。但在另一方面，在我現在"飛黃騰達"到處聽到的都是讚譽溢美之詞之餘，我心裏還偶爾閃過一個念頭：我當時應該自殺；沒有自殺，說明我的人格不過硬，我現在是忍辱負重，苟且偷生。這種想法是非常不妙的。既然我有，我就直白地說了出來。可是我要問：有這種想法的難道就只有我季羨林一人嗎？

我就聯繫到我思考的第三個問題：受害者舒憤懣了沒有？

　　這個問題十分容易回答。根據我上面的敘述，回答只有兩個字：沒有！

　　要談清楚這個問題，還要從回顧過去談起。解放初期我和其他老知識分子的情況，我在上面已經寫了一點，現在再補充一下，補充的主要是從海外歸來的遊子。遠居海外的華僑，親身感受到解放前後自己處境的劇烈變化。他們深知這一切都與祖國的解放有密不可分的聯繫，一向愛國的華僑，現在愛國熱情蓬勃激蕩，爲前此所未有。華僑中青年人紛紛冒萬難回到了祖國。他們同國內的知識分子一樣，看一切都是紅艷如玫瑰，光輝似太陽。願意爲祖國的建設事業貢獻自己的一切。此外，一些在國外工作和講學的中國學人，也紛紛放棄了海外一切優厚的生活和研究條件，萬里歸來，其中就有後來在“文化大革命”中自沉的老舍先生。他們各個意氣風發，鬥志昂揚，認爲祖國前程似錦，自己的前途也佈滿了玫瑰花朵。

　　然而，曾幾何時，情況變了，極左思潮籠罩一切，而“海外關係”竟成誣陷羅織的主要藉口。海外歸來的人，哪裏能沒有“海外關係”呢?這是三歲小兒都明白的常識。然而我們的一群“左”老爺，卻抓住這一點不放，什麼特務，什麼間諜，這種極爲可怕的帽子滿天飛舞。弄得人人自危，個個心驚。到了“文化大革命”，更是惡性發展。多少愛國善良的人遭受了不白之冤!被迫害而死的不必說了。活着的也爭先恐後地出走。前一個爭先恐後地回國，後一個爭先恐後地離開，對比何等地鮮明!我親眼目睹的這種情況可謂多矣。這對我們祖國有多麼大的危害，腦筋稍微清醒一點的人都會知道的。被迫出國的人，哪一個不是滿腔悲憤，再加上滿腔離愁，哪一個兒女願意離開自己的父母！然而他們離開了。

留在國內的知識分子和被迫離開的知識分子，哪一個人舒過憤懣呀？

若干年前，出現了一些所謂"傷痕文學"。然而據我看，寫作者多半是年輕人。他們並沒有多少"傷痕"。真正有"傷痕"的人，由於種種原因，由於每個人都不同的原因，並沒有把自己的憤懣抒發出來。我認為，這不是一個正常的現象，而是其中蘊含着一些危險的東西，不利於我們祖國的勝利前進。

我們不是十分強調安定團結嗎？我十分擁護這個提法。沒有安定團結，我們的經濟很難搞上去，我們的政治也很難發揮應有的作用。然而我們需要的是真正的安定團結。在許多知識分子，特別是老知識分子還有一肚子氣的情況下，真正的安定團結恐怕還難以圓滿。

根據我個人的觀察，儘管許多知識分子的憤懣未舒，物質待遇還只能說是非常菲薄，有時難免說些怪話；但是他們的愛國之心未減，"不用揚鞭自奮蹄"。說這樣的人是"物美價廉，經久耐用"，完全是符合實際情況的。然而卻聽說有人聽了很不舒服。我最近還聽說，有一位頗為著名的人物，根據蘇聯解體的教訓，說什麼：中國知識分子至今還是帝國主義皮上的毛。這話只是從道聽途說中得來的。但是，可能性並非沒有。說這種話的人，還有一點是非之心嗎？還有一點"良知"嗎？我深深感到憂慮。

如果這樣的人再當政，知識分子無噍類矣。

我思考的最後一個問題是："無產階級文化大革命"爲什麼能發生?

茲事體大，我沒有能力回答。有沒有能回答的人呢?我認爲，有的。可他們又偏偏不回答，好像也不喜歡別人回答。竊以爲，這不是一個唯物主義者應抱的態度。如果把這個至關緊要的問題坦誠地，實事求是地回答出來，全國人民，其中當然包括知識分子，會衷心地感謝，他們會放下心中的包袱，輕裝前進，表現出眞正的安定團結，同心一志，共同戮力建設我們的社會主義社會，豈不猗歟休哉!

我們旣不研究，"禮失而求諸野"，外國人就來研究。其中有善意的，抱着科學的實事求是的態度，說一些眞話。不管是否說到點子上，反正眞話總比謊話強。其中有惡意的，懷着其他的目的，歪曲事實，造謠誣衊，把一池清水攪渾。雖然說"蚍蜉撼大樹，可笑不自量"，但是畢竟不是好事。

何去何從?我認爲是非常清楚的。

我的思考到此爲止。

我要囉嗦的也囉嗦完了。

後　記

　　我從一九八八年三月四日起至一九八九年四月五日止，斷斷續續，寫寫停停，用了一年多的時間，為本書寫了一本草稿。到了今年春天，我忽然心血來潮，決意把牠抄出來。到今年六月三日，用了大約三個月的時間抄成定稿。草稿與定稿之間差別極大，幾乎等於重寫。

　　我原來為自己定下了一條守則：寫的時候不要帶刺兒，也不要帶氣兒，只是實事求是地完全客觀地加以叙述。但是，我是一個有感情的活人，寫着寫着，不禁怒從心上起，淚自眼中流，刺兒也來了，氣兒也來了。我沒有辦法，就這樣吧。否則，我只能說謊了。定稿與草稿之間最大的差別就在於，定稿中的刺兒少了一點，氣兒也減了一些。我實際上是不願意這樣幹的，為了息事寧人，不得不爾。

　　我在書中提到的人物很不少的。細心的讀者可以看出有三種情況：不提姓名，只提姓不提名，姓名皆提。前兩種目的是為當事人諱，後一種只有一兩個人，我認為這種人對社會主義社會危害極大，全名提出，讓他永垂不朽，以警來者。

無論對哪一種人我都沒有進行報復，事實俱在，此心可質天日！"文化大革命"後，我恢復了系主任，後來又"升了官"，在國家權力機構中也"飛黃騰達"過。我並不缺少報復的能力。

我只希望被我有形無形提到的人對我加以諒解。我寫的是歷史事實。我們"文化大革命"前的友誼，以及"文化大革命"後的友誼，我們都要加以愛護。

現在統計了一下，我平生著譯的約有八百萬字，其中百分之七八十是"文化大革命"以後的產品。如果"文化大革命"中我真遂了"自絕於人民"的願，這些東西當然產生不出來。

這對我是一件大幸呢?還是不幸?我現在真還回答不上來。——由它去吧。

一九九二年六月三日寫完

我的心是一面鏡子

　　我生也晚，沒有能看到二十世紀的開始。但是，時至今日，再有七年，二十一世紀就來臨了。從我目前的身體和精神兩個方面來看，我能看到兩個世紀的交接，是絲毫也沒有問題的。在這個意義上來講，我也可以說是與二十世紀共始終了，因此我有資格寫" 我與中國二十世紀 "。

　　對時勢的推移來說，每一個人的心都是一面鏡子。我的心當然也不會例外。我自認爲是一個頗爲敏感的人，我這一面心鏡，雖不敢說是纖毫必顯，然確實並不遲鈍。我相信，我的鏡子照出了二十世紀長達九十年的眞實情況，是完全可以信賴的。

　　我生在一九一一年辛亥革命那一年。我下生兩個月零四天以後，那一位" 末代皇帝 "，就從寶座上被請了下來。因此，我常常戲稱自己是" 滿淸遺少 "。到了我能記事兒的時候，還有時候聽鄉民肅然起敬地談到北京的" 朝廷 "（農民口中的皇帝），彷彿他們仍然高踞寶座之上。我不理解什麼是" 朝廷 "，他似乎是人，又似乎是神，反正是極有權威、極有力量的一種動物。

這就是我的心鏡中照出的清代殘影。

我的家鄉山東清平縣(現歸臨清市)是山東有名的貧困地區。我們家是一個破落的農戶。祖父母早亡,我從來沒有見過他們。祖父之愛我是一點也沒有嘗到過的。他們留下了三個兒子,我父親行大(在大排行中行七)。兩個叔父,最小的一個無父無母,送了人,改姓刁。剩下的兩個,上無怙恃,孤苦零丁,寄人籬下,其困難情景是難以言說的。恐怕哪一天也沒有吃飽過。餓得沒有辦法的時候,兄弟倆就到村南棗樹林子裏去,撿掉在地上的爛棗,聊以果腹。這一段歷史我並不清楚,因為兄弟倆誰也沒有對我講過。大概是因為太可怕,太悲慘,他們不願意再揭過去的傷疤,也不願意讓後一代留下讓人驚心動魄的回憶。

但是,鄉下無論如何是獃不下去了。獃下去只能成為餓殍。不知道怎麼一來,兄弟倆商量好,到外面大城市裏去闖蕩一下,找一條活路。最近的大城市只有山東首府濟南。兄弟倆到了那裏,兩個毛頭小夥子,兩個鄉巴佬,到了人煙稠密的大城市裏,舉目無親。他們碰到多少困難,遇到多少波折。這一段歷史我也並不清楚,大概是出於同一個原因,他們誰也沒有對我講過。

後來,叔父在濟南立定了腳跟,至多也只能像是石頭縫裏的一棵小草,艱難困苦地掙扎着。於是兄弟倆商量,弟弟留在濟南掙錢,哥哥回家務農,希望有朝一日,混出點名堂來,即使不能衣錦還鄉,也得讓人另眼相看,為父母和自己爭一口氣。

但是，務農要有田地，這是一個最簡單的常識。可我們家所缺的正是田地這玩意兒。大概我祖父留下了幾畝地，父親就靠這個來維持生活。至於他怎樣侍弄這點兒地，又怎樣成的家。這一段歷史對我來說又是一個謎。

我就是在這時候來到人間的。

天無絕人之路。正在此時或稍微前一點，叔父在濟南失了業，流落在關東。用身上僅存的一元錢買了湖北水災獎券，結果中了頭獎，據說得到了幾千兩銀子。我們家一夜之間成了暴發戶。父親買了六十畝帶水井的地。爲了耀武揚威起見，要蓋大房子。一時沒有磚，他便昭告全村：誰願意拆掉自己的房子，把磚賣給他，他肯出幾十倍高的價錢。俗話說："重賞之下，必有勇夫。"別人的房子拆掉，我們的房子蓋成。東、西、北房各五大間。大門朝南，極有氣派。兄弟倆這一口氣總算爭到了。

然而好景不長，我父親是鄉村中朱家郭解一流的人物，使"義"施財，忘乎所以。有時候到外村去趕集，他一時興起，全蓆棚裏喝酒吃飯的人，他都請了客。據說，沒過多久，六十畝上好的良田被賣掉，新蓋的房子也把東房和北房拆掉，賣了磚瓦。這些磚瓦買進時似黃金，賣出時似糞土。

一場春夢終成空。我們家又成了破落戶。

在我能記事兒的時候，我們家已經窮到了相當可觀的程度。一年大概只能吃一兩次"白的"（指白麵），吃得最多的是紅高粱餅子，棒子麵餅子也成爲珍品。我在春天和夏天，割了青草，或劈了高粱葉，揹到二大爺家裏，餵他的老黃牛。賴在那裏不走，等着吃上一頓棒子麵餅子，打一打牙祭。夏天和秋天，對門的寧大嬸和寧大姑總帶我到外村的田地裏去拾麥子和豆子。把拾到的可憐兮兮的一把麥子或豆子交給母親。不知道積攢多少次，才能勉強打出點麥粒，磨成麵，吃上一頓"白的"。我當然覺得如吃龍肝鳳髓。但是，我從來不記得母親吃過一口。她只是坐在那裏，瞅着我吃。眼裏好像有點潮濕。我當時哪裏能理解母親的心情呀!但是，我也隱隱約約地立下一個決心：有朝一日，將來長大了，也讓母親吃點"白的"。可是，"樹欲靜而風不止，子欲養而親不待"。還沒有等到我有能力讓母親吃"白的"，母親竟捨我而去，留下了我一個終生難補的心靈傷痕，抱恨終天!

我們家，我父親一輩，大排行兄弟十一個。有六個因為家貧，下了關東。從此音訊杳然。留下的是只有五個，一個送了人，我上面已經說過。這五個人中，只有大大爺有一個兒子，不幸早亡，我從來沒有見過他。我生下以後，就成了唯一的一個男孩子。在封建社會裏，這意味着什麼，大家自然能理解。在濟南的叔父只有一個女兒。於是兄弟倆一商量，要把我送到濟南。當時母親什麼心情，我太年幼，完全不能理解。很多年以後，我才聽人告訴我說，母親曾說過："要知道一去不回頭的話，我拚了命也不放那孩子走!"這一句不是我親耳聽到的話，卻終生回蕩在我耳邊。"誰憐寸草心，報得三春暉?"

我終於離開了家，當年我六歲。

一個人的一生難免稀奇古怪的。個人走的路有時候並不由自己來決定。假如我當年留在家裏，走的路是一條貧農的路。生活可能很苦，但風險決不會大。我今天的路怎樣呢?我廣開了眼界,認識了世界,認識了人生,獲得了虛名。我曾走過陽關大道,也曾走過獨木小橋;坎坎坷坷,又頗順順當當,一直走到了耄耋之年。如果當年讓我自己選擇道路的話,我究竟要選哪一條呢?概難言矣!

離開故鄉時,我的心鏡中留下的一幅一個貧困至極的,一時走了運,立刻又垮下來的農村家庭的殘影。

到了濟南以後,我眼前換了一個世界。不用說別的,單說見到濟南的山,就讓我又驚又喜。我原來以為山只不過是一個個巨大無比的石頭柱子。

叔父當然非常關心我的教育,我是季家唯一的傳宗接代的人。我上過大概一年的私塾,就進了新式的小學校,濟南一師附小。一切都比較順利。五四運動波及了山東。一師校長是新派人物,首先採用了白話文教科書。國文教科書中有一篇寓言,名叫《阿拉伯的駱駝》,故事講的是得寸進尺,是國際上流行的。無巧不成書,這一篇課文偏偏讓叔父看到了,他勃然變色,大聲喊道:"駱駝怎麼能說話呀!這簡直是胡鬧!趕快轉學!"於是我就轉到了新育小學。當時轉學好像是非常容易,似乎沒有走什麼後門就轉了過來。只舉行一次口試,教員寫了一個"騾"字,我認識,我的比我大一歲的親戚不認識。我直接插入高一,而他則派進初三。一字之差,我硬是沾了一年的光。這就叫做人生!最初課本還是文言,後來則也隨時代潮流改了白話,不但駱駝能說話,連烏龜蛤蟆都說起話來,叔父卻置之不管了。

叔父是一個非常有天才的人。他並沒有受過什麼正規教育。在顛沛流離中,完全靠自學,獲得了知識和本領。

他能作詩，能填詞，能寫字，能刻圖章。中國古書也讀了不少。按照他的出身，他無論如何也不應該對宋明理學發生興趣；然而他竟然發生了興趣，而且還極爲濃烈，非同一般。這件事我至今大惑不解。我每每看到他正襟危坐，威儀儼然，在讀《皇淸經解》一類十分枯燥的書時，我都覺得滑稽可笑。

這當然影響了對我的教育。我這一根季家的獨苗，他大槪想要我詩書傳家。《紅樓夢》、《三國演義》、《水滸傳》等等，他都認爲是"閒書"，絕對禁止看。大槪出於一種逆反心理，我愛看的偏是這些書。中國舊小說，包括《金瓶梅》、《西廂記》等等幾十種，我都偸着看了個遍。放學後不回家，躲在磚瓦堆裏看，在被窩裏用手電照着看。這樣大槪過了有幾年的時間。

叔父的教育則是另外一回事。在正誼時，他出錢讓我在下課後跟一個國文老師唸古文，連《左傳》等都唸。回家後，吃過晚飯，立刻又到尙實英文學社去學英文，一直到深夜。這樣天天連軸轉，也有幾年的時間。

叔父相信"中學爲體"，這是可以肯定的。但是是否也相信"西學爲用"呢?這一點我說不淸楚。反正當時社會上都認爲，學點洋玩意兒是能夠升官發財的。這是一種實用主義的"崇洋"，"媚外"則不見得。叔父心目中"夷夏之辨"是很顯然的。

大槪是一九二六年，我在正誼中學畢了業，考入設在北園白鶴莊的山東大學附設高中文科去唸書。這裏的教員可謂極一時之選。國文教員王崑玉先生，英文教員尤桐先生、劉先生和楊先生，數學教員王先生，史地教員祁蘊璞先生，倫理學教員鞠思敏先生(正誼中學校長)，倫理學教員完顏祥卿先生(一中校長)，還有教經書的"大清國"先生(因為諢名太響亮，真名忘記了)，另一位是前清翰林。兩位先生教《書經》、《易經》、《詩經》，上課從不帶課本，五經四書連註都能背誦如流。這些教員全是佼佼者。再加上學校環境有如仙境，荷塘四佈，垂柳蔽天，是唸書再好不過的地方。

我有意識地認真用功，是從這裏開始的。我是一個很容易受環境支配的人。在小學和初中時，成績不能算壞，總在班上前幾名，但從來沒有考過甲等第一。我毫不在意，照樣釣魚、摸蝦。到了高中，國文作文無意中受到了王崑玉先生的表揚，英文是全班第一。其他課程考個高分並不難，只需稍稍一背，就能應付裕如。結果我生平第一次考了一個甲等第一，平均分數超過九十五分，是全校唯一的一個學生。當時山大校長兼山東教育廳長前清狀元王壽彭，親筆寫了一副對聯和一個扇面獎給我。這樣被別人一指，我的虛榮心就被抬起來了。從此認真注意考試名次，再不掉以輕心。結果兩年之內，四次期考，我考了四個甲等第一，威名大震。

在這一段時間內，外界並不安寧。軍閥混戰，雞犬不寧。直奉戰爭、直皖戰爭，時局瞬息萬變，"你方唱罷我登場"。有一年山大祭孔，我們高中學生受命參加。我第一次見到當時的奉系山東土匪督軍——不知道自己有多少兵、多少錢和多少姨太太的張宗昌，他穿着長袍、馬褂，匐匍在地，行叩頭大禮。此情此景，至今猶在眼前。

到了一九二八年，蔣介石假"革命"之名，打着孫中山先生的招牌，算是一股新力量，從廣東北伐，有共產黨的協助，以雷霆萬鈞之力，一路掃蕩，宛如勁風捲殘雲，大軍佔領了濟南。此時，日本軍國主義分子想趁火打劫，出兵濟南，釀成了有名的"五三慘案"。高中關了門。

在這一段時間內，我的心鏡中照出來的影子是封建又兼維新的教育再加上軍閥混戰。

日寇佔領了濟南，國民黨軍隊撤走。學校都不能開學。我過了一年臨時亡國奴生活。

此時日軍當然是全濟南至高無上的唯一的統治者。同一切非正義的統治者一樣，他們色厲內荏，十分害怕中國老百姓，簡直害怕到風聲鶴唳、草木皆兵的程度。天天如臨大敵，常常搞一些突然襲擊，到居民家裏去搜查。我們一聽到日軍到附近某地來搜查了，家裏就像開了鍋。有人主張關上大門，有人堅決反對。前者說：不關門，日本兵會說："你怎麼這樣大膽呀！竟敢雙門大開！"於是捅上一刀。後者則說：關門，日本兵會說："你們一定有見不得人的勾當；不然的話，皇軍駕到，你們應該開門恭迎嘛！"於是捅上一刀。結果是，一會兒開門，一會兒又關上，如坐針氈，又如熱鍋上的螞蟻。此情此景，非親身經歷者，是決不能理解的。

我還有一段個人經歷。我無學可上，又深知日本人最恨中國學生，在山東焚燒日貨的"罪魁禍首"就是學生。我於是剃光了腦袋，偽裝是商店的小徒弟。有一天，走在東門大街上，迎面來了一群日軍，檢查過往行人。我知道，此時萬不能逃跑，一定要鎮定，否則刀槍無情。我貌似坦然地走上前去。一個日兵搜我的全身，發現我腰裏紮的是一條皮帶。他如獲至寶，發出獰笑，說道："你的，狡猾的大大地。你不是學徒，你是學生。學徒的，是不紮皮帶的！"我當頭捱了一棒，幸虧還沒有昏過去，我向他解釋：現在小徒弟們也發了財，有的能紮皮帶了。他堅決不信。正在爭論的時候，另外一個日軍走了過來，大概是比那一個高一級的，聽了那個日軍的話，似乎有點不耐煩，一擺手："讓他走吧！"我於是死裏逃生，從陰陽界上又轉了回來。我身上出了多少汗，只有我自己知道。

在這一年內，我心鏡上照出的是臨時或候補亡國奴的影像。

一九二九年，日軍撤走，國民黨重進。我在求學的道路上，從此開闢了一個新天地。

此時，北園高中關了門，新成立了一所山東省立濟南高中，是全省唯一的一所高級中學。我沒有考試，就入了學。

校內換了一批國民黨的官員，"黨"氣頗濃，令人生厭。但是總的精神面貌卻是煥然一新。最明顯不過的是國文課。"大清國"沒有了，經書不唸了，文言作文改成了白話。國文教員大多是當時頗為著名的新文學家。我的第一個國文教員的胡也頻烈士。他很少講正課，每一堂都是宣傳"現代文藝"，亦名"普羅文學"，也就是無產階級文學。一些青年，其中也有我，大為興奮。公然在宿舍門外擺上桌子，號召大家參加"現代文藝研究會"。還準備出刊物，我為此寫了一篇文章，叫做《現代文藝的使命》，裏面生吞活剝抄了一些從日文譯過來的所謂馬克思主義文藝理論的文句。譯文像天書，估計我也看不懂，但是充滿了革命義憤和口號的文章，卻堂而皇之地寫成了。文章還沒有來得及刊出，國民黨通緝胡先生，他慌忙逃往上海，一兩年後就被國民黨殺害。我的革命夢像肥皂泡似地破滅了，從此再也沒有"革命"，一直到了解放。

接胡先生的是董秋芳（冬芬）先生。他算是魯迅的小友，北京大學畢業，翻譯了一本《爭自由的波浪》，有魯迅寫的序。不知道怎樣一來，我寫的作文得到了他的垂青，他發現了我的寫作"天才"，認爲是全班、全校之冠。我有點飄飄然，是很自然的。到現在，在六十年漫長的過程中，不管我搞什麼樣的研究工作，寫散文的筆從來沒有放下過。寫得好壞，姑且不論。對我自己來說，文章能抒發我的感情，表露我的喜悅，緩解我的忿怒，激勵我的志向。這樣的好處已經不算少了。我永遠懷念我這位尊敬的老師！

在這一年裏，我的心鏡照出來的彷彿是我的新生。

一九三〇年夏天，我們高中一級的學生畢了業。幾十個舉子聯合"進京趕考"。當時北京（北平）的大學五花八門，國立、私立、教會立，紛然雜陳。水平極端參差不齊，吸引力也就大不相同。其中最受尊重的，同今天完全一樣，是北大與清華，兩個"國立"大學。因此，全國所有的趕考的舉子沒有不報考這兩所大學的。這兩所大學就彷彿變成了龍門，門坎高得可怕。往往幾十人中錄取一個。被錄取的金榜題名，鯉魚變成了龍。我來投考的那一年，有一個山東老鄉，已經報考了五次，次次名落孫山。

這一年又同我們報考，也就是第六次，結果仍然榜上無名。他神經失常，一個人恍恍惚惚在西山一帶漫遊了七天，才清醒過來。他從此斷了大學夢，回到了山東老家，後不知所終。

我當然也報了北大與清華。同別的高中同學不同的是，我只報這兩個學校，彷彿極有信心——其實我當時並沒有考慮這樣多，幾乎是本能地這樣幹了——別的同學則報很多大學，二流的、三流的、不入流的，有的人竟報到七八所之多。我一輩子考試的次數成百成千，從小學一直考到獲得最高學位；但我考試的運氣好，從來沒有失敗過。這一次又撞上了喜神，北大和清華，我都被錄取，一時成了人們羨慕的對象。

但是，北大和清華，對我來說，卻成了魚與熊掌。何去何從?一時成了撓頭的問題。我左考慮，右考慮，總難以下這一步棋。當時“留學熱”不亞於今天，我未能免俗。如果從留學這個角度來考慮，清華似乎有一日之長。至少當時人們都是這樣看的。“吾從眾”，終於決定了清華，入的是西洋文學系(後改名外國語文系)。

在舊中國，清華西洋文學系名震神州。主要原因是教授幾乎全是外國人，講課當然用外國話，中國教授也多用外語(實際上就是英語)授課。這一點就具有極大的吸引力。夷考其實，外國教授幾乎全部不學無術，在他們本國恐怕連中學都教不上。因此，在本系所有的必修課中，沒有哪一門課我感到滿意。反而是我旁聽和選修的兩門課，令我終生難忘，終生受益。旁聽的是陳寅恪先生的“佛經翻譯文學”，選修的是朱光潛先生的“文藝心理學”，就是美學。在本系中國教授中，葉公超先生教我們大一英文。他英文大概是好的，但有時故意不修邊幅，好像要學習竹林七賢，給我沒有留下好印象。吳宓先生的兩門課"中西詩之比較"和"英國浪漫詩人"，給我留下了深刻的印象。

此外，我還旁聽了或偷聽了很多外系的課。比如朱自清、俞平伯、謝婉瑩（冰心）、鄭振鐸等先生的課，我都聽過，時間長短不等。在這種旁聽活動中，我有成功，也有失敗。最失敗的一次，是同許多男同學，被冰心先生婉言趕出了課堂。最成功的是旁聽西諦先生的課。西諦先生豁達大度，待人以誠，沒有教授架子，沒有行幫意識。我們幾個年輕大學生——吳組緗、林庚、李長之，還有我自己——由聽課而同他有了個人來往。他同巴金、靳以主編大型的《文學季刊》是當時轟動文壇的大事。他也竟讓我們名不見經傳的無名小卒，充當《季刊》的編委或特約撰稿人，名字赫然印在雜誌的封面上，對我們來說這實在是無上的光榮。結果我們同西諦先生成了忘年交，終生維持着友誼，一直到1958年他在飛機失事中遇難。到了今天，我們一想到鄭先生還不禁悲從中來。

此時政局是非常緊張的。蔣介石在拚命"安內"，日軍已薄古北口，在東北興風作浪，更不在話下。"九·一八"後，我也曾參加清華學生臥軌絕食，到南京去請願，要求蔣介石出兵抗日。我們滿腔熱血，結果被滿口謊言的蔣介石捉弄，鎩羽而歸。

美麗安靜的清華園也並不安靜。國共兩方的學生鬥爭激烈。此時，胡喬木（原名胡鼎新）同志正在歷史系學習，與我同班。他在進行革命活動，其實也並不怎麼隱蔽。每天早晨，我們洗臉盆裏塞上的傳單，就出自他之手。這是一個公開的秘密，盡人皆知。他曾有一次在深夜坐在我的床上，勸說我參加他們的組織。我膽小怕事，沒敢答應。只答應到他主辦的工人子弟夜校去上課，算是聊助一臂之力，稍報知遇之恩。

學生中，國共兩派的鬥爭是激烈的，詳情我不得而知。我算是中間偏左的逍遙派，不介入，也沒有興趣介入這種鬥爭。不過據我的觀察，兩派學生也有聯合行動，比如到沙河、清河一帶農村中去向農民宣傳抗日。我參加過幾次，記憶中好像也有傾向國民黨的學生參加。原因大概是，儘管蔣介石不抗日，青年學生還是愛國的多。在中國知識分子中，愛國主義的傳統是源遠流長的，根深蒂固的。

這幾年，我們家庭的經濟情況頗為不妙。每年寒暑假回家，返校時籌集學費和膳費，就煞費苦心。清華是國立大學，花費不多。每學期收學費四十元；但這只是一種形式，畢業時學校把收的學費如數還給學生，供畢業旅行之用。不收宿費，膳費每月六塊大洋，頓頓有肉。即使是這樣，我也開支不起。我的家鄉清平縣，國立大學生恐怕只有我一個，視若" 縣寶 "，每年津貼我五十元。另外，我還能寫點文章，得點稿費，家裏的負擔就能夠大大地減輕。我就這樣在頗為拮据的情況中度過了四年，畢了業，戴上租來的學士帽照過一張像，結束了我的大學生活。

當時流行着一個詞兒，叫" 飯碗問題 "，還流行着一句話，是" 畢業即失業 "。除了極少數高官顯宦、富商大賈的子女以外，誰都會碰到這個性命交關的問題。我從三年級開始就為此傷腦筋。我面臨着承擔家庭主要經濟負擔的重任。但是，我吹拍乏術，奔走無門。夜深人靜之時，自己腦袋裏好像是開了鍋。然而結果卻是一籌莫展。

眼看快要到一九三四年的夏天，我就要離開學校了。真好像是大旱之年遇到甘霖，我的母校濟南省立高中校長宋還吾先生，託人邀我到母校去擔任國文教員。月薪大洋一百六十元，是大學助教的一倍。大概因為我發表過一些文章，我就被認為是文學家，而文學家都一定能教國文，這就是當時的邏輯。這一舉真讓我受寵若驚，但是我心裏卻打開了鼓：我是學西洋文學的，高中國文教員我當得了嗎？何況我的前任是被學生"架"（當時學生術語，意思是"趕"）走的，足見學生不易對付。我去無疑是自找麻煩，自討苦吃，無異於跳火坑。我左考慮，右考慮，終於舉棋不定，不敢答覆。然而，時間是不饒人的。暑假就在眼前，離校已成定局，最後我咬了咬牙，橫下了一條心："你有勇氣請，我就有勇氣承擔！"

於是在一九三四年秋天，我就成了高中的國文教員。校長待我是好的，同學生的關係也頗融洽。但是同行的國文教員對我卻有擠對之意。全校三個年級，十二個班，四個國文教員，每人教三個班。這就來了問題：其他三位教員都比我年紀大得多，其中一個還是我的老師一輩，都是科班出身，教國文成了老油子，根本用不着備課。他們卻每人教一個年級的三個班，備課只有一個頭。我教三個年級剩下的那個班，備課有三個頭，其困難與心裏的彆扭是顯而易見的。所以在這一年裏，收入雖然很好（一百六十元的購買力約與今天的三千二百元相當），心情卻是鬱悶。眼前的留學杳無蹤影，手中的飯碗飄忽欲飛。此種心情，實不足爲外人道也。

但是，幸運之神(如果有的話)對我是垂青的。正在走投無路之際，母校清華大學同德國學術交換處簽訂了互派留學生的合同，我喜極欲狂，立即寫信報了名，結果被錄取。這比考上大學金榜題名的心情，又自不同，別是一番滋味在心頭。積年愁雲，一掃而空，一生幸福，一錘定音。彷彿金飯碗已經捏在手中。自己身上一鍍金，則左右逢源，所向無前。我現在看一切東西，都發出玫瑰色的光澤了。

然而，人是不能脫離現實的。我當時的現實是：親老，家貧，子幼。我又走到了我一生最大的一個歧路口上。何去何從?難以決定。這個歧路口，對我來說，意義眞正是無比地大。不向前走，則命定一輩子當中學教員，飯碗還不一定經常能拿在手中，向前走，則會是另一番境界。"馬前桃花馬後雪，敎人怎敢再回頭？"

經過了痛苦的思想矛盾，經過了細緻的家庭協商，決定了向前邁步。好在原定期限只有兩年，咬一咬牙就過來了。

我於是在一九三五年夏天離家，到北平和天津辦理好出國手續，乘西伯利亞火車，經蘇聯，到了柏林。我自己的心情是：萬里投荒第二人。

在這一段從大學到敎書一直到出國的時期中，我的心鏡中照見的是：蔣介石猖狂反共，日本軍野蠻入侵，時局動盪不安，學生兩極分化，這樣一幅十分複雜矛盾的圖像。

馬前的桃花，遠看異常鮮艷，近看則不見得。

我在柏林獃了幾個月，中國留學生人數頗多，認眞讀書者當然有之，終日鬼混者也不乏其人。國民黨的大官，自蔣介石起，很多都有子女在德國“流學”。這些高級“衙內”看不起我，我更藐視這一群行屍走肉的家伙，羞與他們爲伍。“此地信莫非吾土”，到了深秋，我就離開柏林，到了小城又是科學名城的哥廷根。從此以後，在這裏一住就是七年，沒有離開過。

德國給我一月一百二十馬克。房租約佔百分之四十多，吃飯也差不多。手中幾乎沒有餘錢。同官費學生一個月八百馬克相比，眞如小巫見大巫。我在德國住了那麼久的時間，從來沒有寒暑假休息，從來沒有旅遊，一則因爲“阮囊羞澀”，二則珍惜寸陰，想多唸一點書。

我不遠萬里而來，是想學習的。但是，學習什麼呢?最初並沒有一個十分清楚的打算。第一學期，我選了希臘文，樣子是想唸歐洲古典語言文學。但是，在這方面，我無法同德國學生競爭，他們在中學裏已經學了八年拉丁文，六年希臘文。我心裏徬徨起來。

到了一九三六年春季始業的那一學期，我在課程表上看到了瓦爾德施米特開的梵文初學課，我狂喜不止。在清華時，受了陳寅恪先生講課的影響，就有志於梵學。但在當時，中國沒有人開梵文課，現在竟於無意中得之，焉能不狂喜呢?於是我立即選了梵文課。在德國，要想考取哲學博士學位，必須修三個系，一主二副。我的主系是梵文、巴利文，兩個副系是英國語言學和斯拉夫語言學。我從此走上了正規學習的道路。

一九三七年，我的獎學金期滿。正在此時，日軍發動了盧溝橋事件，虎視眈眈，意在吞併全中國和亞洲。我是望鄉興歎，有家難歸。但是天無絕人之路，漢文系主任夏倫邀我擔任漢語講師，我實在像久旱逢甘霖，當然立即同意，走馬上任。這個講師工作不多，我照樣當我的學生，我的讀書基地仍然在梵文研究所，偶爾到漢學研究所來一下。這情況一直繼續到一九四五年秋天我離開德國。

一九三九年，第二次世界大戰正式開幕。我原以為像這樣殺人盈野、積血成河的人類極端殘酷的大搏鬥，理應震撼三界，搖動五洲，使禽獸顫抖，使人類失色。然而，我有幸身臨其境，只不過聽到幾次法西斯頭子狂噥——這在當時的德國是司空見慣的事——好像是春夢初覺，無聲無息地就走進了戰爭。戰爭初期階段，德軍的勝利使德國人如瘋如狂，對我則是一個打擊。他們每勝利一次，我就在夜裏服安眠藥一次。積之既久，失眠成病，成了折磨我幾十年的終生痼疾。

最初生活並沒有怎樣受到影響。慢慢地肉和黃油限量供應了，慢慢地麵包限量供應了，慢慢地其他生活用品也限量供應了。在不知不覺中，生活的螺絲越擰越緊。等到人們明確地感覺到時，這螺絲已經擰得很緊很緊了，但是除了極個別的反法西斯的人以外，我沒有聽到老百姓說過一句怨言。德國法西斯頭子統治有術，而德國人民也是一個十分奇特的民族，對我來說，簡直像個謎。

後來戰火蔓延，德國四面被封鎖，供應日趨緊張。我天天捱餓，夜夜作夢，夢到中國的花生米。我幼無大志，連吃東西也不例外。有雄心壯志的人，夢到的一定是燕涎、魚翅，哪能像我這樣沒出息的人只夢到花生米呢?餓得厲害的時候，我簡直覺得自己是處在餓鬼地獄中，恨不能把地球都整個吞下去。

我仍然繼續唸書和教書。除了捱餓外，天上的轟炸最初還非常稀少。我終於寫完了博士論文。此時瓦爾德施米特教授被徵從軍，他的前任已退休的老教授 Prof.E.Sieg（西克）替他上課。他用了幾十年的時間讀通了吐火羅文，名揚全球。按歲數來講，他等於我的祖父。他對我也完全是一個祖父的感情。他一定要把自己全部拿手的好戲都傳給我：印度古代語法，吠陀，而且不容我提不同意見，一定要教我吐火羅文。我乘瓦爾德施米特教授休假之機，通過了口試，布郎恩口試俄文和斯拉夫文，羅德爾口試英文。考試及格後，仍在西克教授指導下學習。我們天天見面，冬天黃昏，在積雪的長街上，我攙扶着年逾八旬的異國的老師，送他回家。我忘記了戰火，忘記了飢餓，我心中只有身邊這個老人。

我當然懷念我的祖國，懷念我的家庭。此時郵政早已斷絕。杜甫詩："烽火連三月，家書抵萬金。"我卻是"烽火連三年，家書抵億金。"事實上根本收不到任何信。這大大地加強我的失眠症，晚上吞服的藥量，與日俱增，能安慰我的只有我的研究工作。此時英美的轟炸已成家常便飯，我就是在飢餓與轟炸中寫成了幾篇論文。大學成了女生的天下，男生都抓去當了兵。過了沒有多久，男生有的回來了，但不是缺一隻手，就是缺一條腿。雙拐擊地的聲音在教室大樓中往復回蕩，形成了獨特的合奏。

到了此時，前線屢戰屢敗，法西斯頭子的牛皮雖然照樣厚顏無恥地吹，然而已經空洞無力，有時候牛頭不對馬嘴。從我們外國人眼裏來看，敗局已定，任何人也回天無力了。

德國人民怎麼樣呢？經過我十年的觀察與感受，我覺得，德國人不愧是世界上最優秀的人民之一。文化昌明，科學技術處於世界前列，大文學家、大哲學家、大音樂家、大科學家，近代哪一個民族也比不上。而且為人正直，淳樸，個個都是老實巴交的樣子。在政治上，他們卻是比較單純的。真心擁護希特勒者佔絕大多數。令我大惑不解的是，希特勒極端誣衊中國人，視為文明的破壞者。按理說，我在德國應當遇到很多麻煩。然而，實際上，我卻一點麻煩也沒有遇到。聽說，在美國，中國人很難打入美國人社會。可我在德國，自始至終就在德國人社會之中，我就住在德國人家中，我的德國老師，我的德國同學，我的德國同事，我的德國朋友，從來待我如自己人，沒有絲毫歧視。這一點讓我終生難忘。

這樣一個民族現在怎樣看待垂敗的戰局呢？他們很少跟我談論戰爭問題，對生活的極端艱苦，轟炸的極端野蠻，他們好像都無動於衷，他們有點茫然，漠然。一直到一九四五年春，美國軍隊攻入哥廷根，法西斯徹底完蛋了，德國人仍然無動於衷，大有逆來順受的意味，又彷彿當頭捱了一棒，在茫然、漠然之外，又有點昏昏然、懵懵然。

驚心動魄的世界大戰，持續了六年，現在終於閉幕了。我在驚魂甫定之餘，頓時想到了祖國，想到了家庭，我離開祖國已經十年了，我在內心深處感到了祖國對我這個海外遊子的召喚。幾經交涉，美國佔領軍當局答應用吉普車送我們到瑞士去。我辭別德國師友時，心裏十分痛苦，特別是西克教授，我看到這位耄耋老人面色淒楚，雙手發顫，我們都知道，這是最後一面了。我連頭也不敢回，眼裏流滿了熱淚。我的女房東對我放聲大哭。她兒子在外地，丈夫已死，我這一走，房子裏空空洞洞，只剩下她一個人。幾年來她實際上是同我相依為命，而今以後，日子可怎樣過呀！離開她時，我也是頭也沒有敢回，含淚登上美國吉普。我在心裏套一首舊詩想成了一首詩：

> 留學德國已十霜，
>
> 歸心日夜憶舊邦，
>
> 無端越境入瑞士，
>
> 客樹回望成故鄉。

這十年在我的心鏡上照出的是法西斯統治，極端殘酷的世界大戰，遊子懷鄉的殘影。

一九四五年十月，我們到了瑞士。在這裏獃了幾個月。一九四六年春天，離開瑞士，經法國馬賽，乘為法國運兵的英國巨輪，到了越南西貢。在這裏獃到夏天，又乘船經香港回到上海，別離祖國將近十一年，現在終於回來了。

此時，我已經通過陳寅恪先生的介紹，胡適之先生、傅斯年先生和湯用彤先生的同意，到北大來工作。我寫信給在英國劍橋大學任教的哥廷根舊友夏倫教授，謝絕了劍橋之聘，決定不再回歐洲。同家裏也取得了聯繫，寄了一些錢回家。我感激叔父和嬸母，以及我的妻子彭德華，他們經過千辛萬苦，努力苦撐了十一年，我們這個家才得以完整安康地留了下來。

當時正值第三次革命戰爭激烈進行，交通中斷，我無法立即回濟南老家探親。我在上海和南京住了一個夏天。在南京曾叩見過陳寅恪先生，到中央研究院拜見過傅斯年先生。一九四六年深秋，從上海乘船到秦皇島，轉乘火車，來到了睽別十一年的北平。深秋寂冷，落葉滿街，我心潮起伏，酸甜苦辣，說不出來是什麼滋味。陰法魯先生到車站去接我們，把我暫時安置在北大紅樓。第二天，會見了文學院長湯用彤先生。湯先生告訴我，按北大以及其他大學規定，得學位回國的學人，最高只能給予副教授職稱，在南京時傅斯年先生也告訴過我同樣的話。能到北大來，我已經心滿意足，焉敢妄求？但是過了沒有多久，大概只有個把禮拜，湯先生告訴我，我已被定為正教授兼東方語言文學系主任，時年三十五歲。當副教授時間之短，我恐怕是創了新紀錄。這完全超出了我的想望。我暗下決心：努力工作，積極述作，庶不負我的老師和師輩培養我的苦心！

此時的時局卻是異常惡劣的。以蔣介石為首的國民黨，剝掉自己的一切畫皮，貪污成性，賄賂公行，大搞"五子登科"，接收大員滿天飛，"法幣"天天貶值，搞了一套銀圓券、金圓券之類的花樣，毫無用處。人民生活在水深火熱之中，大學教授也不例外。手中領到的工資，一個小時以後，就能貶值。大家紛紛換銀元，換美元，用時再換成法幣。每當手中攥上幾個大頭時，心裏便暖乎乎的，彷彿得到了安全感。

在學生中，新舊勢力的鬥爭異常激烈。國民黨垂死掙扎，進步學生猛烈進攻。當時流傳着一個說法：在北平有兩個解放區，一個是北大的民主廣場，一個是清華園。我住在紅樓，有幾次也受到了國民黨北平市黨部糾集的天橋流氓等闖進來搗亂的威脅。我們在夜裏用桌椅封鎖了樓口，嚴陣以等，鬧得人心惶惶，我們覺得又可恨，又可笑。

但是，腐敗的東西終究會滅亡的，這是一條人類和大自然中進化的規律。一九四九年春，北平終於解放了。

在這三年中，我的心鏡中照出的是黎明前的一段黑暗。

如果把我的一生分成兩截的話，我習慣的說法是，前一截是舊社會，共三十八年。後一截是新社會，年數現在還沒法確定，我一時還不想上八寶山，我無法給我的一生劃上句號。

為什麼要分為兩截呢?一定是認為兩個社會差別極大，非在中間劃上鴻溝不行。實際上，我同當時留下沒有出國或到台灣去的中老年知識分子一樣，對共產黨並不瞭解；對共產主義也不見得那麼嚮往；但是對國民黨我們是瞭解的。因此，解放軍進城我們是歡迎的，我們內心是興奮的，希望而且也覺得從此換了人間。解放初期，政治清明，一團朝氣，許多措施深得人心。舊社會留下的許多污泥濁水，蕩滌一清。我們都覺得從此河清有日，幸福來到了人間。

但是我們也有一個適應過程。別的比我年老的知識分子的真實心情，我不瞭解。至於我自己，我當時才四十歲，算是剛剛進入中年，但是我心中需要克服的障礙就不老少。參加大會，喊"萬歲"之類的口號，最初我張不開嘴。連脫掉大褂換上中山裝這樣的小事，都覺得異常彆扭，他可知矣。

對我來說，這個適應過程並不長，也沒有感到什麼特殊的困難，我一下子像是變了一個人。覺得一切的一切都是美好的，都是善良的。我覺得天特別藍，草特別綠，花特別紅，山特別青。全中國彷彿開遍了美麗的玫瑰花，中華民族前途光芒萬丈，我自己彷彿又年輕了十歲，簡直變成了一個大孩子。開會時，遊行時，喊口號，呼"萬歲"，我的聲音不低於任何人，我的激情不下於任何人。現在回想起來，那是我一生最愉快的時期。

但是，反觀自己，覺得百無是處。我從內心深處認為自己是一個地地道道的"摘桃派"。中國人民站起來了，自己也跟着挺直了腰板。任何類似賈桂的思想，都一掃而空。我享受着"解放"的幸福，然而我幹了什麼事呢？我做出了什麼貢獻呢？我確實沒有當漢奸，也沒有加入國民黨，沒有屈服於德國法西斯。但是，當中華民族的優秀兒女把腦袋掛在褲腰帶上，浴血奮戰，壯烈犧牲的時候，我卻躲在萬里之外的異邦，在追求自己的名山事業。天下可恥事寧有過於此者乎？我覺得無比地羞恥。連我那一點所謂學問——如果真正有的話——也是極端可恥的。

我左思右想，沉痛內疚，覺得自己有罪，覺得知識分子真是不乾淨。我彷彿變成了一個基督教徒，深信"原罪"的說法。在好多好多年，這種"原罪"感深深地印在我的靈魂中。

我當時時發奇想，我希望時間之輪倒撥回去，撥回到戰爭年代，給我一個機會，讓我立功贖罪。我一定會不惜犧牲自己的性命，爲了革命，爲了民族。我甚至有近乎瘋狂的幻想：如果我們的領袖遇到生死危機，我一定會挺身而出，用自己的鮮血與性命來保衛領袖。

我處處自慚形穢。我當時最羨慕、最崇拜的是三種人：老幹部、解放軍和工人階級。對我來說，他們的形象至高無上，神聖不可侵犯。在我眼中，他們都是"最可愛的人"，是我終生學習也無法趕上的人。

就這樣，我揹着沉重的"原罪"的十字架，隨時準備深挖自己思想，改造自己的資產階級思想，眞正樹立無產階級思想——除了"毫不利己，專門利人"之外，我到今天也說不出什麼是無產階級思想——，脫胎換骨，重新做人。風風雨雨，坎坎坷坷，一會兒山重水復，一會兒柳暗花明，走過了漫長的三十年。

解放初期第一場大型的政治運動，是三反、五反、思想改造運動。我認眞嚴肅地懷着滿腔的虔誠參加了進去。我一輩子不貪污公家一分錢，三反、五反與我無緣。但是思想改造，我卻認爲，我的任務是艱巨的，是迫切的。籠統說來，是資產階級思想；具體說來，則可以分爲幾項。首先，在解放前，我從對國民黨的觀察中，得出了一條結論：政治這玩意兒是骯髒的，是污濁的，最好躲得遠一點。其次，我認爲，外蒙古是被原蘇聯搶走的；中共是受蘇聯左右的。思想改造，我首先檢查、批判這兩個思想。

當時，當眾檢查自己的思想叫做＂洗澡＂，＂洗澡＂有小、中、大三盆。我是系主任，必須洗中盆，也就是在系師生大會上公開檢查。因爲我沒有什麼民憤，沒有升入＂大盆＂，也就是沒有在全校師生大會上檢查。

在中盆裏，水也是夠熱的。大家發言異常激烈，有的出於眞心實意，有的也不見得。我生平破天荒第一次經過這個陣勢。句句話都像利箭一樣，射向我的靈魂。但是，因爲我彷彿變成一個基督敎徒，懷着滿腔虔誠的＂原罪＂感，好像話越是激烈，我越感到舒服，我舒服得渾身流汗，彷彿洗的是土耳其蒸氣浴。大會最後讓我通過以後，我感動得眞流下了眼淚，感到身輕體健，資產階級思想彷彿眞被廓淸。

像我這樣虔誠的信徒，還有不少，但是也有想蒙混過關的。有一位洗大盆的敎授，小盆、中盆，不知洗過多少遍了，群眾就是不讓通過，終於升至大盆。他破釜沉舟，想一舉過關。檢討得痛快淋灕，把自己罵得狗血噴頭，連同自己的資產階級父母，都被波及，他說了父母不少十分難聽的話。群眾大受感動。然而無巧不成書，主席瞥見他的檢討稿上用紅筆寫上了幾個大字＂哭＂。每到這地方，他就嚎啕大哭。主席一宣佈，群眾大嘩。結果如何，就不用說了。

跟着來的是批判電影《武訓傳》，批《〈紅樓夢〉研究》，批判資產階級學術思想，胡適、俞平伯都榜上有名。後面是揭露和批判胡風＂反革命集團＂，這是屬於敵我矛盾的事件。胡風本人以外，被牽涉到的人數不少，藝術界和學術界都有。附帶進行了一次清查歷史反革命的運動，自殺的人時有所聞。北大一位汽車司機告訴我，到了這樣的時候，晚上開車，要十分警惕，怕冷不防有人從黑暗中一下子跳出來，甘願作輪下之鬼。

到了一九五七年，政治運動達到了第一次高潮。從規模上來看，從聲勢上來看，從涉及面之廣來看，從持續時間之長來看，都無愧是空前的。

最初只說是黨內整風，號召大家提意見，"知無不言，言無不盡"。當時黨的威信至高無上。許多愛護黨而頭腦簡單的人，就真提開了意見，有的話說得並不好聽，但是絕大部分人是出於一片赤誠之心，結果被揪住了辮子，劃為右派。根據"上頭"的意見，右派是敵我矛盾作為人民內部矛盾來處理，而且信誓旦旦說：右派永遠不許翻案。

有些被抓住辮子的人恍然大悟：原來不是說不抓辮子，不打棍子，不戴帽子嗎?這是不是一場陰謀?答曰：否，這不是陰謀，而是陽謀。到了此時，悔之晚矣。戴上右派帽子的人，雖說是人民內部，但是游離於敵我之間，徒倚於人鬼之際，滋味是夠受的。有的人到了二十年之後才被摘掉帽子，然而老夫耄矣。無論如何，這證明了，共產黨有改正錯誤的勇氣，是有力量有信心的表現。

當時究竟劃了多少右派，確數我不知道。聽說右派是有指標的，這指標下達到每一個基層單位，如果沒有完成，必須補劃。傳說出了不少笑話。這都先不去管牠。有一件事情，我腦筋裏開了點竅：這一場運動，同以前的運動一樣，是針對知識分子的。我懷着根深蒂固的"原罪"感，衷心擁護這一場運動。

到了一九五八年，轟轟烈烈的反擊右派運動逐漸接近了尾聲。但是，車不能停駛，馬不能停蹄，立即展開了新的運動，而且這一次運動在很多方面都超越了以前的運動。這一次是精神和物質一齊抓，既要解放生產力，又要肅清資產階級思想。後者主要是針對學校裏的教授，美其名曰"拔白旗"。"白"就代表落後，代表倒退，代表資產階級思想，是與代表前進，代表革命，代表無產階級思想的"紅"相對立的。大學裏和中國科學院裏一些"資產階級教授"，狠狠地被拔了一下白旗。

前者則表現在大煉鋼鐵上。至於人民公社，則好像是兼而有之。"共產主義是天堂，人民公社是橋樑"，是當時最響亮的口號，大煉鋼鐵實際上是一場巨大的災難。全國人民響應號召，到處搜揀廢鐵，加以冶煉，這件事本來未可厚非。但是，廢鐵揀完了。爲了完成指標，就把完整的鐵器，包括煮飯的鍋在內，砸成"廢鐵"，回爐冶煉。全國各地，煉鋼的小爐，燦若群星，日夜不熄，蔚爲宇宙偉觀。然而煉出來的卻是一爐爐的廢渣。

人人都想早上天堂，於是人民公社，一夜之間，遍佈全國，適逢糧食豐收，大家敞開肚皮吃飯。個人的灶都撤掉了，都集中在公共食堂中吃飯。有的糧食爛在地裏，無人收割。把群衆運動的威力誇大到無邊無際，把人定勝天的威力也誇大到無邊無際。麻雀被定爲四害之一，全國人民起來打之。把糧食的畝產量也無限誇大，從幾百斤、幾千斤，到幾萬斤。各地競相弄虛作假，大放"衛星"。有人說，如果畝產幾萬斤，則一畝地裏光麥粒或穀粒就得鋪得老厚，那是完全不可信的。

那時我已經有四十七八歲，不是小孩子了；我是受過高等教育、留過洋的大學教授，然而我對這一切都深信不疑。"人有多大膽，地有多大產"，我是堅信的。我在心中還暗暗地嘲笑那一些"思想沒有解放"的"膽小鬼"，覺得唯我獨馬，唯我獨革。

跟着來的是三年災害。真是"自然災害"嗎?今天看來，未必是的。反正是大家都捱了餓。我在德國捱過 5 年的餓，"曾經滄海難為水"，我現在一點沒有感到難受，半句怪話也沒有說過。

從全國形勢來看，當時的政策已經"左"到不能再"左"的程度，當務之急當然是反"左"。據說中央也是這樣打算的。但是，在廬山會議上，忽然殺出來了一個彭德懷。他上了"萬言書"，說了幾句真話，這就惹了大禍。於是一場反"左"變為反右。一直到今天，開國元勳中，我最崇拜最尊敬的無過於彭大將軍。他是一個難得的硬漢子，豁出命去，也不阿諛奉承，代表了中華民族的浩然正氣。

上面既然號召反右，那麼就反吧。知識分子們，經過十幾年連續不斷的運動，都已鍛煉成了"運動健將"，都已成了運動的內行裏手。這一次我整你，下一次你整我，大家都已習慣這一套了。於是亂亂鬨鬨，時鬆時緊，時強時弱，一直反到社教運動。

據我看，社教運動實際上是"無產階級文化大革命"

的前奏曲。我現在就把這兩場運動擺在一起來講。

社會主義教育運動，北大是試點，先走了一步，運動開始後不久學校裏就涇渭分明地分了派：被整的與整人的。我也懵懵懂懂地參加了整人的行列。可是有一件事情我不明白，也想不通，解放後第一次萌動了一點"反動思想"：學校的領導都是上面派來的老黨員、老幹部，我們資產階級知識分子並起不了多大作用，為什麼上頭的意思說我們"統治"了學校呢?我百思不得其解。

後來北京市委進行了干預，召開了國際飯店會議，為被批的校領導平反，這裏就伏下了"文化大革命"的起因。

一九六五年秋天，我參加完了國際飯店會議，被派到京郊南口村去搞農村社教運動。在這裏我們真成了領導了，黨政財文大權統統掌握在我們手裏。但是要求也是非常嚴格的：不許自己開火做飯，在全村輪流吃派飯，魚肉蛋不許吃。自己的身份和工資不許暴露，當時農民每日工分不過三四角錢，我的工資是四五百，這樣放了出去，怕農民吃驚。時隔三十年，到了今天，再到農村去，我們工資的數目是不肯說，怕說出去讓農民笑話。撫今追昔，真不禁感慨繫之矣!

這一年的冬天，姚文痞的文章《評新編歷史劇〈海瑞罷官〉》發表，敲響了"文化大革命"的鐘聲。所謂"三家村"的三位主人，我全認識，我在南口村無意中說了出來，這立即被我的一位"高足"牢記在心。後來在"文化大革命"中，這位高足原形畢露。為了出人頭地，頗多驚人之舉，比如說貼口號式的大字報，也要署上自己的名字，引起了轟動。他對我也落井下石，把我"打"成了"三家村"的小夥計。

我於一九六六年六月四日奉召回校，參加"文化大革命"。最初的一個階段，是批所謂"資產階級學術權威"。這次運動又是針對知識分子的，是再明顯不過的了，我自然在被批之列。我雖不敢以"學術權威"自命，但是，說自己是資產階級，我則心悅誠服，毫無怨言。儘管運動來勢迅猛，我沒有費多大力量就通過了。

後來，北大成立了"革命委員會"，頭子就是那位所謂寫第一張"馬列主義大字報"的"老佛爺"。此人是有後台的，廣通聲氣，據說還能通天，與江青關係密切。她不學無術，每次講話，必出錯誤；但是卻驕橫跋扈，炙手可熱。此時她成了全國名人，每天到北大來"取經"朝拜的上萬人，上十萬人。弄得好端端一個燕園亂七八糟，烏煙瘴氣。

隨着運動的發展，北大逐漸分了派。"老佛爺"這一派叫"新北大公社"，是抓掌大權的"當權派"。牠的對立面叫"井岡山"是被壓迫的。兩派在行動上很難說有多少區別，都搞打、砸、搶，都不懂什麼叫法律。上面號召："革命無罪，造反有理。"這就是至高無上的法律。

我越過第一陣強烈的風暴，問題算是定了。我逍遙了一陣子，日子過得滿愜意。如果我這樣逍遙下去的話，太大的風險不會再有了。我現在無異是過了昭關的伍子胥。我是一個膽小怕事的人，這是常態；但是有時候我膽子又特別大。在我一生中，這樣的情況也出現過幾次，這是變態。及今思之，我這個人如果有什麼價值的話，價值就表現在變態上。

這種變態在"文化大革命"又出現過一次。

在"老佛爺"仗着後台硬爲所欲爲無法無天的時候，校園裏殘暴野蠻的事情越來越多。抄家，批鬥，打人，罵人，脖子上掛大木牌子，頭上戴高帽子，任意污辱人，放膽造謠言，以至發展到用長矛殺人，不用說人性，連獸性都沒有了。我認爲這不符合群衆路線，不符合什麼人的"革命路線"。放着安穩的日子不過，我又發了牛脾氣，自己跳了出來，其中危險我是知道的。我在日記裏寫過："爲了保衛什麼人的革命路線，雖粉身碎骨，在所不辭。"這完全是眞誠的，半點虛僞也沒有。

同時，我還有點自信：我頭上沒有辮子，屁股上沒有尾巴。我沒有參加過國民黨或任何反動組織，沒有幹反人民的事情。我懷着冒險、僥幸又還有點自信的心情，挺身出來反對那一位"老佛爺"。我完完全全是"自己跳出來"的。

沒想到，也可以說是已經想到，這一跳就跳進了"牛棚"。我在群衆中有一定的影響，我起來在太歲頭上動土，"老佛爺"恨我入骨，必欲置之死地而後快。我被抄家，被批鬥，被打得頭破血流，鼻青臉腫。我並不是那種豁達大度什麼都不在乎的人。我一時被鬥得暈頭轉向，下定決心，自己結束自己的性命。決心旣下，我心情反而顯得異常平靜，簡直平靜得有點可怕。我把歷年積攢的安眠藥片和藥水都裝到口袋裏，最後看了與我共患難的嬸母和老伴一眼，剛準備出門跳牆逃走，大門上響起了雷鳴般的撞門聲："新北大公社"的紅衛兵來押解我到大飯廳去批鬥了。這眞正是千鈞一髮呀!這一場批鬥進行得十分激烈，十分野蠻，我被打得躺在地上站不起來。然而我一下得到了"頓悟"：一個人忍受捱打折磨的能力，是沒有極限的。我能夠忍受下去的!我不死了!我要活下去!

我的確活下來了。然而，在剛離開"牛棚"的時候，我已經雖生猶死，我成了一個半白癡，到商店去買東西，不知道怎樣說話。讓我抬起頭來走路，我覺得不習慣。耳邊不再響起"媽的!""混蛋!""王八蛋!"一類的詞兒，我覺得奇怪。見了人，我是口欲張而囁嚅，足欲行而趑趄。我幾乎成了一具行屍走肉，我已經"異化"爲"非人"。

我的確活下來了，然而一個念頭老在咬我的心。我一向信奉的"士可殺，不可辱"的教條，怎麼到了現在竟被我完全地抛到腦後了呢?我有勇氣仗義執言，打抱不平，爲什麼竟沒有勇氣用自己的性命來抗議這種暴行呢?我有時甚至覺得，隱忍苟活是可恥的。然而，怪還不怪在我的後悔，而在於我在很長的時間內並沒有把這件事同整個的"文化大革命"聯繫在一起。一直到一九七六年"四人幫"被打倒，我一起擁護七八年一次、一次七八年的"革命"。可見我的政治嗅覺是多麼遲鈍。

我做了四十多年的夢。我懷擁"原罪感"四十多年。上面提到的我那三個崇拜對象，我一直崇拜了四十多年。所有這一些對我來說是十分神聖的東西，都被"文化大革命"打得粉碎，而今安在哉!我不否認，我這幾個崇拜對象大部分還是好的，我不應從一個極端走向另一個極端。至於我衷心擁護了十年的"文化大革命"，則另是一碼事。

這是中國歷史上空前的最野蠻、最殘暴、最愚昧、最荒謬的一場悲劇，它給偉大的中華民族臉上抹了黑。我們永遠不應忘記！

"四人幫"垮台，"無產階級文化大革命"結束以後，中央撥亂反正，實行了改革開放的政策，受到了全國人民的擁護。時間並不太長，取得的成績有目共睹。在全國人民眼前，全國知識分子眼前，天日重明，又有了希望。

我在上面講述了解放後四十多年來的遭遇和感受。在這一段時間內，我的心鏡裏照出來的是運動，運動，運動；照出來的是我個人和衆多知識分子的遭遇；照出來的是我個人由懵懂到清醒的過程；照出來的是全國人民從政治和經濟危機的深淵岸邊回頭走向富庶的轉機。

我在二十世紀生活了八十多年了。再過七年，這一世紀，這一千紀就要結束了。這是一個非常複雜、變化多端的世紀。我心裏這一面鏡子照見的東西當然也是富於變化的，五花八門的，但又多姿多彩的。它既照見了陽關大道，也照見了獨木小橋；它既照見了山重水復，也照見了柳暗花明。我不敢保證我這一面心鏡絕對通明鋥亮，但是我卻相信，它是可靠的，其中反映的倒影是符合實際的。

我揣着這一面鏡子，一揣揣了八十多年。我現在怎樣來評價鏡子裏照出來的二十世紀呢？我現在怎樣來評價鏡子裏照出來的我的一生呢？嗚呼，慨難言矣！慨難言矣！"卻道天涼好箇秋"。我效法這一句詞，說上一句：天涼好箇冬！

只有一點我是有信心的：二十一世紀將是中國文化(東方文化的核心)復興的世紀。現在世界上出現了許多影響人類生存前途的弊端，比如人口爆炸，大自然被污染，生態平衡被破壞，臭氧層被破壞，糧食生產有限，淡水資源匱乏，等等，這只有中國文化能克服，這就是我的最後信念。

一九九三年二月十七日

一個老知識分子的心聲

按我出生的環境，我本應該終生成為一個貧農。但是造化小兒卻偏偏要播弄我，把我播弄成了一個知識分子。從小知識分子把我播弄成一個中年知識分子；又從中年知識分子把我播弄成一個老知識分子。現在我已經到了望九之年，耳雖不太聰，目雖不太明，但畢竟還是＂難得糊塗＂，仍然能寫能讀，焚膏繼晷，兀兀窮年，彷彿有什麼力量在背後鞭策着自己，欲罷不能。眼前有時閃出一個長隊的影子，是北大教授按年齡順序排成了的。我還沒有站在最前面，前面還有將近二十來個人。這個長隊緩慢地向前邁進，目的地是八寶山。時不時地有人＂捷足先登＂，登的不是泰山，而就是這八寶山。我暗暗下定決心：決不搶先加塞，我要魚貫而進。什麼時候魚貫到我面前，我就要含笑揮手，向人間說一聲＂拜拜＂了。

幹知識分子這個行當是並不輕鬆的，在過去七八十年中，我嚐夠酸甜苦辣，經歷夠了喜怒哀樂。走過了陽關大道，也走過了獨木小橋。有時候，光風霽月，有時候，陰霾蔽天。有時候，峰回路轉，有時候，柳暗花明。金榜上也曾題過名，春風也曾得過意，說不高興是假話。但是，一轉瞬間，就交了華蓋運，四處碰壁，五內如焚。原因何在呢？古人說："人生識字憂患始"，這實在是見道之言。"識字"，當然就是知識分子了。一戴上這頂帽子，"憂患"就開始向你奔來。是不是杜甫的詩："儒冠多誤身"？"儒"，當然就是知識分子了，一戴上儒冠就倒霉。我只舉這兩個小例子，就可以知道，中國古代的知識分子們早就對自己這一行膩味了。"詩必窮而後工"，連作詩都必須先"窮"。"窮"並不是一定指的是沒有錢，主要指的也是倒霉。不倒霉就作不出好詩，沒有切身經歷和宏觀觀察，能說得出這樣的話嗎？司馬遷《太史公自序》說："昔西伯拘羑里，演《周易》；孔子厄陳蔡，作《春秋》；屈原放逐，著《離騷》；左公失明，厥有《國語》；孫子臏腳，而論兵法；不韋遷蜀世傳《呂覽》；韓非囚秦，《說難》、《孤憤》；《詩》三百篇，大抵聖賢發憤之所為作也。"司馬遷算了一筆清楚的賬。

世界各國應該都有知識分子。但是，根據我七八十年的觀察與思考，我覺得，既然同為知識分子，必有其共同之處，有知識，承擔延續各自國家的文化的重任，至少這兩點必然是共同的。但是不同之處卻是多而突出。別的國家先不談，我先談一談中國歷代的知識分子，中國有五六千年或者更長的文化史，也就有五六千年的知識分子。我的總印象是：中國知識分子是一種很奇怪的群體，是造化小兒加心加意創造出來的一種"稀有動物"。雖然十年浩劫中，他們被批為"一心只讀聖賢書"的"修正主義"分子。這實際上是冤枉的。這樣的人不能說沒有，但是，主流卻正相反。幾千年的歷史可以證明，中國知識分子最關心時事，最關心政治，最愛國。這最後一點，是由中國歷史環境所造成的。在中國歷史上，沒有哪一天沒有虎視眈眈伺機入侵的外敵。歷史上許多赫然有名的皇帝，都曾受到外敵的欺侮。老百姓更不必說了。存在決定意識，反映到知識分子頭腦中，就形成了根深蒂固的愛國心。"天下興亡，匹夫有責"，不管這句話的原形是什麼樣子，反正它痛快淋灕地表達了中國知識分子的心聲。在別的國家是沒有這種情況的。

然而，中國知識分子也是極難對付的家伙。他們的感情特別細膩、銳敏、脆弱、隱晦。他們學富五車，胸羅萬象。有的或有時自高自大，自以爲"老子天下第一"；有的或有時卻又患了弗洛伊德(?)講的那一種"自卑情結"(inferiority complex)。他們一方面吹噓想"通古今之變，究天人之際"，氣魄貫長虹，浩氣盈宇宙。有時卻又爲芝麻綠豆大的一點小事而長吁短歎，甚至輕生，"自絕於人民"。關鍵問題，依我看，就是中國特有的"國粹"——面子問題。"面子"這個詞兒，外國文沒法翻譯，可見是中國獨有的。俗話裏許多話都與此有關，比如"丟臉"、"眞不要臉"、"賞臉"，如此等等。"臉"者，面子也。中國知識分子是中國國粹"面子"的主要衛道士。

儘管極難對付，然而中國歷代統治者哪一個也不得不來對付。古代一個皇帝說："馬上得天下，不能馬上治之!"眞是一針見血。創業的皇帝決不會是知識分子，只有像劉邦、朱元璋等這樣一字不識的，不顧身家性命，"厚"而且"黑"的，膽子最大的地痞流氓才能成爲開國的"英主"。否則，都是磕頭的把兄弟，爲什麼單單推他當頭兒?可是，一旦創業成功，坐上金鑾寶殿，這時候就用得着知識分子來幫他們治理國家。不用說國家大事，連定朝儀這樣的小事，劉邦還不得不求助於知識分子叔孫通。朝儀一定，朝廷井然有序，共同起義的那一群鐵哥兒們，個個服服帖帖，跪拜如儀，讓劉邦"龍心大悅"，眞正嚐到了當皇帝的滋味。

同面子表面上無關實則有關的另一個問題，是中國知識分子的處世問題，也就是隱居或出仕的問題。中國知識分子很多都標榜自己無意爲官，而實則正相反。一個最有典型意義又衆所周知的例子就是"大名垂宇宙"的諸葛亮。他高臥隆中，看來是在隱居，實則他最關心天下大事，他的"信息源"看來是非常多的。否則，在當時既無電話電報，甚至連寫信都十分困難的情況下，他怎麼能對天下大勢瞭如指掌，因而寫出了有名的《隆中對》呢?他經世之心昭然在人耳目，然而卻偏偏讓劉先主三顧茅廬然後才出山"鞠躬盡瘁"。這不是面子又是什麼呢?

我還想進一步談一談中國知識分子的一個非常古怪、很難以理解又似乎很容易理解的特點。中國古代知識分子貧窮落魄的多。有詩爲證："文章憎命達"。文章寫得好，命運就不亨通;命運亨通的人，文章就寫不好。那些靠文章中狀元、當宰相的人，畢竟是極少數。而且中國文學史上根本就沒有哪一個偉大文學家中過狀元。《儒林外史》是專寫知識分子的小說。吳敬梓眞把窮苦潦倒的知識分子寫活了。沒有中舉前的周進和范進等的形象，眞是入木三分，至今還栩栩如生。中國歷史上一批窮困的知識分子，貧無立錐之地，決不會有面團團的富家翁相。中國詩文和老百姓嘴中有很多形容貧而瘦的窮人的話，什麼"瘦骨嶙峋"，什麼"骨瘦如柴"，又是什麼"瘦得皮包骨頭"，等等，都與骨頭有關。這一批人一無所有，最值錢的僅存的"財產"就是他們這一身瘦骨頭。這是他們人生中最後的一點"賭注"，輕易不能押上的，押上一輸，他們也就"涅槃"了。然而他們卻偏偏喜歡拚命，喜歡拚這一身瘦老骨頭。他們稱這個爲"骨氣"。同"面子"一樣，"骨氣"這個詞兒也是無法譯成外文的，是中國的國粹。要舉實際例子的話，那就可以舉出很多來。《三國演義》中的禰衡，就是這樣一個人，結果被曹操假手黃祖給吹掉了腦袋瓜。近代有一個章太炎，胸佩大勳章，赤足站在新華門外大罵袁世凱，袁世凱不敢動他一根毫毛，只好欽贈美名"章瘋子"，聊以挽回自己的一點面子。

中國這些知識分子，脾氣往往極大。他們又仗着"骨氣"這個法寶，敢於直言不諱。一見不順眼的事，就發爲文章，呼天叫地，痛哭流涕，大呼什麼"人心不古，世道日非"，又是什麼"黃鐘毀棄，瓦釜雷鳴"。這種例子，俯拾即是。他們根本不給當政的最高統治者留一點面子，有時候甚至讓他們下不了台。須知面子是古代最高統治者皇帝們的命根子，是他們的統治和尊嚴的最高保障。因此，我就產生了一個大膽的"理論"：一部中國古代政治史至少其中一部分就是最高統治者皇帝和大小知識分子互相利用又互相鬥爭，互相對付和應付，又有大棒，又有胡蘿蔔，間或甚至有剝皮凌遲的歷史。

在外國知識分子中，只有印度的同中國的有可比性。

印度共有四大種姓，爲首的是婆羅門。在印度古代，文化知識就掌握在他們手裏，這個最高種姓實際上也是他們自封的。他們是地地道道的知識分子，在社會上受到普遍的尊敬。然而卻有一件天大的怪事，實在出人意料。在社會上，特別是在印度古典戲劇中，少數婆羅門卻受到極端的嘲弄和污衊，被安排成劇中的丑角。在印度古典劇中，語言是有階級性的。梵文只允許國王、帝師(當然都是婆羅門)和其他高級男士們說，婦女等低級人物只能說俗語。可是，每個劇中都必不可缺少的丑角也竟是婆羅門，他們插科打諢，出盡洋相，他們只准說俗語，不許說梵文。在其他方面也有很多嘲笑婆羅門的地方。這有點像中國古代嘲笑"腐儒"的做法。《儒林外史》中就不缺少嘲笑"腐儒"——也就是落魄的知識分子——的地方。魯迅筆下的孔乙己也是這種人物。爲什麼中印同出現這個現象呢?這實在是一個有趣的研究課題。

我在上面寫了我對中國歷史上知識分子的看法。本文的主要目的就是寫歷史，連鑒往知今一類的想法我都沒有。倘若有人要問："現在怎樣呢?"因爲現在還沒有變成歷史，不在我寫作範圍之內，所以我不答覆，如果有人願意去推論，那是他們的事，與我無干。

最後我還想再鄭重強調一下:中國知識分子有源遠流長的愛國主義傳統，是世界上哪一個國家也不能望其項背的。儘管眼下似乎有一點背離這個傳統的傾向，例證就是苦心孤詣千方百計地想出國，有的甚至歸化爲"老外"，永留不歸。我自己對這個問題的看法是:這只能是暫時的現象，久則必變。就連留在外國的人，甚至歸化了的人，他們依然是"身在曹營心在漢",依然要尋根,依然愛自己的祖國。何況出去又回來的人漸漸多了起來呢?我們對這種人千萬不要"另眼相看",當然也大可不必"刮目相看"。只要我們國家的事情辦好了,情況會大大地改變的。至於沒有出國也不想出國的知識分子佔絕對的多數。如果說他們對眼前的一切都很滿意,那不是真話。但是愛國主義在他們心靈深處已經生了根,什麼力量也拔不掉的。甚至泰山崩於前,遲雷震於頂,他們會依然熱愛我們這偉大的祖國。這一點我完全可以保證。只舉一個眾所周知的例子,就足夠了。如果不愛自己的祖國,巴老為什麼以老邁龍鍾之身,嘔心瀝血來寫《隨想錄》呢?對廣大的中國老、中、青知識分子來說,我想借用一句曾一度流行的,我似非懂又似懂得的話:愛國沒商量。

我生平優點不多,但自謂愛國不敢後人,即使把我燒成了灰,每一粒灰也還是愛國的。可是我對於當知識分子這個行當卻真有點談虎色變。我從來不相信什麼輪回轉生。現在,如果讓我信一回的話,我就恭肅虔誠禱祝造化小兒,下一輩子無論如何也別再播弄我,千萬別再把我弄成知識分子。

一九九五年七月十八日

季羨林自傳

　　我於一九一一年八月六日生於山東省清平縣(現併入臨清市)官莊。我們家大概也小康過。可是到了我出生的時候，祖父母雙亡，家道中落，形同貧農。父親親兄弟三人，無怙無恃，孤苦伶仃，一個送了人，剩下的兩個也是食不果腹，衣不蔽體，餓得到棗林裏去揀落到地上的乾棗來吃。

　　六歲以前，我有一個老師馬景恭先生。他究竟敎了我些什麼，現在完全忘掉了，大概只不過幾個字罷了。六歲離家，到濟南去投奔叔父。他是在萬般無奈的情況下逃到濟南去謀生的，經過不知多少艱難險阻，終於立定了腳跟。從那時起，我才算開始上學。曾在私塾裏唸過一些時候，唸的不外是《百家姓》、《千字文》、《三字經》、《四書》之類。以後接着上小學。轉學的時候，因為認識一個"驪"字，老師垂青，從高小開始唸起。

　　我在新育小學考過甲等第三名、乙等第一名，不是拔尖的學生，也不怎樣努力唸書。三年高小，平平常常。有一件事值得提出來談一談：我開始學英語。當時正規小學並沒有英語課。我學英語是利用業餘時間，上課是在晚上。學的時間不長，只不過學了一點語法、一些單詞而已。我當時有一個怪問題："有"和"是"都沒有"動"的意思，爲什麼叫"動詞"呢?後來才逐漸瞭解到，這只不過是一個譯名不妥的問題。

我萬萬沒有想到，就由於這一點英語知識，我在報考中學時沾了半年光。我這個人頗有點自知之明，有人說，我自知過了頭。不管怎樣，我幼無大志，卻是肯定無疑的。當時山東中學的拿摩溫是山東省立第一中學。我這個癩蛤蟆不敢吃天鵝肉，我連去報名的勇氣都沒有，我只報了一個"破"正誼。可這個學校考試時居然考了英語。出的題目是漢譯英："我新得了一本書，已經讀了幾頁，可是有些字我不認得。"我翻出來了，只是爲了不知道"已經"這個詞兒的英文譯法而苦惱了很長時間。結果我被錄取，不是一年級，而是一年半級。

在正誼中學學習期間，我也並不努力，成績徘徊在甲等後幾名、乙等前幾名之間，屬於上中水平。我們的學校瀕臨大明湖，風景絕美。一下課，我就跑到校後湖畔去釣蝦、釣蛤蟆，不知用功爲何物。但是，叔父卻對我期望極大，要求極嚴。他自己親自給我講課，選了一本《課侄選文》，大都是些理學的文章。他並沒有受過什麼系統敎育，但是他絕頂聰明，完全靠自學，經史子集都讀了不少，能詩，善書，還能刻圖章。他沒有男孩子，一切希望都寄託在我身上。他嚴而慈。對我影響極大。我今天勉強學得了一些東西，都出於他之賜，我永遠不會忘掉。根據他的要求，我在正誼下課以後，參加了一個古文學習班，讀了《左傳》、《戰國策》、《史記》等書，當然對老師另給報酬。晚上，又要到尚實英文學社去學英文，一直到十點才回家。這樣的日子，大概過了八年。我當時並沒有感覺到有什麼負擔；但也不瞭解其深遠意義，依然頑皮如故，摸魚釣蝦而已。現在回想起來，我今天這一點不管多麼單薄的基礎不是那時打下的嗎？

至於我們的正式課程，國文、英、數、理、生、地、史都有。國文唸《古文觀止》一類的書，要求背誦。英文唸《泰西五十軼事》、《天方夜譚》、《莎氏樂府本事》、《納氏文法》等等。寫國文作文全用文言，英文也寫作文。課外，除了上補習班外，我讀了大量的舊小說，什麼《三國》、《西遊》、《封神演義》、《說唐》、《說岳》、《濟公傳》、《彭公案》、《三俠五義》等等無不閱讀。《紅樓夢》我最不喜歡。連《西廂記》、《金瓶梅》一類的書，我也閱讀。這些書對我有什麼影響，我說不出，反正我並沒有想去當強盜或偷女人。

初中畢業以後，在正誼唸了半年高中。一九二六年轉入新成立的山東大學附設高中。山東大學的校長是前清狀元、當時的教育廳長王壽彭。他提倡讀經。在高中教讀經的有兩位老師，一位是前清翰林或者進士，一位綽號“大清國”，是一個頑固的遺老。兩位老師的姓名我都忘記了，只記住了綽號。他們上課，都不帶課本，教《書經》和《易經》，都背得滾瓜爛熟，連註疏都在內，據說還能倒背。教國文的老師是王崑玉先生，是一位桐城派的古文作家，有自己的文集。後來到山東大學去當講師。他對我的影響極大。記得第一篇作文題目是《讀〈徐文長傳〉書後》。完全出我意料，這篇作文受到他的高度讚揚，批語是"亦簡勁，亦暢達"。我在吃驚之餘，對古文產生了濃厚的興趣，弄到了《韓昌黎集》、《柳宗元集》，以及歐陽修、三蘇等的文集，想認真鑽研一番。談到英文，由於有尚實英文學社的底子，別的同學很難同我競爭。還有一件值得一提的事情是，我也學了德文。

由於上面提到的那些，我在第一學期考了一個甲等第一名，而且平均分數超過九十五分。因此受到了王狀元的嘉獎。他親筆寫了一副對聯和一個扇面獎給我。這當然更出我意料。我從此才有意識地努力學習。要追究動機，那並不堂皇。無非是想保持自己的面子，決不能從甲等第一名落到第二名，如此而已。反正我在高中學習三年中，六次考試，考了六個甲等第一名，成了"六連貫"，自己的虛榮心得到了充分的滿足。

這是不是就改變了我那幼無大志的情況呢？也並沒有。我照樣鼠目寸光，胸無大志，我根本沒有發下宏願，立下大志，終身從事科學研究，成為什麼學者。我夢寐以求的只不過是畢業後考上大學，在當時謀生極為困難的條件下，搶到一隻飯碗，無災無難，平平庸庸地度過一生而已。

一九二九年，我轉入新成立的山東省立濟南高中，學習了一年，這在我一生中是一個重要的階段。特別是國文方面，這裏有幾個全國聞名的作家：胡也頻、董秋芳、夏萊蒂、董每戡等等。前兩位是我的業師。胡先生不遺餘力地宣傳現代文藝，也就是普羅文學。我也迷離模糊，讀了一些從日文譯過來的馬克思主義文藝理論。我曾寫過一篇

《現代文藝的使命》，大概是東抄西抄，勉強成篇。不意竟受到胡先生垂青，想在他籌辦的雜誌上發表。不幸他被國民黨反動派通緝，倉促逃往上海，不久遇難。我的普羅文學夢也隨之消逝。接他工作的是董秋芳（冬芬）先生。我此時改用白話寫作文，大得董先生讚揚，認為我同王聯榜是"全校之冠"。這當然給了我極大的鼓勵。我之所以五十年來舞筆弄墨不輟，至今將近耄耋之年，仍然不能放下筆，全出於董老師之賜，我畢生難忘。

在這裏，雖然已經沒有經學課程，國文課本也以白話為主。我自己卻沒有放鬆對中國舊籍的鑽研。我閱讀的範圍仍然很廣，方面仍然很雜。陶淵明、杜甫、李白、王維、李義山、李後主、蘇軾、陸游、姜白石等等詩人、詞人的作品，我都讀了不少。這對我以後的工作起了積極的影響。

一九三〇年，我高中畢業，到北平來考大學。由於上面說過的一些原因，當年報考中學時那種自卑心理一掃而光，有點接近狂傲了。當時考一個名牌大學，十分困難，錄取的百分比很低。為了得到更多的錄取機會，我那八十多位同班畢業生，每人幾乎都報七八個大學。我卻只報了北大和清華。結果我兩個大學都考上了。經過一番深思熟慮，我選了清華，因為，我想，清華出國機會多。選系時，我選了西洋系。這個系分三個專修方向（specialized）：英文、德文、法文。只要選某種語言一至四年，就算是專修某種語言。其實這只是一個形式，因為英文是從小學就學起的，而德文和法文則是從字母學起。教授中外籍人士居多，不管是哪國人，上課都講英語，連中國教授也多半

講英語。課程也以英國文學為主，課本都是英文的，有
"歐洲文學史"、"歐洲古典文學"、"中世紀文學"、
"文藝復興文學"、"文藝批評"、"莎士比亞"、"英
國浪漫詩人"、"近代長篇小說"、"文學概論"、"文
藝心理學(美學)"、"西洋通史"、"大一國文"、"一
二年級英語"等等。

　　我的專修方向是德文。四年之內，共有三個教授授
課，兩位德國人，一個中國人。儘管我對這些老師都懷念
而且感激，但是，我仍然要說，他們授課相當馬虎。四年
之內，在課堂上，中國老師只說漢語，德國老師只說英
語，從來不用德語講課。結果是，學了四年德文，我們只
能看書，而不能聽和說。我的學士論文是 The Early Poems
of Holderlin，指導教授是 Ecke(艾克)。

　　在所有的課程中，我受益最大的不是正課，而是一門
選修課：朱光潛先生的"文藝心理學"和一門旁聽課：陳
寅恪先生的"佛經翻譯文學"。這兩門課對我以後的發展
有深遠影響，可以說是一直影響到現在。我搞一點比較文
學和文藝理論，顯然是受了朱先生的熏陶。而搞佛教史、
佛教梵語和中亞古代語言，則同陳先生的影響是分不開
的。

　　順便說一句，我在大學在課餘仍然繼續寫作散文，發
表在當時頗有權威性的報刊上。我可萬萬沒有想到，那樣
幾篇散文竟給我帶來了好處。一九三四年，清華畢業，找
工作碰了釘子。母校山東濟南高中的校長宋還吾先生邀我
回母校任國文教員。我那幾篇散文就把我製成了作家，而
當時的邏輯是，只要是作家就能教國文。我可是在心裏直

打鼓：我怎麼能敎國文呢?但是，快到秋天了，飯碗還沒有拿到手，我於是橫下了一條心：你敢請我，我就敢去!我這個西洋文學系的畢業生一變而爲國文敎員。我就靠一部《辭源》和過去讀的那一些舊書，堂而皇之當起國文敎員來。我只有二十三歲，班上有不少學生比我年齡大三四歲，而且在家鄉讀過私塾。我實在是如履薄冰。

敎了一年書，到了一九三五年，上天又賜給一個良機。清華大學與德國簽訂了交換研究生的協定。我報名應考，被錄取。這一年的深秋，我到了德國哥廷根大學，開始了國外的學習生活。我選的主系是印度學，兩個副系是英國語言學和南斯拉夫語言學。我學習了梵文、巴利文、俄文、南斯拉夫文、阿拉伯文等等，還選了不少的課。敎授是 Sieg、Waldschmidt、Braun 等等。

這時第二次世界大戰正在劇烈進行。德國被封鎖，什麼東西也輸入不進來，要吃沒吃，要穿沒穿。大概有四五年的時間，我忍受了空前的飢餓，終日飢腸轆轆，天上還有飛機轟炸。我懷念祖國和家庭。"烽火連六年，家書抵億金。"實際上我一封家書都收不到。就在這樣十分艱難困苦的條件下，我苦讀不輟。一九四一年，通過論文答辯和口試，以全優成績，獲得哲學博士學位。我的博士論文是：《〈大事〉中伽陀部分限定動詞的變格》。

在這一段異常困苦的期間，最使我感動的是德國老師的工作態度和對待中國學生的態度。我是一個素昧平生的異邦靑年。他們不但沒有絲毫歧視之意，而且愛護備至，循循善誘。Waldschmidt 敎授被徵從軍。Sieg 敎授以耄耋之年，毅然出來代課。其實我是唯一的博士生，他敎的對象也幾乎就是我一個人。他把他的看家本領都毫無保留地要傳給我。他給我講了《梨俱吠陀》、《波你尼語法》、Patanjali 的《大疏》、《十王子傳》等。他還一定堅持要教我吐火羅文。他是這個語言的最高權威，是他把這本天書讀通了的。我當時工作極多，又患神經衰弱，身心負擔都很重。可是看到這位老人那樣熱心，我無論如何不能讓老人傷心，便遵命學了起來。同學的還有比利時 W.Couvreur 博士，後來成了名教授。

談到工作態度，我的德國老師都是楷模。他們的學風都是異常地認眞、細緻、謹嚴。他們寫文章，都是再三斟酌，多方討論，然後才發表。德國學者的"徹底性"（Gründlichkeit）是名震寰宇的。對此我有深切的感受。可惜後來由於環境關係，我沒能完全做到。眞有點愧對我的德國老師了。

從一九三七年起，我兼任哥廷根大學漢學系講師。這個系設在一座大樓的二層上，幾乎沒有人到這座大樓來，因此非常清靜。系的圖書室規模相當大，在歐洲頗有一些名氣。許多著名的漢學家到這裏來看書，我就碰到不少，其中最著名的有英國的 Arthur Waley 等。我在這裏也讀了不少的中國書，特別是筆記小說以及佛教大藏經。擴大了我在這方面的知識面。

我在哥廷根呆了整整十個年頭。一九四五年秋冬之交，我離開這裏到瑞士去，住了將近半年。一九四六年春末，取道法國、越南、香港，夏天回到了別離將近十一年的祖國。

我的留學生活，也可以說是我的整個學生生活就這樣結束了。這一年我三十五歲。

一九四六年秋天，我到北京大學來任教授，兼東方語言文學系主任。是我的老師陳寅恪先生把我介紹給胡適、傅斯年、湯用彤三位先生的。按當時北大的規定：在國外獲得博士學位回國的，只能任副教授。對我當然也要照此辦理。也許是我那幾篇在哥廷根科學院院刊上發表的論文起了作用。我到校後沒有多久，湯先生就通知我，我已定為教授。從那時到現在時光已經過去了四十二年，我一直沒有離開過北大。期間我擔任系主任三十來年，擔任副校長五年。一九五六年，我當選中國科學院學部委員。十年浩劫中靠邊站，挨批鬥，符合當時的“潮流”。現在年近耄耋，仍然搞教學、科研工作，從事社會活動，看來離八寶山還有一段距離。以上這一切都是平平常常的經歷，沒有什麼英雄業績，我就不再囉嗦了。

我體會，一些報刊之所以要我寫自傳的原因，是想讓我寫點什麼治學經驗之類的東西。那麼，在長達六十年的學習和科研活動中，我究竟有些什麼經驗可談呢？粗粗一想，好像很多；仔細考慮，無影無蹤。總之是卑之無甚高論。不管好壞，鴛鴦我總算繡了一些。至於金針則確乎沒有，至多是銅針、鐵針而已。

我記得，魯迅先生在一篇文章中講了一個笑話：一個江湖郎中在市集上大聲吆喝，叫賣治臭蟲的妙方。有人出錢買了一個紙卷，層層用紙嚴密裹住。打開一看，妙方只有兩個字：勤捉。你說它不對嗎？不行，它是完全對的。但是說了等於不說。我的經驗壓縮成兩個字是勤奮。再多說兩句就是：爭分奪秒，念念不忘。靈感這東西不能說沒有，但是，它不是從天上掉下來的，而是勤奮出靈感。

上面講的是精神方面的東西，現在談一點具體的東西。我認爲，要想從事科學研究工作，應該在四個方面下工夫：一，理論；二，知識面；三，外語；四，漢文。唐代劉知幾主張，治史學要有才、學、識。我現在勉強套用一下，理論屬識，知識面屬學，外語和漢文屬才，我在下面分別談一談。

一、理論

現在一講理論，我們往往想到馬克思主義。這樣想，不能說不正確。但是，必須注意幾點。一，馬克思主義隨時代而發展，決非僵化不變的敎條。二，不要把馬克思主義說得太神妙，令人望而生畏，對它可以批評，也可以反駁。我個人認爲，馬克思主義的精髓就是唯物主義和辯證法。唯物主義就是實事求是。把黃的說成是黃的，是唯物主義。把黃的說成是黑的，是唯心主義。事情就是如此簡單明瞭。哲學家們有權利去作深奧的闡述，我輩外行，大可不必。至於辯證法，也可以作如是觀。看問題不要孤立，不要僵死，要注意多方面的聯繫，在事物運動中把握規律，如此而已。我這種幼兒園水平的理解，也許更接近事實眞相。

除了馬克思主義以外，古今中外一些所謂唯心主義哲學家的著作，他們的思維方式和推理方式，也要認眞學習。我有一個奇怪的想法：百分之百的唯物主義哲學家和百分之百的唯心主義哲學家，都是沒有的。這就是和眞空一樣，絕對的眞空在地球上是沒有的。中國古話說："智者千慮，必有一失。"就是這個意思。因此，所謂唯心主義哲學家也有不少東西值得我們學習的。我們千萬不要像過去那樣把十分複雜的問題簡單化和教條化，把唯心主義的標籤一貼，就"奧伏赫變"。

二、知識面

要求知識面廣，大概沒有人反對。因為，不管你探究的範圍多麼窄狹，多麼專門，只有在知識廣博的基礎上，你的眼光才能放遠，你的研究才能深入。這樣說已經近於常識，不必再做過多的論證了。我想在這裏強調一點，這就是，我們從事人文科學和社會科學研究的人，應該學一點科學技術知識，能夠精通一門自然科學，那就更好。今天學術發展的總趨勢是，學科界線越來越混同起來，邊緣學科和交叉學科越來越多。再像過去那樣，死守學科陣地，雞犬之聲相聞，老死不相往來，已經完全不合時宜了。此外，對西方當前流行的各種學術流派，不管你認為多麼離奇荒誕，也必須加以研究，至少也應該瞭解其輪廓，不能簡單地盲從或拒絕。

三、外語

外語的重要性，盡人皆知。若再詳細論證，恐成蛇足。我在這裏只想強調一點：從今天的世界情勢來看，外語中最重要的是英語，它已經成為名副其實的世界語。這種語言，我們必須熟練掌握，不但要能讀，能譯，而且要能聽，能說，能寫。今天寫學術論文，如只用漢語，則不能出國門一步，不能同世界各國的同行交流。如不能聽說英語，則無法參加國際學術會議。情況就是如此地咄咄逼人，我們不能不認真嚴肅地加以考慮。

四、漢語

我在這裏提出漢語來，也許有人認為是非常異議可怪之論。"我還不能說漢語嗎？""我還不能寫漢文嗎？"是的，你能說，也能寫。然而仔細一觀察，我們就不能不承認，我們今天的漢語水平是非常成問題的。每天出版的報章雜誌，只要稍一注意，就能發現別字、病句。我現在越來越感到，真要想寫一篇準確、鮮明、生動的文章，決非輕而易舉。要能做到這一步，還必須認真下點工夫。我甚至想到，漢語掌握到一定程度，想再前進一步，比學習外語還難。只有承認這一個事實，我們的漢語水平才能提高，別字、病句才能減少。

我在上面講了四個方面的要求。其實這些話都屬於老生常談，都平淡無奇。然而真理不往往就寓於平淡無奇之中嗎？這同我在上面引魯迅先生講的笑話中的"勤捉"一樣，看似平淡，實則最切實可行，而且立竿見影。我想到這樣平凡的真理，不敢自秘，便寫了出來，其意不過如野叟獻曝而已。

我現在想談一點關於進行科學研究指導方針的想法。六七十年前胡適先生提出來的"大膽的假設，小心的求證"，我認為是不刊之論，是放之四海而皆準的方針。古今中外，無論是社會科學，還是自然科學，概莫能外。在那一段教條主義猖獗、形而上學飛揚跋扈的時期內，這個方針曾受到多年連續不斷的批判。我當時就百思不得其解。試問哪一個學者能離開假設與求證呢?所謂大膽,就是不爲過去的先入之見所限,不爲權威所囿,能夠放開眼光,敞開胸懷,獨具隻眼,另闢蹊徑,提出自己的假設,甚至胡思亂想,想入非非,亦無不可。如果連這一點膽量都不敢有,那只有循規蹈矩,墨守成法,鼠目寸光,拾人牙慧,個人決不會有創造,學術決不會有進步。這一點難道還不明白,還要進行煩瑣的論證嗎?

總之,我要說,一要假設,二要大膽,缺一不可。

但是,在提倡大膽的假設的同時,必須大力提倡小心的求證。一個人的假設,決不會一提出來就完全符合實際情況,有一個隨時修改的過程。我們都有這樣一個經驗:在想到一個假設時,自己往往詫爲“神來之筆”,是“天才火花”的閃爍,而狂歡不已。可是這一切都並不是完全可靠的。假設能不能成立,完全依靠求證。求證要小心,要客觀,決不允許厭煩,更不允許馬虎。要從多層次、多角度上來求證,從而考驗自己的假設是否正確,或者正確到什麼程度,哪一部分正確,哪一部分又不正確。所有這一切都必須實事求是,容不得絲毫私心雜念,一以證據爲準。證據否定掉的,不管當時顯得多麼神奇,多麼動人,都必須毅然毫不吝惜地加以揚棄。部分不正確的,揚棄部分。全部不正確的,揚棄全部。事關學術良心,決不能含糊。可惜到現在還有某一些人,爲了維護自己“奇妙”的假設,不惜歪曲證據,剪裁證據。對自己的假設有用的材料,他就用;沒有用的、不利的,他就視而不見,或者見而掩蓋。這都是“缺德”(史德也)的行爲,我期期以爲不可。至於剽竊別人的看法或者資料,而不加以說明,那是小偷行為，斯下矣。

總之，我要說，一要求證，二要小心，缺一不可。

我剛才講的"史德"，是借用章學誠的說法。他把"史德"解釋成"心術"。我在這裏講的也與"心術"有關，但與章學誠的"心術"又略有所不同。有點引申的意味。我的中心想法是不要騙自己，不要騙讀者。做到這一步，是有德。否則就是缺德。寫什麼東西，自己首先要相信。自己不相信而寫出來要讀者相信，不是缺德又是什麼呢?自己不懂而寫出來要讀者懂，不是缺德又是什麼呢?我這些話決非無中生有，無的放矢。我都有事實根據。我以垂暮之年，寫了出來，願與青年學者們共勉之。

現在再談一談關於搜集資料的問題。進行科學研究，必須搜集資料，這是不易之理。但是，搜集資料並沒有什麼一定之規。最常見的辦法是使用卡片，把自己認為有用的資料抄在上面，然後分門別類，加以排比。可這也不是唯一的辦法。陳寅恪先生把有關資料用眉批的辦法，今天寫上一點，明天寫上一點，積之既久，資料多到能夠寫成一篇了，就從眉批移到紙上，就是一篇完整的文章。比如，他對《高僧傳‧鳩摩羅什傳》的眉批，竟比原文還要多幾倍，是一個典型的例子。我自己既很少寫卡片，也從來不用眉批，而是用比較大張的紙，把材料寫上。有時候隨便看書，忽然發現有用的材料，往往順手拿一些手邊能拿到的東西，比如通知、請柬、信封、小紙片之類，把材料寫上，再分類保存。我看到別人也有這個情況，向達先生有時就把材料寫在香煙盒上。用比較大張的紙有一個好處，能把有關的材料都寫在上面，約略等於陳先生的眉批。卡片面積太小，這樣做是辦不到的。材料抄好以後，要十分認真細心地加以保存，最好分門別類裝入紙夾或紙袋。否則，如果一時粗心大意丟上張把小紙片，上面記的可能是最關重要的材料，這樣會影響你整篇文章的質量，不得不黽勉從事。至於搜集資料要巨細無遺，要有竭澤而漁的精神，這是不言自喻的。但是，要達到百分之百的完整的程度，那也是做不到的。不過我們千萬要警惕，不能隨便搜集到一點資料，就動手寫長篇論文。這樣寫成的文章，其結論之不可靠是顯而易見的。與此有聯繫的就是要注意文獻目錄。只要與你要寫的文章有關的論文和專著的目錄，你必須清楚。否則，人家已經有了結論，而你還在賣勁地論證，必然貽笑方家，不可不慎。

我想順便談一談材料有用無用的問題。嚴格講起來，天下沒有無用的材料，問題是對誰來說，在什麼時候說。就是對同一個人，也有個時機問題。大概我們都有這樣的經驗：只要你腦海裏有某一個問題，一切資料，書本上的、考古發掘的、社會調查的等等，都能對你有用。搜集這樣的資料也並不困難，有時候資料簡直是自己躍入你的眼中。反之，如果你腦海裏沒有這個問題，則所有這樣的資料對你都是無用的。但是，一個人腦海裏思考什麼問題，什麼時候思考什麼問題，有時候自己也掌握不了。一個人一生中不知要思考多少問題。當你思考甲問題時，乙問題的資料對你沒有用。可是說不定什麼時候你會思考起乙問題來。你可能回憶起以前看書時曾碰到過這方面的資料，現在再想去查找，可就"雲深不知處"了。這樣的經驗我一生不知碰到多少次了，想別人也必然相同。

那麼怎麼辦呢?最好腦海裏思考問題,不要單打一,同時要思考幾個,而且要念念不忘,永遠不讓自己的腦子停擺,永遠在思考着什麼。這樣一來,你搜集面就會大得多,漏網之魚也就少得多。材料當然也就積累得多,養兵千日,用兵一時;一旦用起來,你就左右逢源了。

最後還要談一談時間的利用問題。時間就是生命,這是大家都知道的道理。而且時間是一個常數,對誰都一樣,誰每天也不會多出一秒半秒。對我們研究學問的人來說,時間尤其珍貴,更要爭分奪秒。但是各人的處境不同,對某一些人來說就有一個怎樣利用時間的"邊角廢料"的問題。這個怪名詞是我杜撰出來的。時間摸不着看不見,但確實是一個整體,哪裏會有什麼"邊角廢料"呢?這只是一個形象的說法。平常我們做工作,如果一整天沒有人和事來干擾,你可以從容濡筆,悠然怡然,再佐以龍井一杯,雲煙三支,神情宛如神仙,整個時間都是你的,那就根本不存在什麼"邊角廢料"問題。但是有多少人能有這種神仙福氣呢?魯鈍如不佞者幾十年來就做不到。建國以來,我搞了不知多少社會活動,參加了不知多少會,每天不知有多少人來找,心煩意亂,啼笑皆非。回想十年浩劫期間,我成了"不可接觸者",除了蹲牛棚外,在家裏也是門可羅雀。《羅摩衍那》譯文八巨冊就是那時候的產物。難道爲了讀書寫文章就非變成"不可接觸者"或者右派不行嗎?浩劫一過,我又是門庭若市,而且參加各種各樣的會,終日馬不停蹄。我從前讀過馬雅可夫斯基的《開會迷》和張天翼的《華威先生》,覺得異常可笑,豈意自己現在就成了那一類人物,豈不大可哀哉!但是,人在無可奈何的情況下是能夠想出辦法來的。現在我既然沒有完整的時間，就挖空心思利用時間的＂邊角廢料＂。在會前、會後，甚至在會中，構思或動筆寫文章。有不少會，講話空話廢話居多，傳遞的信息量卻不大，態度欠端，話風不正，哼哼哈哈，不知所云，又佐之以＂這個＂、＂那個＂，間之以＂唵＂、＂啊＂，白白浪費精力，效果卻是很少。在這時候，我往往只用一個耳朵或半個耳朵去聽，就能兜住發言的全部信息量，而把剩下的一個耳朵或一個半耳朵全部關閉，把精力集中到腦海裏，構思，寫文章。當然，在飛機上，火車上，汽車上，甚至自行車上，特別是在步行的時候，我腦海裏更是思考不停。這就是我所說的利用時間的＂邊角廢料＂。積之既久，養成＂惡＂習，只要在會場一坐，一聞會味，心花怒放，奇思妙想，聯翩飛來；＂天才火花＂，閃爍不停；此時文思如萬斛泉湧，在鼓掌聲中，一篇短文即可寫成，還耽誤不了鼓掌。倘多日不開會，則腦海活動，似將停止，＂江郎＂彷彿＂才盡＂。此時我反而期望開會了。這真叫做沒有法子。

　　我在上面拉雜地寫了自己七十年的自傳。總起來看，沒有大激蕩，沒有大震動，是一個平凡人的平凡的經歷。我談的治學經驗，也都屬於＂勤捉＂之類，卑之無甚高論。比較有點價值的也許是那些近乎怪話的意見。古人云：＂修辭立其誠＂。我沒有說謊話，只有這一點是可以告慰自己，也算是對得起別人的。

一九八八年十月二十六日寫完

上面的自傳是一九八八年寫成的，到現在已經整整十年了。在人生百年中，十年是一個不短的期間。時移世異，人事滄桑，今天的我已經非復當年之我了。現在中央黨校出版社要出版我的《牛棚雜憶》，希望能附上我的一篇自傳，使讀者能瞭解牛棚裏的季羨林究竟是何許人，並且建議就用上面這一篇，再加上點延續，一直寫到今天。這個建議是合情合理的，我準備採納。

但是，仔細一琢磨，卻有了困難。上面這一篇是有頭有尾的。如果在尾巴砍上一刀，狗尾續貂，難免不倫不類，不像是一篇完整的文章。考慮再三，決定保留上篇的完整性，再補上一個下篇，看上去，同樣是完整的。

一九八八年是一個什麼樣的年頭呢?改革開放的政策已經實行了十年，取得了異乎尋常的成功。經濟繁榮，人民歡樂，知識分子這一個解放後歷屆政治運動都處在挨整的地位上的社會群體，現在身上的枷鎖砸掉了，身心都感到異常的歡悅，精神又振奮了起來，學術界和文藝界真是一派大好形勢。我自己當然也感覺到了這種盎然的春意。雖然早已過了退休的年齡；但是，學校決定我不退休，我感到很光榮，幹勁倍增。不似少年，勝似少年，怡怡然忘記了老之已至。我雖然已經沒有正式的行政工作，但是社會工作和社會活動，卻是有增無減。全國性的學術團體中我被選為主席、會長或名譽主席、會長的有七八個之多。至於理事之類，數目更多。不顧不問的顧問，一個團體的或一部書的，總有幾十上百個，確實數目，只有天老爺知道，我個人是搞不清楚的。大型叢書，上千冊的，上百冊的，由我擔任主編的，也有三四部。至於電視採訪，照像錄音，也是常事。幾乎每天下午都是賓客盈門。每天接到各式各樣的來信也有多封。裏面的請求千奇百怪。一些僻遠省份青年學生的來信，確實給我帶來很大的快樂。我從內心裏感謝這一些天真無邪的青年男女學生對我的信任。一位著名的作家，在自己的文章裏提到我，說我每信必覆。這卻給我帶來了災難。我哪裏能做到每信必覆呢?即使我什麼事情都不幹，也是做不到的。我只能讓我的助手和學生代覆，這難免給一些男女大孩子帶來了失望。我內疚於心，然而卻無能為力。

　　我寫這些事情幹什麼呢?目的只有一個，那就是，告訴讀者我現在生活和工作的真實的情況;如果我有不周到的地方，請他們體貼原諒。

　　在學術工作方面，有人說，我對自己太殘酷。已經到了望九之年，雖然大體上說來，我的身體還算是硬朗的，但是眼睛和耳朵都已不太靈光，走路有點 " 飄 ";可我仍然是不明即起，亮起了朗潤園裏的第一盞燈，伏案讀寫，孜孜不倦。難道我不知道，到圓明園或頤和園去溜彎，再遠一點，到香山去爬山，不比現在這樣更輕鬆愉快嗎?難道我在名利方面還有什麼野心嗎?都不是的。我知道溜彎舒服;但我認為人活着不是為了多溜幾年彎。那不是追求的目的。至於名利，我現在不虞之譽紛至沓來;利的方面，爬格子爬出了點名堂，稿費也是紛至沓來。可以說，在名利兩個方面我都夠用了，再多了，反而會成為累贅。那麼，我這樣幹的目的究竟是為了什麼呢?我不願說謊話，講些為國為民的大道理。我只能說，這樣做能使自己心裏平靜。如果有一天我沒能讀寫文章，清夜自思，便感內疚，認爲是白白浪費一天。習慣成自然，工作對我來說已經成了痼疾，想要改正，只有等待來生了。

計算一下，最近幾年來，我每年寫的文章，數目遠遠超過過去的任何一年。我平生最長最艱巨的兩部書，都是在耄耋之年完成的。一部是長達 80 萬字的《糖史》，一部是也長達數十萬字(因爲部分用英文寫成的，字數難以準確統計)的吐火羅文 A 方言(焉耆文)的《彌勒會見記劇本》的譯釋。我雖然是個雜家，但是雜中還是有重點的。可惜，由於一些原因，不明眞相的人往往不明白我幹的究竟是哪一行。外面來的信，有的寄到中文系，有的寄到歷史系，有的寄到哲學系，有的寄到西語系，有的甚至寄到社會學系。從中可以看出人們對我的瞭解。兩部大書一出，估計可以減少點混亂。對我來說，這種混亂一點影響也沒有的。

以上是我最近十年來生活的綜述，也可以算是"自傳"吧。

在這期間，我是怎樣考慮十年浩劫的呢?實際上，從我腦筋開了竅認識到這一場在極端絢麗的面紗下蒙着的極端殘酷的悲劇那一天起，我就沒有把它忘記。但是，我期待着，期待着，一直到一九九二年《牛棚雜憶》產生，我的期待結束。到了今年一九九八年，《牛棚雜憶》終於出版問世。我的心情才比較得到了點寧靜。這一切我已經在"自序"中比較詳盡地介紹了，這裏不再重複。我覺得，我總算爲中華民族的後世子孫做了一件好事。我又有了新的期待，我期待還能有問津者。

一九九八年三月十一日

季羨林年譜

1911 年 8 月 6 日

　　生於山東省清平縣（今併入臨清市）官莊一個農民家庭；

　　六歲以前在清平隨馬景恭老師識字。

1917 年（六歲）

　　離家去濟南投奔叔父。進私塾讀書，讀過《百家姓》、《千字文》、《四書》等。

1918 年（七歲）

　　進濟南山東省立第一師範附設小學。

1920 年（九歲）

　　進濟南新育小學讀高小三年，課餘開始學習英語。

1923 年（十二歲）

　　小學畢業後，考取正誼中學。課後參加一個古文學習班，讀《左傳》、《戰國策》、《史記》等，晚上在尚實英文學社繼續學習英文。

1926 年（十五歲）

　　初中畢業；

在正誼中學讀過半高中後，轉入新成立的山東大學附設高中，在此期間，開始學習德語。

1928—1929年（十七歲至十八歲）

日本侵華，佔領濟南，輟學一年。創作《文明人的公理》、《醫學士》、《觀劇》等短篇小說，署筆名希逋，在天津《益世報》上發表。

1929年（十八歲）

轉入新成立的山東省立濟南高中。

1930年（十九歲）

翻譯屠格涅夫的散文《老婦》、《世界的末日》、《老人》及《玫瑰是多麼美麗，多麼新鮮啊！》等，先後在山東《國民新聞》趵突週刊和天津《益世報》上發表；

高中畢業。同時考取清華大學和北京大學。後入清華大學西洋文學系，專修方向是德文。

在清華大學四年中發表散文十餘篇，譯文多篇。

1934年（二十三歲）

清華大學西洋文學系畢業。畢業論文的題目是：The Early Poems of Holderlin.

應母校山東省立濟南高中校長宋還吾先生的邀請，回母校任國文教員。

1935年（二十四歲）

清華大學與德國簽訂了交換研究生的協定，報名應考，被錄取。同年9月赴德國入哥廷根（Göettingen）大學，主修印度學。先後師從瓦爾德史米特（Waldschmidt）教授、西克（Sieg）教授，學習梵文、巴利文、吐火羅文。及俄文、南斯拉夫文、阿拉伯文等。

1937 年(二十六歲)

　　兼任哥廷根大學漢學系講師。

1941 年(三十歲)

　　哥廷根大學畢業，獲哲學博士學位。博士論文題目

是：Die Konjugation des finiten Verbums in den Gathas des

Mahavastu.

　　以後幾年，繼續用德文撰寫數篇論文，在《哥廷根

科學院院刊》等學術刊物上發表。

1946 年(三十五歲)

　　回國後受聘為北京大學教授兼東方語言文學系主任。

系主任職任至 1983 年("文化大革命"期間除外)。

1951 年(四十歲)

　　參加中國文化代表團出訪印度、緬甸。

　　譯自德文的卡爾·馬克思著《論印度》出版。

1953 年(四十二歲)

　　當選為北京市第一屆人民代表大會代表。

1954 年(四十三歲)

　　當選為中國人民政治協商會議第二屆全國委員會委

員。

1955 年(四十四歲)

　　作為中國代表團成員，前往印度新德里，參加"亞

洲國家會議"。

　　赴德意志民主共和國，參加"國際東亞學術討論

會"；

　　譯自德文的德國安娜·西格斯(Anna Seghers)短篇小

說集出版。

1956 年(四十五歲)

當選爲"中國亞洲團結委員會"委員；

任中國科學院哲學社會科學學部委員。

譯自梵文的印度迦梨陀娑(Kalidasa)的著名劇本《沙恭達羅》(*Abhijnanasakuntala*)中譯本出版。

1957 年(四十六歲)

《中印文化關係史論集》、《印度簡史》出版。

1958 年(四十七歲)

《1857—59 年印度民族起義》出版；

作爲中國作家代表團成員，參加在蘇聯塔什干舉行的"亞非作家會議"。

1959 年(四十八歲)

當選爲第三屆全國政協委員；

應邀參加"緬甸研究會(Burma Research Society)五十週年紀念大會"；

譯自梵文的印度古代寓言故事集《五卷書》(*Pancatantra*)中譯本出版。

1960 年(四十九歲)

爲北京大學東語系第一批梵文巴利文專業學生授課。

1962 年(五十一歲)

應邀前往伊拉克參加"巴格達建城 1800 週年紀念大會"；

當選爲中國亞非學會理事兼副秘書長。

譯自梵文的印度迦梨陀娑的劇本《優哩婆濕》(*Vikramorvasiya*)中譯本出版。

1964 年（五十三歲）

　　當選爲第四屆全國政協委員；

　　參加中國教育代表團，前往埃及、阿爾及利亞、馬里、幾內亞等國參觀訪問。

1965 年（五十四歲）

　　當選爲第四屆全國政協委員。

1966—1976 年（五十五歲至六十五歲）

　　在“文化大革命”中受衝擊。自 1973 年起，着手偷譯印度古代兩大史詩之一的《羅摩衍那》（*Ramayana*），至 1977 年，終將這部 18,755 頌的宏篇巨製基本譯完。

1978 年（六十七歲）

　　當選爲第五屆全國政協委員；

　　大學復課，原擔任的東語系系主任同時恢復；

　　作爲對外友協代表團成員，前往印度訪問；

　　擔任北京大學副校長和北京大學與中國社會科學院合辦的南亞研究所所長。1985 年，北大與社科院分別辦所後，繼續擔任北京大學南亞研究所所長，至 1989 年底。

　　12 月　中國外國文學會成立，當選爲副會長。

1979 年（六十八歲）

　　受聘爲中國大百科全書外國文學卷編委會副主任兼任南亞編寫組主編；

　　中國南亞學會成立，當選爲會長；

　　專著《羅摩衍那初探》出版。

1980 年（六十九歲）

　　散文集《天竺心影》出版；

被推選爲中國民族古文字學會名譽會長；

中國語言學會成立，當選爲副會長；

率領中國社會科學代表團赴聯邦德國參觀訪問；

應聘爲哥廷根科學院《新疆吐魯番出土佛典的梵文詞典》顧問。

12 月　被任命爲國務院學位委員會委員。

散文集《季羨林選集》由香港文學研究社出版。

1981 年(七十歲)

散文集《朗潤集》、《羅摩衍那》(二)分別出版。

中國外語教學研究會成立，當選爲會長。

1982 年(七十一歲)

《印度古代語言論集》，《中印文化關係史論文集》，《羅摩衍那》(三)、(四)分別出版。

1983 年(七十二歲)

獲北京市教育系統先進工作者稱號；

當選爲第六屆全國人民代表大會代表，同年被選爲六屆人大常委；

在中國語言學會第二屆年會上當選爲會長；

參加中國敦煌吐魯番學會籌備組工作。學會成立，當選爲會長；

《羅摩衍那》(五)出版。

1984 年(七十三歲)

任北京大學校務委員會副主任；

受聘爲中國大百科全書總編輯委員會主任、委員；

當選爲中國史學會常務理事；

中國教育國際交流學會成立，當選爲會長；

中國高等教育學會成立，當選為副會長；

《羅摩衍那》(六)、(七)出版。

1985 年(七十四歲)

主持的《大唐西域記校註》出版；

參加在印度新德里舉行的"印度與世界文學國際討論會"和"蟻蛭國際詩歌節"，被大會指定為印度和亞洲文學(中國和日本)分會主席；

組織翻譯並親自校譯的《〈大唐西域記〉今譯》出版。

作為第六屆國際歷史科學大會中國代表團顧問，隨團赴德意志聯邦共和國斯圖加特參加"第十六屆世界史學家大會"；

當選為中國作家協會第四屆理事會理事；

譯自英文的印度作家梅特麗耶‧黛維(Maitraye Devi)的《家庭中的泰戈爾(*Tagore by Firside*)中譯本出版。

1986 年(七十五歲)

當選中國亞非學會副會長；

應聘為中國書院導師；

北京大學東語系舉行"季羨林教授執教四十週年"慶祝活動；

《印度古代語言論集》和論文《新博本吐火羅語 A (焉耆語)〈彌勒會見記劇本〉1.3 1/2 1.3 1/1 1.9 1/1 1.9 1/2 四頁譯釋》，同時獲 1986 年度北京大學首屆科學研究成果獎；

率領中國教育國際交流協會訪日贈書代表團回訪日本。

1987 年（七十六歲）

　　應邀參加在香港中文大學舉行的"國際敦煌吐魯番學術討論會"；

　　主編的《東方文學作品選》（上、下）獲 1986 年中國圖書獎；

　　《大唐西域記校註》及《大唐西域記今譯》獲陸文星—韓素音中印友誼獎；

　　《原始佛教的語言問題》獲北京市哲學社會科學和政策研究優秀成果獎。

1988 年（七十七歲）

　　論文《佛教開創時期一場被歪曲被遺忘了的"路線鬥爭"——提婆達多問題》，獲北京大學科學研究成果獎；

　　任中國文化書院院務委員會主席；

　　受聘爲中華人民共和國文化部"中國文學翻譯獎"評委會委員；

　　受聘爲江西人民出版社《東方文化》叢書主編。

　　應邀赴香港中文大學講學。

1989 年（七十八歲）

　　獲中國民間文藝家協會"從事民間文藝工作三十年"榮譽證書；

　　國家語言工作委員會授予"從事語言文字工作三十年"榮譽證書。

1990 年（七十九歲）

　　任北京大學校務委員會名譽副主任；

　　論文集《佛教與中印文化交流》出版；

《中印文化關係史論文集》獲中國比較文學會與《讀書》編輯部聯合舉辦的全國首屆比較文學圖書評獎活動"著作榮譽獎"。

受聘爲《神州文化集成》叢書主編;

受聘爲河北美術出版社大型知識畫卷《畫說世界五千年》十套叢書編委會顧問;

當選爲中國亞非學會第三屆會長;

受聘爲香港佛敎法住學會《法言》雙月刊編輯顧問。

1991 年(八十歲)

受聘爲北京大學校務委員會名譽副主任。

1992 年(八十一歲)

被印度瓦拉納西梵文大學授予最高榮譽獎"褒揚狀"。

1993 年(八十二歲)

在中國民主同盟中央常委第二次會議上,被選爲民盟中央文化委員會副主任;

獲北京大學 505 "中國文化獎";

受聘爲泰國東方文化書院國際學者顧問。

1994 年(八十三歲)

主持校註的《大唐西域記校註》、譯作《羅摩衍那》獲中國第一屆國家圖書獎;

赴曼谷參加泰國華僑崇聖大學揭幕慶典,被聘爲該校顧問;

獲中國作家協會中外文學交流委員會頒發的"彩虹翻譯獎";

任《四庫全書存目叢書》主編纂。先後擔任《傳世藏書》、《百卷本中國歷史》等書主編；

應聘爲寶山鋼鐵(集團)公司寶鋼教育基金理事會顧問。

1995 年(八十四歲)

《簡明東方文學史》獲全國高校外國文學教學研究會首屆優秀著作獎。

1996 年(八十五歲)

《人生絮語》、《懷舊集》、《季羨林自傳》、《人格的魅力》、《我的心是一面鏡子》、《季羨林學術文化隨筆》分別出版。

1997 年(八十六歲)

《文化交流的軌迹──中華蔗糖史》(上)、《朗潤瑣話》、《精品文庫・季羨林卷》、《中國二十世紀散文精品・季羨林卷》、《東方赤子》分別出版；

主編的《東方文學史》獲第三屆國家圖書獎；

《賦得永久的悔》獲魯迅文化獎；

被山東大學、曲阜師範大學、聊城師範學院分別授予名譽學術委員會主任、名譽校長、名譽院長。

至 1997 年底《季羨林全集》總 32 冊已出版 16 冊。

（北京大學李錚編）